커피 전쟁

커피 전쟁

초판 1쇄 발행 2023년 7월 3일

지은이 박종삼
펴낸이 장길수
펴낸곳 지식과감성#
출판등록 제2012-000081호

디자인 오정은
편집 오정은
검수 김지원, 주경민, 정윤솔
교정 이주연
마케팅 정연우

주소 서울시 금천구 벚꽃로298 대륭포스트타워6차 1212호
전화 070-4651-3730~4
팩스 070-4325-7006
이메일 ksbookup@naver.com
홈페이지 www.knsbookup.com

ISBN 979-11-392-1186-3(03810)
값 15,000원

- 이 책의 판권은 지은이에게 있습니다.
- 이 책 내용의 전부 또는 일부를 재사용하려면 반드시 지은이의 서면 동의를 받아야 합니다.
- 잘못된 책은 구입하신 곳에서 바꾸어 드립니다.

지식과감성#
홈페이지 바로가기

목차

01 _ 카페에 낯선 남자들이 들어온다　　　　　　　7

02 _ 그 낯선 남자들은 마치 5인조 강도 같았다　　41

03 _ 지선이 댄스 스포츠 학원 원장에게 구원 요청　61

04 _ 댄스 스포츠 학원 원장도 결국 6인조 날강도　85

05 _ 지선은 위기 탈출이 된 줄 안다　　　　　　109

06 _ 4명의 남자는 목표를 바꾼다　　　　　　　131

07 _ 네 남자들의 새로운 여자에 대한 혈투　　　149

08 _ 전리라는 어부지리 열매를 딴다　　　　　　167

09 _ 그녀는 독 안에 든 쥐가 될 뻔했다   187

10 _ 과거 축구 선수의 거친 맹폭   205

11 _ 골프 회원들의 돌고 도는 만남으로   225

12 _ 원수는 학동 사거리에서 만난다   245

13 _ 걷잡을 수 없는 지선의 행동   263

14 _ 가족 간의 얽히고설키는 중매 역할   283

15 _ 완전히 이성을 잃어버린 강태   303

    덧붙이는 글   328

01 _ 카페에 낯선 남자들이 들어온다

무더운 어느 여름날 청담동의 한 카페에서 커피 전쟁이 일어날 것만 같은 전운이 감돌았다. 그와 같이 뜨거운 살인 폭염에 아주 세게 틀어놓은 에어컨마저 무용지물이 될 지경으로 치달았다. 카페는 커피나 음료를 마시며 휴식을 취하는 곳이지만 정말 이상한 기운이 감돌았다.

카페마다 분위기가 달랐지만 유난히 이 카페는 문제를 낳았다. 길거리에 분위기는 다르지만 나름 아늑한 카페가 많이 생겨났는데 늘어난 원인을 잘 몰랐다.

아마도 다른 휴식 문화 공간이 없기 때문일 것이다. 많은 사람들은 만만한 카페에 들어가 커피를 마시며 아늑하게 꾸며진 실내 인테리어를 보고는 자신이 꽤나 아트적인 문화 생활을 영위하고 있는 듯한 착각 속에 빠져들곤 한다. 실은 문화생활 공간이 없기에 도피처식으로 들어간 장소이다.

카페 문화에 대해 더 장황하게 늘어놓기보단, 청담역 부근의 골목 하나 사이에 둔 두 군데 카페에서 일어난 커피 전쟁에 대해 회고하려 한다.

여자가 운영했던 카페는 카라 카페였고, 남자가 운영했던 카페는 아카 카페였다.

아무래도 위와 같이 휴식을 취하는 곳이다 보니 많은 다양한 사람들이 들락날락하며 휴식 속에 전투태세를 갖추고 전쟁을 일으켜 버렸다. 총성이 들리진 않았으나 전투를 벌이며 여기저기 심리적인 총소리가 울려 퍼지는 듯하였다. 커피를 마시면서 전쟁을 치르려는 몸짓을 취하기 때문이다. 커피를 한 잔 더 먹기 위해 혈안이 된 커피 전쟁이었다.

청담역 주변 청담동의 한 조그마한 카페인데 대부분의 카페들은 20대 초반에서 중반쯤 되는 남자나 여자를 알바 형태로 채용하는 곳이 많지만, 카라 카페는 30대 초반인 여자가 혼자서 운영하고 있으며 알바가 아닌 사장이다.

이곳과 골목 하나를 사이에 두고 있는 또 다른 카페는 아카 카페였는데 이곳 역시 30대 초반의 남자가 혼자서 운영하고 있으며 알바가 아니라 사장이다.

카라 카페 여사장은 들어오는 손님들에게 환하게 미소를 짓는 게 습관화됐는데 무척 상냥하고 애교도 많은 선천적인 성격이지만 카페에선 그저 장사 수완이었다.

여자 고객들은 그냥 '그저 친절한 사장이구나!'라고 생각하며 상업적인 측면이라 여겼다.

하지만 남자 손님들은 '그저 친절한 사장이구나!'라고 생각하는 마음도 다소 있고 혹시 '이 여자 사장이 내게 어떤 사적 마음이 있어서 그런가!'라는 착각 내지 오해를 가지기도 했다.

카라 카페 사장 김지선은 오늘도 어김없이 들어오는 고객들에게 환한 미소를 지으며 야릇하게 웃었다.

"어서 오십시오, 고객님. 히히히."

고객들은 그저 멀뚱멀뚱 우두커니 쳐다봤다.

길 건너편에 위치한 아카 카페는 남자가 사장인데 여기도 마찬가지로 상당히 친절했다.

"어서 들어오십시오. 고객님? 하하하하."

아카 카페 사장 김말복은 오늘도 여느 때와 같이 고객들에게 함박웃음을 지으며 아주 상냥히 반겼다.

시간은 오후 1시가 조금 넘었는데 각각의 일터에서 일하는 사람들은 점심 식사를 마치면 그냥 기본으로 카페에 들어와 아메리카노를 한 잔씩 마셨다.

요즘은 밀크커피를 마시는 이들이 많이 줄어든 상황이지만 그래도 그 커피를 고수하는 사람들을 종종 볼 수 있는 건 그 커피에 대한 향수 때문이다. 특히 극빈층들은 아메리카노가 4천 원 정도 하는 바람에 부담을 느껴 싸구려 커피 자판기에서 400원짜리 밀크커피를 마시는 경우도 많았다. 커피 한 잔 먹는 데 몇 천 원 한다는 것은 극빈층에겐 여간 신경 쓰이는 일이 아닐 수 없었다.

카라 카페에 골프복 차림의 한 남자가 들어오자 김지선은 환한 미소를 지었다.

"어서 들어오십시오, 고객님. 호호호."

"아아, 아메리카노 시원한 걸로 주십시오."

"네에, 알겠어요. 히히히. 가져다드리겠습니다. 아이스이지요?"

"네에, 난 원래 영어 쓰기 싫어요. 시원한입니다."

남자 고객이 자리에 앉은 후 2분도 채 안 되어 아메리카노 커피가 나왔다. 김지선은 커피를 들고 그 고객에게 가져다줬다.

보통은 카페에서 직접 갖다주진 않고 카운터 쪽 선반 같은 데에 놓으면 고객이 가져가는 구조이지만, 이곳은 직접 갖다주는 과잉 친절을 베풀기도 했다.

사장이 그에게 가까이 다가서자 골프복 차림의 남자 고객은 계속 여기저길 두리번거렸는데 그녀가 자신에게 야릇한 미소를 보내 주어서이고 다른 카페와 다르게 직접 가져다주는 점 때문에 그는 사장이 자신을 좋아할지도 모른다는 괜한 오해가 생기기 시작했다.

특별한 직업이 없는 남자 고객 최선규는 44세 청년이다. 비록 하는 일은 없지만 워낙 돈을 많이 물려받아 돈 버는 걱정은 전혀 없고 매일매일 골프를 하러 다녔다.

최선규는 커피 잔에 든 차가운 얼음을 조금씩 조금씩 녹여 마시며 그녀를 계속 뚫어지게 바라봤다. 뭔가를 뚫어지게 바라본다는 의미는 그만큼 마음의 동요가 일어났다는 반응이다.

희한한 일은 지금 이 똑같은 시간대에 길 건너 아카 카페에서도 여자 고객들이 김말복 사장을 유난히 바라보며 집중하고 있었다.

김말복은 다소 쑥스러워 얼굴을 이리저리 돌렸고, 붉어지기도 했다. 이 같은 현상은 길 건너 지선이 운영하는 카라 카페에서도 똑같이 나타났다.

고객의 행동에 지선은 다소 당황스럽고 무안함에 눈을 피하려고 머리를 이리저리 돌리다 고개를 살짝 숙였다. 하지만 상업상 웃는 미소는 끝까지 유지했다.

선규도 그녀에게 무엇인가 말을 걸고 싶은 마음이 앞섰지만 좀 그렇다고 생각했다.

아직은 낯설다고 생각하기 때문에 힐끔힐끔 카운터를 바라볼 뿐 그 이상의 별다른 동작을 취하지 못하고 있는데 문득 그녀가 자신과 나이 차이가 꽤 있을 것 같단 생각이 들었다.

그의 입장에선 이것도 저것도 아닌 그저 갑갑하고 답답한 시간일 뿐이었고, 그녀 입장에선 누군지도 모르는 남자 고객 그 이상도 그 이하도 아닌 그저 돈이나 버는 수단 도구 정도의 생각뿐인 따분한 시간이었다.

그녀의 과잉 친절 현상은 계산도 다른 카페처럼 선불이 아닌 후불이란 점이고 유난히 고객을 배려하는 건데 궁극엔 상업 상술이다.

두 사람 간의 그저 아무 것도 아닌 시간들이 이어질 때 또 다른 남자 고객이 들어왔다.

들어오는 손님은 화려한 정장을 입은 남자인데 그녀는 늘 그랬던 것처럼 또다시 고객에게 환하게 미소를 지으며 지그시 바라봤다.

"네, 어서 오세요. 고객님."

"아메리카노 주세요."

"아, 네. 따뜻한 걸로 아니면 차가운 걸로 드릴까요?"

"차가운 것입니다."

"네에, 아이스이지요?"

"네에, 차가움이 아이스이지요! 하하하하."

카라 카페에서 이런 커피 전쟁의 전초전이 슬슬 일어나는 분위기였는데 길 건너 아카 카페에서도 여성 고객들이 줄줄 5명이 들어오며 군데군데 앉아 사장 김말복을 뚫어지게 바라봤다.

처음엔 그저 사장을 바라만 볼 뿐 이렇다 할 접근전을 펼치지 못했는데 어느 한 여자가 벌떡 일어나 머리카락을 흩날리며 카운터 쪽으로 돌진했다.

"호호호. 사장님, 난 사장님을 보고 반한 이숙진이라고 합니다. 잘 부탁드립니다. 저 어떠세요?"

이 행동 하나로 자리에서 커피를 마시던 4명의 여자들은 망연자실 낙담하는 얼굴빛이 역력했다.

그녀들은 아직 커피 전쟁 서막의 분수령까진 아니라고 판단하여 그저 숨죽이고 가만히 있었다. '사장의 반응을 예의 주시해 보리라!'라고 판단했다.

때마침 남자 사장 김말복은 "아니, 고객님. 지금 뭐 하자는 겁니까? 뭐예요? 뭐? 무슨 말도 안 되는 소릴 합니까? 여기 아카 카페가 당신 같은 여자들이 연애나 거는 그런 장소입니까?" 하고 막 뭐라고 하자 뒤편에서 지켜보던 4명의 여성들은 속으로 '야호! 그럼 그렇지. 저년이 설치더니 결국 이 꼴이지 뭐!'하며 환호성을 터뜨렸다.

숙진은 맥이 빠져 몇 발짝 뒷걸음질 치다가 돌아서서 제자리로 돌아갔다. 아카 카페 남자 사장 김말복을 차지하기 위한 5인 여자들의 커피 전쟁 서막이 울렸다.

같은 시각 길 건너 여사장 김지선이 운영하는 카라 카페에서 두 번째로 들어온 화려한 정장 차림의 남자는 구석 쪽에 자리를 잡았다. 이 남자는 38세의 서울 고등 법원 판사 조인호이다. 직장 가서 근무는 하지 않고 그냥 이런저런 핑계를 대고 이곳으로 들어왔다.

조인호도 여기저기 두리번거리기 시작했는데, 이유는 사장 지선이 자신에게 야릇한 미소를 보내 주었기 때문이다.

먼저 들어온 고객 최선규와 동일한 현상이 벌어졌다. 5분도 채 안 되어 커피가 나오자 지선은 그 커피를 그에게 가져다줬다.

판사 조인호는 홀짝홀짝 아메리카노를 마시면서 카운터 쪽 사장을 힐끔힐끔 쳐다봤다.

인호가 그녀에게 접근한다면 상대적으로 선규보다는 나이 면에서 꽤 유리했다.

그녀의 나이가 32세이니 38세인 인호가 44세인 선규보다 수월할 수도 있긴 하지만 커피 전쟁 애정 쟁탈전은 꼭 나이로 결판나는 것도 아니라 모를 일이었다.

원래 남녀 간의 애정 문제는 꼭 나이 차로 결판나는 성질이 아니지만 대체적으로 그렇단 이야기다.

두 남자가 막상 격렬한 커피 전쟁을 벌이며 난타전이 일어나면 오히려 그녀가 느낄 땐 44세인 선규를 더 마음에 들어 할 수도 있었다.

지금 이 순간 2명의 남자들은 엄청난 착각 속에 빠져 그녀가 자신에게 따뜻하게 보내 준 그 미소 때문에 속이 벌렁벌렁해졌다.

아까 들어올 때 오후 1시가 조금 넘었는데 어느새 2시를 가리켰다.

길 건너 아카 카페에 들어와 아메리카노를 다 마신 여성 5명은 다 제각각 빠져나가기 시작했는데 남자 사장 김말복이 너무 친절하게 "아이고, 여성 고객님 안녕히 들어가세요. 다음에 또 오세요. 하하하하." 하고 웃음을 보이며 인사했다.

그녀들은 다음 기회에 또 이곳에 들어와 어떻게든 남자 사장을 함락시켜 버리고야 말겠다는 굳은 각오를 다지며 후퇴했다.

길 건너 카라 카페에선 2명의 남자들이 계속 힐끔힐끔 카운터 쪽을 주시하자 지선은 조금 의식이 되는지 눈을 이리저리 피했다.

그녀는 지금 현재 벌어지는 일의 원인과 결과를 전혀 몰라 남자들이 왜 이러는 것인가! 싶었다.

지선 자신은 카페를 운영하는 사장 입장으로 당연히 고객들에게 그렇게 하는 게 자연스럽다고 생각하겠지만 문제는 남자 고객들의 심리는 매우 다르다는 것이었다.

모든 역사는 진실로도 이어지지만 오해로도 이어지는 성질이 존재하며 그 오해로 인해 어떤 고리가 되어 긍정적으로든 부정적으로든 작용을 한다.

두 남자는 서로 두 눈이 마주치는 경우가 속출하자 재빨리 다른 곳으로 눈을 돌리며 다소 겸연쩍은 듯 조금 난감해하며 뭔가 들킨 듯한 표정을 지었다.

이들은 서로 누군지도 모르고 아무 말도 없었지만 왠지 감이 왔으며 서로서로 그녀를 향한 미묘한 감정이 싹트고 있다는 것을 눈치챘다.

표현할 수 없는 무언의 커피 전쟁의 적대적인 의식이 벌써부터 카라 카페에 자리 잡고 있었다.

이들은 지금 이 순간 마시고 있는 차가운 아메리카노만큼이나 마음도 차갑고 그녀를 향한 뭐 이렇다 할 접근 차원의 진일보한 교두보를 쌓지 못한 채 '다른 남자의 기습이 이어지면 어쩌나!' 하는 두려움만 싹텄다.

그러는 사이 또 다른 체육복 차림의 세 번째 남자 손님이 들어왔는데 이 남자는 한때 축구 국가 대표를 꿈꿔 피땀 흘리며 훈련했던 사람이다.

결국 그 꿈을 이루진 못하고 현재 청담동 유소년 축구 교실을 운영하고 있었다. 이름은 진강태이며 나이는 35세이다.

사장 김지선은 손님을 대할 때 늘 그랬던 것처럼 어김없이 환하게 웃으며 말을 했다.

"무엇으로 드릴까요? 고객님. 호호호호."

"네에, 차가운 아메리카노입니다."

"예."

아까 길 건너 아카 카페에서 빠져나간 여성 고객 5명은 다 제각각 집에 돌아가 아카 카페 남자 사장을 떠올렸다. 어떻게 하루빨리 이뤄질 수 없음이 너무 괴로워 고통을 잊으려고 텔레비전을 틀었다.

희한한 일은 그녀들은 서로서로 모르는 사이인데도 집에 들어가 똑같은 채널을 켰다는 게 놀라웠다.

바로 와이제트큐 채널이었다. 이 채널에서 다음에 방영하는 드라마를 예고하고 있는데 제목은 '커피 전쟁'이었다. 줄거리는 골목을 사이에 둔 카페가 두 곳 있었는데 한 카페는 여자가 운영하고 다른 카페는 남자가 운영하고 있다고 나왔다.

여자가 운영하는 카페엔 5명의 남자들이 몰려와 여사장을 차지하려고 하고, 남자가 운영하는 카페엔 5명의 여자들이 몰려와 남자 사장을 차지하려고 이전투구하는 스토리였다.

이 줄거리를 보며 그녀들은 왠지 기분이 이상했다. 뭔가 타인들의 이야기가 아닌 것만 같고 블랙홀에 빠진 듯 다소 찝찝한 느낌이 들었다.

'그냥 그런가 보다' 하고 얼른 채널을 다른 데로 돌려 버렸다.

같은 시각 카라 카페에선 계속 남자 고객들이 들어오고 있었다. 지금까지 남자 손님 3명이 들어왔는데 한결같이 아이스란 표현을 쓰지 않고 시원한, 차가운이란 표현을 썼다.

여사장은 다소 의아스럽게 생각하며 우두커니 생각에 잠겼다. 수심이 가득한 까닭은 보통 일반적이지 않기 때문이었다.

진강태가 자리에 앉자 다른 남자 2명이 무척 긴장한 얼굴빛으로 변하게 되는데 방금 전에 들어온 남자가 자신들보다 나이가 더 어려 보이고 같은 남자가 봤을 때도 꽤 호남형이라 나름 위기의식이 작렬했기 때문이었다.

남자 2명의 긴장 상태가 유발한 까닭은 '행여나 저 남자와 사장이 눈이라도 맞아 버리지 않을까' 하는 불안 요소가 싹트기 때문인데 그들의 우려 사항이 벌어질 듯한 분위기가 감돌았다.

방금 전에 들어온 강태도 여기저기 두리번거리기 시작했기 때문이었다.

일단 두리번거린다는 의미는 몸의 이상 반응인데 특히 마음에 드는 이성을 봤을 때 나타나는 경우가 가장 많았다.

본인들도 그랬기에 더더욱 직감하고 있고 이미 선규, 인호는 자신들도 아까 그녀의 환한 미소를 본 뒤 자리에 앉은 후 두리번거렸기 때문에 그 몸의 반응을 그 누구보다 더 잘 알았다.

그녀가 웃으면서 그 커피를 탁자에 가져다주자 그는 벌써부터 벌렁거리기 시작했다. 이렇게 1명이 더 추가되어 3명이 그녀를 보고 반해버린 상태였다.

카라 카페 사장 김지선의 환하고 야릇한 미소만으로 남자 고객들이 벌렁거리는 것이 아니라 또 다른 전체적인 부분, 얼굴과 빼어난 몸매도 있었다. 더군다나 그녀는 이런 자신의 강점을 어필하려고 상의와 하의를 유난히 타이트하게 입고 다녔다.

유혹하는 느낌을 조금도 지울 길이 없었다.

희한한 건 길 건너 아카 카페 남자 사장 김말복도 마찬가지인데 상의와 하의를 유난히 타이트하게 입고 다녔고 때론 꽉 낀 사이클복을 입고 카페 업무를 보기도 했다.

게다가 호남형이고 몸도 헬스와 댄스로 인해 근육이 울긋불긋하여 여성들이 볼 때 울렁울렁할 정도라 아까 여성 5명이 잠시 머물다가 속만 태우고 간 것이었다.

한편 반대편 카라 카페에선 특급 졸부 골프 광팬 최선규와 조인호 판사의 속이 타들어 갔다. '제발, 제발, 제발, 저 여자와 저 남자가 눈이 맞지 않기를 기원하고 염원합니다.' 하며 전전긍긍하는 마음뿐이었다.

그러나 우려의 핵이 터졌는지 그녀가 계속 그를 바라보기 시작하며 지그시 미소를 짓고 있었다.

자신들과는 이리저리 눈을 피하고 고개를 숙이고 그랬는데 그에겐 다른 느낌이었다.

　판사 조인호는 나름대로 자신만만한 마음이 가득 차 있었는데 그 원동력은 자신이 판사라 우월 심리가 작용했기 때문이다. 지금 당장은 그녀가 체육복 차림으로 들어온 남자에게 시선을 빼앗겼어도 자신이 조금 늦게라도 판사라는 신분을 밝히기만 하면 자신에게 급격히 쏠려 올 거라고 확신하며 득의양양한 기세였다.

　글쎄, 너무 그렇게 자신의 직업을 믿고 날뛰는 호기를 부리면 큰 코 다치는 수가 있으리라!

　이 세상 대부분의 여자들은 남자의 엘리트 직업을 선호하긴 하지만 모든 여자들이 다 그런다고 판단하면 착각이었다.

　판사 인호는 과다 망상 증세, 객기, 허세까지 그득하여 자신의 직업을 굳게 믿고 있는 중인데 그렇다고 얼른 달려가 그녀에게 자신의 신분, 직업을 밝히진 못하고 가슴만 조이며 좀 더 상황을 지켜보리라! 마음먹었다.

　'그래, 너희들이 아무리 그래 봐야 소용없다. 내가 조금 늦어도 판사란 직업만 말하면 그 순간 게임은 끝난다.' 이렇게 속으로 생각했다.

　그러는 사이 최선규가 벌떡 일어나더니 카운터로 달려갔다.

　그는 지금 이 순간 상황이 묘한 방향으로 움직인다는 것을 간파하고 얼른 기선 제압하기 위해 달렸다. 절대 밀릴 수 없다는 절박감이다.

　"아아아, 저어, 하하하, 저는 골프를 하러 다니는 사람입니다. 여기카라 카페 밖에 보이는 저 외제차 볼보가 제 차입니다. 우하하하하."

　선규는 다른 건 조금 그렇고 일단 지금 당장 그녀에게 눈에 보이는 것 중 자신이 내세울 만한 것은 볼보 승용차라고 생각하여 그 차를 은근히 자랑하며 자신을 알렸다.

　그러자 조금 뒤쪽에 앉아 있던 조인호 판사, 진강태 축구 교실 운영자는 얼굴이 완전 굳어지며 침통한 표정으로 바뀌었다.

차종 때문이 아니라 그가 선수를 쳐 버렸기 때문이었다.

이런 문제는 선수만 쳤다고 무조건 이기는 것도 아니지만 그래도 그녀에 대해 무한한 관심을 갖고 있는 이들 간엔 꽤나 신경 쓰이고 괴로운 일이 아닐 수 없었다.

그래도 어쩔 수 없다고 느끼며 '지금 당장 나설 수도 없고 체면과 위신이 흔들릴 수도 있어 좀 더 상황을 예의 주시하리라!' 굳게 마음속으로 되새겼다.

'다른 시간, 기회를 포착해야지 뭐!'

그러면서 매우 불안한 심정으로 두 사람의 대화를 예의 주시했다.

"아아, 골프를 하시는군요. 네네."

"저는 가진 건 돈밖에 없습니다. 골프채도 많고 볼보만 있는 게 아니라 집에 가면 벤츠도 있고 벤틀리도 있습니다. 저는 이런 사람입니다. 세상 아무 것도 부럽지 않습니다. 하하하하."

그는 최대한 재력을 과시했다.

그랬지만 여사장 지선은 그렇듯 아주 짧게 한마디 하고 더 말하지 않았다.

그러자 뒤편에서 이를 불안하게 지켜보던 인호, 강태는 안도의 한숨을 푹 내쉬었다.

'어휴~ 살았다. 저 녀석이 그럼 그렇지 뭐! 지가 돈만 믿고 날뛰다가 별수 있어!'

이 안도의 한숨이란 저 남자가 접근 차원으로 기선을 제압하였지만 별 수 없었다는 느낌이 들어서였다.

그러는 순간 선규는 좀 더 말을 더 이어 갔다.

"제 차가 볼보인 만큼 제가 그 언젠가는 카라 카페 사장님을 제 차에 태우고 어디론가 드라이브를 하며 데이트하는 날도……. 우하하하하하." 하며 머리를 긁적였다.

이런 우회적 프러포즈에 몹시 짜증 섞인 투로 그녀는 내뱉었다.

"예에, 뭐라고요? 저를 태우고 드라이브하는 일은 절대 없을 겁니다. 에잇!"

그녀의 대답은 나름대로 단호했다.

이를 숨죽이며 지켜보던 인호, 강태는 속으로 환호성을 터뜨리며 별수 없었다는 차원을 넘어서서 저놈이 저 사장에게 퇴짜 맞은 것이라고 확신했다.

속으로 환호성을 외쳤다.

'어휴, 저런 머저리 같은 자식, 네가 골프복 입고 볼보, 벤츠, 벤틀리 내세운다고 저 여자가 올 것 같아? 에잇, 캭캭캭 퉤퉤퉤. 나처럼 매력이 있어야지.'

선규는 난데없이 "사장님, 저 같은 부자들은요 투자 포트폴리오를 할 때 부동산을 위험 관리 수단으로 이용합니다. 저 같은 부자들은 엄청 예민하여 오감을 집중해 치밀하게 투자 전략을 짭니다. 또 정부의 의도를 간파하려고 매일매일 경제 신문을 보기도 하고 또 당연히 경제 채널도 많이 보죠. 두루두루 그쪽에 있는 사람들과 지인 관계도 맺고 상납도 많이 하고요. 술자리도 자주 하지요. 또 모든 경제지를 훑어보며 최대한 경제에 온통 집중하기도 합니다. 저는 신흥 부자입니다. 저와 사귀면 그 누구보다 사장님을 즐겁고 행복하게 해 드릴 수가 있죠."라며 오버하는 느낌을 좀처럼 지울 길이 없었다.

"뭐야! 당신이 포트폴리오를 하든 경제 신문을 보든 말든 정부 놈들을 알고 지내든 말든 왜 그런 얘길 내게 하는 건데……?"

여사장 지선은 아주 혹독할 정도로 내뱉었다.

판사 인호는 속으로 '어휴~ 미친놈. 포트폴리오 좋아하네! 그런 걸 네가 제대로 알긴 알아? 저거 다 구라 치는 것 같은데.' 하며 비웃었다.

강태는 속으로 '이런~ 정신 나간 놈. 지가 무슨 신흥 부자야? 허구한 날 경제 신문만 본다고 경제를 아냐. 네가 누굴 아는데.' 하고 힐난했다.

선규는 그녀에게 거부를 당한 뒤 겸연쩍은 표정으로 머리를 긁적이며 뒤돌아 자리에 앉았다. 마치 타자가 삼구 삼진을 당한 뒤 더그아웃으로 돌아가는 듯한 표정이었다.

최근 며칠 카라 카페에 들락날락거렸던 이들 중에 그녀에게 데이트 신청을 시도한 이는 방금 전 선규가 최초였다.

실패했다고 하더라도 또다시 호시탐탐 기회를 엿봐 시도할 가능성은 매우 높았다.

지금 상황에서 곧바로 다른 2명의 남자들이 쇄도하지 않는데 그 까닭은 그랬다간 그와 마치 짜고 치는 고스톱처럼 협공하는 연합군이란 오해가 생길 수 있기 때문이었다.

다른 날, 다른 기회를 노리는 게 낫다고 자체 판단을 하는 사이 어느새 시곗바늘은 훌쩍 지나 3시를 가리켰다.

카페에 들어온 지 벌써 1시간이 지나가자 판사 조인호는 먼저 서서히 일어나더니 대체로 권력층들이 목에 힘주며 권위 있게 천천히 걷는 그런 걸음걸이로 카페를 빠져나갔다.

그 후 핸드폰만 만지작거리던 진강태도 서서히 일어나 나갔다.

이들 2명은 나가고 있지만 속으로 어떻게 이 카라 카페 여사장을 내 것으로 만들 것인가에 대해서 엄청난 연구를 거듭했다.

이들 2명이 나간 뒤 2분이 지나자 골프 광팬 최선규도 천천히 나갔다. 그렇게 아까 들어왔던 3명의 남자 고객들은 다 나갔다.

아까 카라 카페 길 건너 아카 카페에 들어왔던 여성 고객 5명 이숙진, 방호숙, 조채비, 남보라, 권영희는 서로 모르는 사이인데도 마치 약속이라도 한 듯이 다음 기회에 아카 카페에 진격하여 자신들이 보고 반해 버린 남자 사장을 차지하기 위하여 미용실에 들러 헤어에 신경을 쓰고 피부 샵에서 얼굴 마사지도 받았다.

그녀들은 이날 이런 만반의 대비를 한 후 집에 들어왔다. 또다시 무료한 시간이라 텔레비전을 트니 와이제트큐 채널에서 다음 주부터 방영되는 '커피 전쟁' 드라마에 나오는 여성 탤런트 5명이 신사역 부근 남자 사장이 운영하는 휠글 카페로 돌진하기 위해 헤어와 피부에 유난히 신경을 썼다는 예고편이 나왔다. 그녀들은 문득 가슴이 뜨끔거렸다.

자기 자신들을 보는 듯한 마치 미래의 자화상 격인 거울을 보는 것만 같아 온몸이 완전 굳어졌다.

끝으로 드라마 예고는 이렇게 알렸다. '올 여름 최고의 힐링을 담보할 커피 전쟁을 기대해도 좋아요. 와우! 채널 고정!'

"어어! 이거 너무 이상한데 왠지 나를 보는 것만 같아! 아니 저것들이 내 사생활을 염탐했나. 으으으. 정말 재수 없다. 꺼 버려야지."

그녀들은 텔레비전을 끄고 고요히 클래식을 들었다. 서로서로 모르는 사이인데도 지금 동일한 시간대에 똑같은 행동을 하고 있는 것이 참 기이했다. 보이지 않는 세계에 의해 조종되는 듯한 기운이 감돌았다.

같은 시각 카라 카페 사장 지선은 음악을 조용한 클래식 음악으로 바꿔 틀었다. 잘 모르는 남자가 자신에게 접근 차원으로 한 드라이브 데이트 신청 때문에 몹시 불쾌하고 짜증나는 기분이라 기분 전환이 필요했다.

　몇 분이 더 흐르고 이번엔 멋진 정장 차림의 한 남성이 카페로 들어왔다. 그녀는 또 환한 미소를 지으며 "무엇을 드실까요?"라고 물었고 고객은 "차가운 아메리카노를 주세요."라고 말했다.

　그녀는 아연실색하지 않을 수 없는 것이, 아까 왔던 남자 고객 3명도 지금 들어온 남자 고객도 아이스란 표현을 쓰지 않고 '차가운'이란 표현을 쓴다는 게 꽤 낯설었다. 통상적인 표현법이 아니기 때문이었다.

　고객이 자리에 앉고 2분 정도가 지나 커피가 완성되었다. 지선은 커피를 직접 가져다줬다.

　"네에, 아메리카노 나왔습니다. 호호호."

　예외 없이 이 카라 카페에 들어오는 남자 손님들은 그녀를 보면 두리번거리거나 얼굴이 굳어져 버리는 공통점을 나타내는데 음양의 조화인 것 같다.

　이번도 예외는 아니었다. 오늘 오후에 들어온 남자 손님들 중 네 번째 손님의 이름은 안지덕이고 직업은 신경외과 의사에 나이는 40세이다.

　생긴 건 무척 지적으로 생겼고 말하는 것도 조용하고 천천히 지적으로 말하는 타입이었다.

　안지덕은 지적이게 보이려고 가방에서 무슨 책을 한 권 꺼내어 유유히 읽어 나갔다.

　원래 성격상 책 보는 걸 좋아하는 것도 있지만 여사장에게 매우 지적이고 부드러운 이미지를 보여 주기 위한 이미지 관리 차원이 더 컸다.

　그저 무료한 시간이 흐르고 있을 때 이번엔 다섯 번째 남자 고객이 들어왔다. 이 남자의 옷차림은 그냥 평범한데 오늘 오후에 들어온 남자 고객들 중 나이가 가장 많아 보였다. 실제 나이는 48세이고 직업은 인근 신축 빌라 공사장 감독인 장기람이다.

성격은 다혈질이라 남자들에겐 말을 몹시 거칠게 하지만 여자들에겐 말을 엄청 부드럽게 하는 등 이중성이 많아 여자들이 많이 따르는 편이었다.

"허허허, 시원하고 더위를 한 방에 확 날려 버릴 차디찬 냉커피 한 잔 주십시오. 하하하."

"네에, 히히히."

그녀는 웃었지만 속으로 너무 이상한 기분과 다소 무섭단 생각마저 들었다. 거의 비슷한 시간대에 들어온 5명의 남자 고객들의 아이스란 표현이 아닌 차가운이나 냉커피란 표현이 꽤나 신경을 건드렸다. 사실 이런 표현도 맞긴 한데 소소하고 별 것도 아니지만 성격이 꽤나 예민한 여사장으로선 예사롭지 않은 대목이었다.

다섯 번째로 들어온 장기람도 냉커피를 마셔 가며 여기저기 두리번거리기 시작했다.

아까 1시간 전엔 3명의 남자 고객들이 여기저기 두리번거리며 그녀를 향한 무언의 경쟁 구도를 이루며 보이지 않는 실랑이를 펼쳤는가 하면 지금은 재편되어 2명에서 그러고 있는 중이었다.

안지덕이 잠시 무엇인가 생각에 잠긴 틈에 장기람이 번개같이 카운터 쪽으로 달려갔다.

"하하하하. 아가씨, 너무 예쁜데요. 허허허허. 데이트하고 싶어집니다. 그대의 마음을 활짝 열어 주세요."

"……."

사장 지선은 침묵했다. 다소 예의를 깬 아가씨란 표현이 불쾌했다. 최소 사장님이란 소린 듣고 싶었다.

아까 1시간 전에 골프복 차림의 어떤 낯선 남자가 한 드라이브 신청 때문에 무척 짜증난 상태인데 또 다른 남자가 데이트 신청을 하니 불쾌함이 하늘을 찔렀다. 게다가 남자의 옷차림도 초라하니 그저 그랬다.

그녀가 침묵으로 일관하자 구석 자리에 앉아 있던 신경외과 의사 안지덕은 안도의 한숨을 폭 쉬며 속으로 '살았다!' 하고 외쳤다. 큰 위기를 넘긴 심정인데 그 이유는 시샘이 앞서 행여나 저 남자와 엮이면 골치가 아파서였다.

그녀가 계속 침묵을 지키자 장기람은 겸연쩍은 표정을 지으며 그냥 뒤돌아서서 자리로 돌아갔다.

그냥 돌아서 들어가자 이번엔 안지덕이 그녀에게로 가서 뭐라 말하려고 자리에 일어났으나 용기가 나질 않아 그냥 다시 제자리에 앉아 버렸다.

기람과 지덕 사이에 뭔가 보이지 않는 소형 회오리가 한 번 휘몰아쳤다.

이런 여러 상황 자체에 그녀는 뭔가 의아한 생각에 빠져들 수밖에 없었는데, 아까 1시간 전에도 유사한 일이 있었다가 지금 이 시간에 또다시 이런 일이 일어났기 때문이었다.

카라 카페 사장 김지선은 2018년 7월 1일 수요일 오후 2시에서 3시 사이 카페에서 왠지 커피 전쟁이 발발할 것 같은 전운에 깊은 생각 속으로 빠져들었다.

'도대체 저것들이 뭐지! 날강도인가 아니면 나를 보고 반해서 그러나. 하여간 무서워.'

낯선 남자 고객으로부터 드라이브 신청에 데이트 신청까지 이어지니 무섭다는 생각을 하게 됐다.

아까 그 골프복 차림의 남자와 지금 이 시간 평범한 옷차림의 남자가 뭔가 연결된 연합군이 아닐까 하는 생각까지 들었다. 심지어 자신을 포위하려는 인신매매범이란 생각까지 거대한 확대 해석을 하기에 이르렀다.

정말 자신이 그렇게 여성으로서 매력이 만점인가 하는 생각도 자연스레 일어나며 이런저런 온갖 상념들이 그녀의 머릿속을 강타하며 30분이 지났다. 2명의 남자 고객들이 빠져나가려 하자 그녀는 눈을 부딪치지 않으려고 고개를 다른 데로 돌렸다.

그녀가 시곗바늘을 바라보니 3시 30분을 가리키고 있었다.

오후 1시부터 3시 30분 사이에 남자 고객 5명이 들어왔는데 2명은 접근 차원으로 말을 걸어 왔고 나머지 3명은 그저 속으로 생각만 거듭하다가 돌아갔다.

그녀는 공주병 같은 것도 있고 카라 카페에 들어오는 남자 고객들을 겨냥해 옷차림도 꽤나 신경 쓰지만, 정작 잘 모르는 낯선 남자 고객들이 접근하면 움츠러들어 피하려고 하며 심지어 무서워하기도 했다.

마음에 안 들어 그럴 수도 있지만 그런 걸 떠나 잘 모르는 낯선 남자에 대해선 심적 경계 태세를 바짝 동여맴과 동시에 한편으론 그들에게서 매력 넘치는 사장으로 비춰지고 싶은 충동과 야욕으로 헤어나 패션에 유난히 신경을 썼다.

자기 자신의 마음속 감정이 시키는 대로 하지 못하고 겉으론 이것도 저것도 아닌 오락가락하는 상태였다. 즉 본능에 충실하지 못했다.

오후 4시를 향하여 시곗바늘은 기울고 이곳에서 한순간에 벌어진 회오리 같은 일들이 잠잠해지자 김지선은 유유히 카페라테 한 잔을 천천히 마셔 가며 다시 생각에 잠겼다.

그녀는 아까 3명의 남자 고객들이 다 나간 뒤 기분 전환으로 음악을 바꿔 튼 것처럼 이번에도 다른 경쾌하고 전율이 느껴지는 록 음악으로 바꿔 침체된 분위기 반전을 꾀했다.

　록 음악을 한참 듣다 보니 어느새 해 질 녘이 되었다. 지선은 들어오는 손님들을 더 받으며 부산하게 움직인 뒤 밤 10시가 되자 일을 마치고 청담동 투룸 집으로 들어갔다.

　샤워를 하고 텔레비전을 켜 이리저리 몸을 뒹굴다 오늘 오후에 일어난 카페에서 커피 전쟁이 발발할 것 같은 전운에 대해 다시 한번 되짚어 봤다.

　그 남자들에 대해서 말이다.

　6월보다 무더위가 더 극성을 부릴 7월의 시작점 1일에 청담역 주변 카라 카페 사장인 김지선을 보고 반한 남자 손님이 최종 5명이다.

1. 최선규, 44세, 무직, 돈 많이 물려받아 특급 졸부로서 늘 골프복차림이고 골프하러 다님. 차종 볼보. 집에 벤츠, 벤틀리도 있음.
2. 조인호, 38세, 서울 고법 판사, 정장 차림.
3. 진강태, 35세, 청담동 유소년 축구 교실 운영, 체육복 차림, 호남형, 지선이 속으로 유일하게 관심을 가짐.
4. 안지덕, 40세, 신경외과 의사, 정장 차림.
5. 장기람, 48세, 신축 빌라 공사장 감독, 평범한 옷차림.

　5명은 그녀의 모습을 잠들기 전 머릿속으로 떠올리다가 살며시 꿈나라로 들어가 버렸다.

　한편 아까 카라 카페 맞은편 아카 카페에 들러 남자 사장을 보고 반했던 여성 고객 5명은 잠들기 전 그의 전율의 타이트한 사이클복 입은 모습을 한 번 더 떠올리며 몸을 이리저리 뒤척이다 오밤중이 다 되어

서야 가까스로 잠이 들었다.

 여성 고객 5명은 모두 다 이곳 청담동에 살고 있었다. 부모님의 집은 다른 곳에 있고 다들 강남구 갑부들이며 별도로 독립하여 나와 가게를 운영하고 있었다. 우연의 일치치곤 너무 기이할 정도로 그녀들은 모두 나이도 34세로 똑같고 고급 의류점을 한다는 것도 똑같았다.

 아까 오후에 말복이 운영하는 아카 카페에 들어온 이유는 자신들의 무료함을 달래기 위함이었다.

 내일도 날씨는 점점 무더워진다는 예보가 나온 상태라 그녀들은 또다시 오후가 되면 아카 카페로 들어갈 계획이었다. 그 이면에는 단연 남자 사장 말복을 보기 위함이 있었다.

 그녀들은 각자 깊은 잠에 든 사이 무엇인가 꿈을 꾸게 되는데, 내일 오후에 아카 카페에서 남자 사장에게 접근해 만남이 이뤄지고 연인으로 발전하는 내용을 꾸며 환호성을 터뜨렸다.

 기이하고 신기한 건 5명의 여성들이 다들 똑같은 꿈을 꿨다는 대목인데 괴이하기까지 했다.

 너무 달콤한 내용에 젖어 시간이 훌쩍 지나 어느새 아침을 맞았다. 눈을 비비며 일어나려 하는 그녀들은 다들 혼자 살고 있었다. 워낙 개성들이 강해 그리 호락호락하게 결혼하지도 않았다.

 아침밥을 차려 먹으면서도 온통 아카 카페 남자 사장의 모습만 떠올리며 '오늘 오전 중으로 가 보리라!'라고 마음먹었다.

 어제 숙진만 말복에게 접근하고 다른 4명의 여성들은 아무것도 하지 못했지만 오늘은 분위기가 사뭇 다른 기세로 호숙, 채비, 보라, 영희가 이를 바득바득 갈았다.

 숙진은 어제에 이어 오늘도 아카 카페 남자 사장 말복에게 더 가열하게 접근전을 시도하려고 단단히 벼르고 있었다.

오전 10시가 넘자 무슨 약속이라도 한 듯 그녀들은 일제히 아카 카페로 입장했다. 들어오는 문에서 서로 부딪히는데도 전혀 놀라지 않고 날카롭게 노려봤다.

사장 김말복은 다소 놀랐지만 '무슨 일이야 있겠나!'라고 생각하며 크게 대수롭게 여기지 않았다.

마치 여기저기 흩어지는 낙엽처럼 군데군데 자리에 앉은 후 걸어 나가 일제히 아메리카노를 주문했다. 숙진은 무덤덤하였으나 나머지 4명의 여성들은 꽤나 신경이 날카로웠다. 어제 그 일, 커피 전쟁의 적군 숙진이 최초로 선수를 쳤기 때문이었다.

호숙, 채비, 보라, 영희는 마음속으로 오늘만큼은 자신이 맨 먼저 선수를 쳐야 한다는 강박 관념과 긴장감이 그득했다.

숙진이 잠시 뜨거운 커피를 서서히 식혀 가며 마실 때 4명의 여성들은 서로 사인이라도 주고받은 양 긴 머리를 거칠게 휘날리며 카운터 쪽으로 뛰쳐나갔다.

"어어어어어!"

"으으으으으!"

"아아아아아!"

서로 놀라는 소리가 울려 퍼졌으나 남자 사장 말복이 불쾌하고 매섭게 노려보자 다시 뒤돌아 갔다.

아직까지 그녀들의 구체적인 행동이 없어 숙진은 그저 고요히 커피를 마셨다.

다 각자 제자리에서 커피를 마시며 숨 고르기를 하다 느닷없이 영희가 먼저 기선 제압 차원으로 뛰쳐나가 "아, 저, 아카 카페 사장님. 어제 저쪽에 앉은 여자가 사장님에게 선수를 쳐서 제가 더 이상 그 꼴을 볼 수가 없어 지금 이렇게 나왔습니다. 나를 받아 주십시오. 나는 당신을 좋아합니다."라고 말하며 주먹을 불끈 쥐고 당장이라도 다 평정할 것만 같은 전율을 드러냈다.

그러자 숙진은 깜짝 놀라 온몸이 완전 굳어지며 하마터면 커피 잔을 놓칠 뻔했다. 손이 부르르르 떨리다 가까스로 탁자에 탁 하고 놓을 수 있었다.

사장 말복은 "아니, 고객님. 도대체 왜 그러십니까? 이게 뭡니까? 무슨 여기가 연애나 거는 그런 장소입니까? 아, 진짜 더러워서 카페 운영 못해 먹겠네! 정말." 하고 역정을 냈다.

이 말에 영희도 몹시 당황해 뒤로 주춤거리며 "아아, 네네. 그러세요. 그럼 제 이름이 권영희라는 것만 기억해 주세요. 청담동에서 고급 일류 의류점을 하는 여자랍니다. 사장님, 집이란 게 뭘까요? 인간이 살기 위해 지은 건물이고 가족이 생활하는 터전이겠죠. 하지만 실제 현실에서 집을 갖는 이유는 매우 크죠. 모든 인간들은 보금자리 주택에 대한 소유 의식이 엄청나요. 사는 집이 자신을 말해 주기도 하고요. 사는 집은 자신의 경제적 위치의 증표가 되는 수단이에요. 돈이 모일수록 인간들은 보다 멋진 집에서 살기를 간절히 소망합니다. 펜트하우스나 초고층 주상 복합과 한강 조망권을 좋아하는 부유층들의 구미에 맞게 지어 지는 아파트들은 최고급이란 이미지를 부각하고 아파트 가격을 점차 높이고 있죠. 저희 부모가 현재 그런 주택에 살고 있어요. 히히히히. 이 정도면 저를 한 번 고려해 볼 만하겠죠? 가진 건 돈밖에 없는 부모 밑에서 자란 여성 영희라고 불러 주세요. 저희 부모는 지금 강남 최대 펜트하우스에서 살고 있답니다."라고 자신의 신분을 밝히고 제자리로 돌아갔다.

이 말에 감말복 사장은 무척 한심하게 쳐다보며 "고객님, 그래서 그게 저하고 무슨 상관이 있습니까?"라며 매섭게 노려봤다.

"그럼 고객님은 그렇게 행복한 인생을 사세요. 돈이 많으시니. 어쨌든 저와는 무관한 사항입니다."라고 덧붙였다.

숙진, 호숙, 채비, 보라는 "으하하하하!" 하고 호탕하게 비웃었다.

방금 전 그녀가 청담동에서 고급 일류 의류점을 한다는 말에 다른 여자들은 눈을 번쩍 뜨며 속으로 '어어, 저거 저 여자도 의류점을.' 하며 놀랐다. 자신들도 다 고급 일류 의류점을 하고 있어서였다.

남자 사장에게서 좋지 않은 소릴 듣고 영희가 퇴각했지만 호숙, 채비, 보라에겐 무척 긴장된 얼굴빛이 역력했다. 이유는 일단 여자로서 야심찬 공습을 날렸기 때문에 비록 실패한 듯해도 혹시 모를 일이기 때문이었다. 어제는 저 숙진이란 여자가 그랬고 오늘은 영희란 여자가 그랬기 때문에 아직 아무것도 하지 못한 3명은 무척 위축되고 초라한 기분을 느꼈다.

다행히 남자 사장이 어제에 이어 오늘도 날카롭게 거부의 칼날을 드러냈으니 안도의 한숨을 푹푹 내쉬었다.

호숙, 채비, 보라는 각자 속으로 '지금 이 타이밍에 내가 접근해서 저 남자 사장이 무슨 연합군이라도 된다고 생각하면 어쩌지! 그럼 하나마나 낭패인데…….' 하며 이러지도 저러지도 못하는 사면초가 상태에 빠졌다.

각자가 마시는 아메리카노는 본인들의 쓰디쓴 심장을 닮은 맛과 일치되고 시럽을 듬뿍 넣어도 도루묵이었다.

컵에 든 커피가 바닥을 드러낼 때 쯤 아직 접근전을 펼치지 못한 3명은 이따 자신들의 의류 매장으로 돌아가서 땅을 치며 후회하느니 차라리 지금 이 시각 과감하고 작렬하게 커피 전쟁을 일으키고야 말겠다는 비장한 각오를 다졌다.

여성 3명은 뒤질세라 뛰쳐나가는 찰나 서로 몸을 충돌할 뻔한 사태에 처했다.

서로는 지금 이 순간 상대가 왜 그러는지 알지 못했다.

"아아, 저어."

"어어, 저기."

"으으, 아악."

여성들은 서로 먼저 남자 사장에게 말을 걸려는 과정에 말들이 맞부딪쳐 서로 말을 하기가 여간 어려운 게 아니었다. 말을 전혀 할 수가 없는 상황이라 그녀들은 서로 주먹을 불끈 쥐고 매섭고 날카롭게 노려보며 주시했다.

이 장면은 자리에 앉아 있는 숙진과 영희에겐 굉장히 큰 압박감으로 몰려왔다.

말복은 "아! 고객님들 왜들 그러세요? 한 잔 더 하시려고요?"라고 물었다.

3명의 여성들은 서로가 먼저 말하려고 하는 바람에 심한 충돌을 일으키며 제대로 말을 하지 못하고 괴로워하자 말복은 "아아아, 서로 그러지 말고 차근차근 한 분씩 말하세요. 서로 그러시면 제가 주문을 받기가 힘들잖아요."라며 제재했다.

호숙, 채비가 잠시 주춤한 사이 보라가 선수를 쳤다.

"아, 네. 아카 카페 사장님, 저 너무 괴롭습니다. 웬 여자들이 이 난리를 치는지 모르겠어요. 저는 어제 처음 사장님을 보고 반한 여자이고 이름은 남보라라고 합니다. 그렇게 아세요. 히히히. 아, 난 말이죠. 나도 가진 건 돈밖에 없습니다. 돈, 돈, 돈."

그녀는 난데없이 조금 궁색하게 손가락을 둥글게 돈이란 걸 나타내는 동작을 하며 "아카 카페 멋진 사장님, 이 손가락의 원형이 바로 돈을 나타냅니다. 우리 집 가족들은 강남구에서 최고의 재력가들입니다. 더 긴말이 필요 없습니다. 현금 흐름에 주목해 볼 필요가 있죠. 재무 관리에서 볼 때 가장 핵심적인 사항은 바로 현금 흐름이라고 볼 수가 있죠. 보통은 이익에 관심을 기울이는 데 비해 재무 관리에서는 현금 흐름에 더욱더 심혈을 기울이는 이유가 뭔지 아십니까? 보통의 이익 관심은 지나간 과거에 어느 정도로 재산을 축적했느냐는 것을 의미해요. 하지만 재무 관리 측면에서 현금 흐름은 바로 기업 입장에서 가장 핵심적인 투자 대안의 현금 흐름을 의미하는 거예요. 즉 미래 지향적인 것이죠. 현금 흐름은 해당 현금 흐름이라고도 부르는데 해당 현금 흐름은 투자 대안을 선택함에 따라 나타나는 현금 흐름으로 세금을 포함한 모든 현금 흐름의 이동과 변화를 나타냅니다."라고 다소 길게 말했다.

그러자 자리에 앉아 커피를 마시던 4명의 여자들은 "우하하하하!" 하며 크게 웃어 버렸다.

"쟤는 돈으로 남자를 매수하려고 드는구만!"

"쯧쯧쯧, 불쌍하고 딱한 여자다. 돈이면 세상 모든 게 다 되는 줄 아는가 봐! 나는 뭐 그런 돈이 없는 줄 아나. 나도 가진 건 돈밖에 없는 우먼이라고……."

궁시렁궁시렁했다.

구시렁거린다고 해결될 일이 아닌 걸 익히 잘 알고 있는 호숙과 채비는 속이 부글부글 끓어올랐다.

그녀들은 문득 여기서 밀리면 끝장이라는 위기감이 팽배하게 드리워졌다.

호숙이 번개같이 벌떡 일어나 앞으로 뛰쳐나가며 말복과 대치된 보라를 확 밀쳤다.

"이 여자야, 이 남자에게 그렇게 자신 없으면 뒤로 물러나 있으라고. 다음은 내 차례니까. 내가 확실히 이 남자 사장을 눌러 줄게. 내 것이니까!" 하며 눈을 부릅떴다.

보라는 맥이 빠진 채 제자리로 퇴각한 후 호숙은 "사장님 다들 돈 자랑에 혈안이 됐군요. 돈이면 남자도 살 수 있다고 생각하나 봅니다. 이건 말도 안 되는 것이죠. 나는 당신의 마음을 사겠습니다. 히히히히. 마음을 살 겁니다. 마음이란 바로 몸입니다. 몸이라고요. 몸."이라고 하더니 느닷없이 말복에게 달려들어 확 끌어안았다.

말복은 "어! 이게 뭐 하는 짓이야? 이거 안 놔?"라는 비명을 지르며 그녀를 떨어뜨리려고 이리저리 몸을 비틀었다. 안간힘을 썼지만 호숙은 안 떨어지려고 더 세게 꽉 끌어안고 매달렸다. 호숙의 육탄 도발에 나머지 4명의 여자들은 입이 쩍 벌어지며 충격과 놀람 속으로 빠져들었다.

"어어, 저거, 저년 완전 미친 거 아냐! 잘 모르는 남잘 막 끌어안고 난리야!"

"저거 완전 굶주린 여우다."

시샘과 배 아픔이 겹치면서 속이 타들어 가는 여자들이었다. 채비가 벌떡 일어나 "아니, 사장님. 저 여잘 강제 추행죄로 고소하십시오. 어디 건방지게 사장님을 끌어안고 난리를 칠 수가 있습니까? 이건 도저히 있을 수가 없는 일입니다. 으흑!" 하며 격분을 일으켰다.

　채비는 더 이상 못 봐 주겠다 여기고 뛰쳐나가 호숙을 가로막았다.

　"너, 뭐 하는 여자야? 나도 같은 여자지만 여자가 자존심도 체면도 없이 막 남잘 끌어안아도 돼?"라고 핏대를 올리며 막 따졌다.

　이에 아랑곳하지 않고 호숙은 계속 사장 말복에게 집중하며 "내가 당신과 결혼하면 얻는 이점이 뭘까요? 바로 자녀 교육 문제 아닐까요? 학군 좋은 지점에 부자들이 몰려드는 이유가 뭘까요? 농사 중에 제일 중요한 게 자식 농사라는 말도 있지 않습니까? 거의 대부분의 서민들은 부동산이나 주식 등을 재테크 수단으로 접근하지요. 하지만 부자들은 그보다 자녀 교육을 최고의 재테크로 칩니다. 한국은 교육 정책과 부동산 시장의 연관성이 엄청 높죠. 교육 환경이 강남 집값 폭등의 원인이라고 결론을 내는 전문가들이 많아요. 그중 40평대 이상의 아파트를 구입하려고 하는 사람들은 교육 환경을 구입 조건 중에서 상당히 핵심으로 여깁니다. 우리 아버지가 내게 물려준 아파트로 강남에서 50평 아파트가 있죠. 그래도 날 거부하실 겁니까?" 하고 목소리를 높이며 자신의 경제력을 알렸다.

　이 말을 듣던 채비는 무척 어이가 없다는 표정을 지으며 호숙의 말을 가로챘다.

　"어휴~ 진짜 돈 자랑 좀 그만 해라! 꼭 그런 것만도 아니야, 이 여자야. 집이란 그저 잠만 잘 자면 그걸로 끝이야. 집이란 목적에 따라 선택 기준이 달라져. 임대 주거 투자 등을 종합하여 부동산 투자의 목적을 뚜렷이 해야 제대로 된 정보를 찾을 수 있고 현명한 투자를 할 수도 있다고. 꼭 교육 목적으로만 접근하면 허점도 많아. 부동산 정책은 투자를 목적으로 부동산을 구입하는 사람들을 대상으로 각종 규제를 엄격히 제한하고 있지만 주거의 목적이면 보다 포괄적으로 매물 대상을 둘러볼 수도 있다고……. 그런 쓸데없는 소린 관두고 이 남자 사장은 내 거니까 너는 그냥 물러나."라고 반박했다.

호숙, 채비는 가슴이 뜨끔했다. 그녀들은 일제히 "아니 뭐 하는 여자야? 내가 먼저 이 사장을 차지하려고 했는데. 이게 뭐야!" 하며 고성을 질렀다.

호숙이 다음으로 "사장님, 더 볼 것 없어요. 당신은 바로 내 것입니다."라며 쐐기타를 박으려 들자 채비가 "어휴~ 이런. 다 그런 거였구나! 그만들 하자고. 이 사장님은 이미 날 쳐다보는 눈빛이 예사롭지 않았다고. 벌써 나와 눈이 맞은 것 같아!"라며 응수했다.

보라는 이런 현실이 짜증 나 맥없이 자리로 돌아갔으나 호숙, 채비는 계속 서로에게 고성을 질렀다. 사장 말복이 "이거 다 안 되겠어. 경찰을 불러 제재하는 수밖에." 하며 폰을 들자 그녀들은 조금 주춤거렸.

그녀들의 실랑이에 화가 난 보라, 숙진, 영희는 탁자 위에 놓인 먹던 커피 잔을 들고 그녀들에게 막 뿌려 버렸다. 조금 남았던 커피가 막 날아가 그녀들의 옷에 묻었다.

"어어어, 이게 뭐야! 저것들이 내게 커피를 뿌려! 어어, 이거 너무 더럽다. 더러워!"

금세 그녀들의 옷은 커피로 축축해졌.

말복이 신고한 지 불과 3분도 채 안 되어 경찰들이 청담동 아카 카페로 쇄도했다.

말복은 여자 고객들이 자신에게 좋아한다고 추근거린 스토킹으로 신고한 건데 되레 호숙, 채비가 경찰들에게 "저기, 저 여자들이 내 옷에 커피를 뿌렸어요. 이걸로 신고합니다." 하여 겹친 신고가 됐다.

피해자는 사장 말복이기도 하고 커피 뿌림을 당한 다른 여인이기도 했다.

말복의 신고 내역에 대해선 경찰은 스토킹이 성립 안 됨으로 규정지었다. 반면 3명의 여자가 2명의 여자에게 커피를 뿌린 건 폭행죄로 규정되었다.

그러자 말복은 심하게 흥분하며 "왜 스토킹이 안 됩니까? 이 여자들이 얼마나 나를 괴롭힌 줄 아세요?" 하며 항의하였으나 경찰은 "오늘 일회성으로 대시 좀 했다고 그렇게 규정짓기엔 조금 무리가 있습니다. 계속 지속적이면 모르겠지만 말입니다." 하며 경위를 알렸다.

커피를 뿌린 3명의 여자들을 경찰이 끌고 가려 하자 그녀들은 몸을 벌벌 떨며 피해 여성 2명에게 "한 번만 봐주시죠."라고 애걸복걸했다. "제가 여기 청담동 고급 일류 의류점을 하는 사람인데 여러분들에게 새 옷을 선물해 줄 테니 제발 봐 줘요." 하며 커피가 묻은 옷에 화장지를 들고 와 손으로 툭툭 털어 주는 아량을 베풀기도 했다.

순간 마음이 약해진 피해자들은 "그럼 새 옷을 받기로 하고 내가 선처해 주겠어요."라고 용서해 줬다.

5명의 여성들이 다 청담동에서 고급 일류 의류점을 운영한다는 사실이 알려지는 순간이었다. 경찰들은 빠져나갔다.

호숙, 채비 2명의 피해 여성을 데리고 영희, 보라, 숙진 3명의 가해 여성들이 새 옷을 주기 위해 밖으로 나갔다.

이 광경을 우두커니 지켜보던 사장 말복은 엄청 어이가 없다는 표정으로 벽만 쳐다봤다.

가해 여성들은 정말 피해 여성들을 자신들이 운영하는 의류점으로 데려가 새 옷을 건네주며 합의하자 가장 값비싼 옷을 받고 나갔다.

가면서 앞으로 아카 카페에 끝없이 나타나 커피 전쟁을 치를 적군들이란 걸 상기하며 잡아먹을 듯이 노려보고 무언의 삿대질까지 해 댔다.

점심때가 넘어가는 시간, 아카 카페 사장 말복은 이런저런 복잡한 상념들이 머릿속에서 좀처럼 떠나질 않았다.

속으로 '저 낯선 여자 5명 날강도들 아닌가! 나를 잡아먹으려는 강도들 말이야. 지들 말로는 이 동네에서 고급 의류점을 한다지만 말이야.' 이런 두려움이 점점 싹텄다.

한편 길 건너 카라 카페 여사장 지선은 어젯밤 꿈을 꾸었는데 내일 또다시 그 남자 5명이 카페에 나타나 자신을 빤히 바라보며 관심을 드러내는 내용의 꿈을 꾸다가 갑자기 식은땀을 흘리며 잠에서 벌떡 깨어났다.

"어휴, 으으으윽 흑, 그런 새끼들."이라고 한숨을 깊게 내쉬었다.

잠에서 깨어난 시간은 밤 3시인데 아까 잠들기 전처럼 또다시 텔레비전을 잠시 켜고 채널을 이리저리 돌리던 중 종합 격투기를 하는 채널이 있어 잠시 넋을 잃고 그것을 바라봤다.

문득 스쳐간 영감은 오후에 나타난 남자 5명이 마치 옥타곤 안의 저들처럼 싸우는 듯한 모습이 연상되는 듯했다. 자신의 미모를 놓고 싸우며 다투는 것 같아 한편으론 괴롭기도 했지만 또 다른 한편으론 짜릿한 스릴도 느껴지면서 회심의 미소를 지었다. 전원을 누르고 다시 침대에 누워 고요히 꿈속으로 빠져들었다. 눈 깜작할 사이에 아침이 밝았는데 오늘도 어제처럼 무척 무더울 것으로 예상되었다.

원래 7월, 8월은 엄청 더웠다.

청담동 투룸이 집인 그녀는 8시에 일어나 씻고 먹고 자신의 일터 카라 카페에 가려고 집에서 나왔다. 카페는 10시에 문을 여는데 준비하는 시간이 꽤 소요되기에 일찍 서둘러 나가는 것이었다.

오전 시간엔 여자 고객들이 단체로 꽤 많이 들어왔다.

거의 대부분의 고객들이 아메리카노를 마시는 걸 보면 그 커피가 그래도 무난한가 보다. 어느새 점심시간이 되었다. 그녀는 건물 바로 옆에 있는 김밥천국으로 가 김밥 한 줄을 사서 다시 카페로 돌아와 먹는 것으로 끼니를 때웠다. 다이어트를 하기 때문이다. 다 먹고 나니 오후 1시가 되어 버렸다. 과연, 어젯밤의 그 꿈이 맞을 것인가!

사뭇, 궁금해진 김지선은 꿈과 생시의 교차점의 시간차가 잠시 번쩍번쩍하더니 아닌 게 아니라 그 꿈은 현실이 되었다.

어제 첫 번째 남자 손님이었던 그 골프복 차림의 승용차 볼보, 벤츠, 벤틀리를 자랑하였던 최선규가 들어왔다.

속으론 무척 놀라며 당황스러운 그녀였지만 겉으론 태연한 척하려고 부단히 노력하였다. 꿈과 생시가 일치된 대목이……

그가 들어오면서 "안녕하세요. 또 뵙게 되는군요."라고 미소를 짓자 지선은 얼떨결에 "네에, 그래요."라고 화답을 하였다.

"하하하, 아메리카노를 주십시오. 당연히 시원한 것이지요. 덥잖아요."

"네에."

대답은 하였으나 어제에 이어 오늘 또 아이스란 표현인 아닌 시원한이란 표현이 너무너무 신경 쓰였다. '어떻게 이럴 수가 있을까!' 이렇게까지 생각했다.

02 _ 그 낯선 남자들은 마치 5인조 강도 같았다

그는 어제 타고 온 그 볼보 승용차 대신 오늘은 과시용으로 벤틀리를 타고 와 밖의 주차장에 세워 놓았다. 그는 어제보다 오늘 타고 온 벤틀리 차를 더욱더 깨끗하게 세차를 하여 타고 왔다.

"어여쁜 사장님, 저기 밖에 벤틀리 플라잉스퍼가 자리에 꽉 차 있습니다. 바로 제 차입니다. 우하하하하. 저는 이런 사람입니다."

그러자 지선은 밖을 힐끗 쳐다보곤 약간 비웃는 표정을 지으며 커피를 내렸다.

시원한 아메리카노가 나올 즈음 이번엔 어제 두 번째 정장 차림으로 들어왔던 조인호 판사가 들어왔다.

조인호는 들어오면서 특별히 뭐라고 말은 하지 않고 고개를 살짝 숙이며 미소를 짓는 것으로 인사를 대신했다.

그도 위와 똑같은 커피를 주문하는 걸 보면 그 커피가 확실히 대세는 대세인가 보다.

그러던 중 이게 어찌된 일인지 어제 세 번째 체육복 차림으로 들어왔던 진강태가 또 들어오고 있는데 그녀가 생각할 때 더욱더 괴이한 건 어제 이 시간에 들어온 남자 손님들 3명이 오늘도 들어오는 시간과 순번이 똑같다는 게 기이하고도 수상하기도 한 것이었다.

"아이고, 안녕하세요. 또 오게 되네요. 썰렁한 아메리카노 한 잔입니다."

"네에, 썰렁한이라고요?"

"차갑다는 뜻이기도 하고 어째 좀 그렇다는 뜻이기도 합니다. 하하하."

이 썰렁한이란 표현에 여사장은 더더욱 소름이 돋기 시작했다. 다들 한결같이 차가운, 시원한, 게다가 오늘은 썰렁한 아메리카노란 말까지 나왔다.

너무 수상하단 느낌을 좀처럼 지울 길이 없었다.

조금 짜증이 나 "아니, 고객님. 그게 뭐예요? 썰렁한이 뭐냐고? 제대로 명칭을 대라고! 대란 말이야!" 하며 버럭 화를 냈다.

잠시 카페 안은 그야말로 몹시 썰렁한 분위기가 감돌았다.

특히, 지금 이 순간, 세 번째 들어오는 남자 고객은 여사장 지선이 속으론 약간 관심을 지니고 있는 인물이기도 하지만 누군지도 모르니 두려웠다.

어제 그랬던 것처럼 똑같은 일들이 재연되는 순간을 맞이하는 지선은 너무너무 이상하다고 생각했지만, 뭐! 그냥 우연의 일치겠지! 라고 생각했다. 하지만 또 다른 경로로 머릿속을 강타하는 것은 이들 3명이서 서로 아는 사이가 아닐까, 그래서 날 협공하는 것은 아니겠는가! 하는 이런 불안감이 들었다.

사람을 너무 의심하면 안 되겠지만 그녀로서는 이런 생각이 드는 것도 어쩌면 어쩔 수 없는 일인지도 몰랐다.

나약한 여자의 심리니까. 물론 남자라 하더라도 낯선 여자들이 접근해 들어오면 두려워하는 비슷한 심리는 마찬가지인 것은 길 건너 아카 카페를 운영하는 남자 사장 김말복을 보면 알 수 있다.

결론은 남성이든 여성이든 낯설다는 것은 무섭다는 의미로 통했다.

익숙하고 친숙함 속에서도 무섭고 날카로운 가시가 더 두렵게 꼭 끼어 있다는 것까지 알아야 경지에 오른 건데 이 점은 인간의 한계 영역이었다.

익숙하고 친숙한 사람들 간에도 도둑놈 사기꾼들이 너무 많기 때문이다. 너무 낯설어도 탈, 너무 친숙해도 탈이란 걸 깨달아야 경지에 오른다.

그렇지만 누가 여기까지 생각하려고 하겠는가! 일단 낯설면 무서운 것이다.

그녀는 어제에 이어 오늘 지금 이 순간도 무척 낯설고 무서웠다.

'왜, 어찌하여 어제 이 시간에 들어왔던 남자 고객 3명이서 오늘 또 똑같은 시간에 들어왔단 말인가!'

어제의 순번과 똑같고 시간도 완전 똑같으니 무척 괴상하기만 했다. 어제 자신에게 말을 걸었던 이는 골프복 차림의 남자였다. 다른 2명은 말을 걸지 않았었다.

'그렇다면 그가 오늘 또 자신에게 말을 걸어올 것인가! 좀 더 지켜봐야 알 것 같다.'

남자 손님들은 다 시원한 아메리카노를 마시며 잠시 정적이 흘렀다. 그러다 그녀가 예상한 게 완전 빗나가는 일이 벌어졌다. 골프복 차림의 낯선 남자가 아니라 이번엔 그냥 체육복 차림의 청담동 유소년 축구 교실 원장인 진강태가 자리를 박차고 나오며 말을 건 것이었다.

"아아, 저기 말이죠. 전 이곳 청담동에 유소년 축구 교실을 운영하고 있는 진강태라고 합니다. 어제에 이어 오늘도 이렇게 왔는데 이 시원한 아메리카노처럼 그대의 눈동자도 무척 시원하시군요. 또 제가 예전에 선수 시절 질렀던 강력한 센터링과 같습니다."

"……."

그녀는 말이 없었다. 속으론 이 남자 손님인 진강태에게 약간의 마음이 있었지만 누군지 모르니 그저 낯설고 무섭다는 생각만 들어서 말을 하지 않았다. 말을 하지 않는 것이 최선책이라고 판단했기 때문이었다.

진강태가 먼저 선수를 치자 나머지 골프 광팬 최선규와 판사 조인호는 눈을 휘둥그레 뜨며 괴로운 표정을 감추지 못해 몹시 불쾌한 표정까지도 자아냈다.

그렇다면 그를 교묘하게 방해해야겠다는 쪽으로 마음이 슬슬 움직였다. 조인호 판사는 속으로 생각했다.

'내가 저들보단 더 잘났지 않은가! 명색이 대한민국 최고법조인 판사인데 말이야! 내가 지금은 저 녀석들보다 한참 뒤처진 듯 보이겠지만 내가 뒤늦게라도 저 여사장에게 가서 하하하하 나는 서울 고등 법원 판사입니다고 말하는 순간, 저 여잔 뒤 돌아다볼 것도 없이 쏜살같이 내게로 바로 나, 나, 나, 나에게로, 조인호, 조인호에게로 달려와 내 품에 안길 거라고……! 우하하하하하.'

조인호 판사가 속으로 자신만만 득의양양한 마인드컨트롤을 시도할 수 있는 건 골프 광팬과 유소년 축구 교실 원장의 신분을 우습게 보고 있었기 때문이다.

판사라는 직업은 결혼상담소 같은 곳에서도 단연 인기 순위가 무척 높으니 말이다. 그가 그렇게 생각하는 것은 본인 마음이지만 개개인의 여성들 생각도 동일한 것은 아닐 듯했다.

핵심은 다른 여자는 중요한 게 아니고 바로 이 장소에서 상대해야 할 청담역에 위치한 카라 카페 여사장 김지선의 마음이 중요했다.

진강태는 여사장이 계속 말을 안 하자 겸연쩍은 표정을 지으며 제자리로 돌아갔다. 상대의 정확한 신분을 모르면 만남이란 엄청나게 어려운 것이었다.

그러니까 남녀 간의 만남이 직장 동료, 맞선, 각종 모임으로 고정화되어 있었다.

이들 3명 중 어제는 골프 광팬 최선규가 말을 걸었고, 오늘은 축구 교실 원장 진강태가 말을 걸었고 이젠 아직까지 유일하게 말을 걸지 않은 이는 판사 조인호였다.

인호는 자신이 판사이기 때문에 카라 카페 여사장에게 말을 거는 부분에 있어 자신의 직업에 대해 유난히 신경을 쓰고 또 썼다.

그런데 조금 한심한 대목은 본인이 그렇게 생각하는 것이지 상대방 카페 사장인 김지선이 이 대목을 어떻게 생각할지는 몰랐다. 그저 한갓 샐러리맨으로 여길 수 있었다.

왜, 스스로 본인 직업에 대해 그리 지나치게 의식을 하는 건 과다 우월 의식에서 나온 관념이라고도 볼 수 있는데, 그래 봐야 실패했을 때 상처는 상당했다.

그 우월 의식이 잠재의식 속에 자리 잡고 있어 그 직업의 최면에 걸리면 타인들을 대할 때 말을 함부로 하려는 사악한 본능을 갖게 되고 한갓 인간이면서 기관 행세를 하게 되는 것이다. 기관이기도 하지만 엄연한 육신을 낀 인간이다.

기관의 탈을 쓴 인간의 판단이 현명한지 돌아볼 필요도 있었다.

조인호 판사는 자신이 카라 카페 여사장에게 접근하여 말만 걸면 무사통과라고 판단하고 있으니 정말 가관이 아닐 수 없었다.

오후 1시가 조금 넘어서 들어온 3명은 시원한 아메리카노의 얼음을 녹여 가며 홀짝홀짝 다 마시는 사이 시간은 어느새 1시 40분을 향하고 있었다. 조인호 판사는 그녀에게 조금이라도 몇 마디 말해 미온적이나마 교두보를 쌓지 못한다면 자칫 저 2명의 남자 놈들에게 그녀를 빼앗길 수도 있을 거라는 초조, 불안, 공포가 밀려왔다.

그러면서 인호는 다 마신 커피 잔을 물끄러미 바라보며 호흡을 안정시키려 거친 숨을 몇 차례 내뱉었다. 그녀에게 말 거는 것을 절대 더 이상 미뤄선 안 된다는 위기의식과 절체절명의 순간으로 사활이 걸려 있었다.

그는 속으로 외쳤다.

'아아, 시곗바늘아, 잠시 멈추어다오, 내가 카운터로 달려가 저 여자에게 말 좀 걸게!'

또 한 가지 한심한 생각은 그녀에게 프러포즈로 말 거는 것과 시곗바늘이 멈추어야만 하는 것이 도대체 무슨 상관인지 모를 일이었다. 그저 지금 이 순간 그녀에게 다가가 말하면 되는 것이다. 인호는 벌떡 일어나더니 몸을 부르르 떨고 거친 숨을 내쉬며 카운터를 향해 돌진했다.

"아아아, 저어, 사장님, 저는 서울 고등 법원 조인호 판사입니다. 저는 여기 두 명의 남자 손님들이 누군지는 모르지만 이들이 사장님에게 프러포즈를 감행하는 것을 차마 두 눈 뜨고 더 이상 못 보겠습니다. 저는 판사 신분이라 체면과 위신 문제로 참고, 참고 또 참았습니다. 제가 하는 일은 무척 신성한 일이 아니겠어요? 위치도 있고……. 그래서 그저 뒤편에서 지켜보았으나 이젠 더 이상 모르는 남자 손님들에게 밀릴 수 없습니다. 그대는 나의 것입니다. 이 손님들을 따돌려 버리고 저를 선택하여 주시길 바랍니다. 다시 한번 강조하지만 제 직업은 서울 고등 법원 판사입니다. 하하하하. 망치 세 번 탕탕탕 아시죠?"

인호는 최대한 자신의 직업을 부각하면서 다른 남자 고객 2명과 차별화를 시도하였으나 그녀에게서 그가 예상했던 것과 전혀 다른 반응이 나오기 시작하였다.

그녀는 어제부터 오늘까지 자신에게 접근해 온 남자들에게 웬만하면 침묵으로 일관하는 편이었으나 이번만은 대답했다.

"아니, 그래서 뭘 어쩌라고요? 손님이 서울 고등 법원 판사인지 아닌지는 모르겠지만 사실 그렇다고 쳐요. 그래서 그게 뭐 어떻다는 겁니까? 뭘 어쩌라는 건가요? 난 내가 좋아하는 스타일이 있습니다. 그 스타일을 원하고, 아니면 아닙니다."

"……."

자신의 생각으론 직업만 밝혀도 무사통과될 것이라고 판단했건만 실은 전혀 다른 결과가 나오고 있어 판사 인호는 매우 당혹스러워 몸을 더욱 부르르르 떨었다.

그 직업만을 믿고 일찌감치 김칫국을 먼저 마셔 버린 형국이었다.

그러나 판사 인호는 여기서 물러서지 않고 "저는 그대를 보고 반한 대한민국 판사 조인호입니다. 제가 대한민국 최고 직업 판사인데도 저를 거부하실 겁니까? 진짜 이해가 되질 않습니다. 으으으. 제발 저를 받아 주십시오. 네?" 하며 발악을 떨었다.

하지만 그녀는 조금도 동요하지 않고 그를 죽일 듯이 노려보며 "이봐요, 고객님. 당장 나가지 않으면 스토커로 당신을 경찰에 신고할 거예요. 진짜 판사인지 아닌지 그건 알 것 없고 만약 진짜 판사라면 스토커로 경찰에게 한번 끌려가 보시죠. 네?"라며 비웃었다.

"에잇, 그건 말이 안 됩니다. 카라 카페 사장님, 어떻게 저 같이 대한민국 최고 직업 판사가 스토커로 한갓 경찰에게 끌려갈 수가 있단 말입니까? 있을 수 없는 노릇입니다."

"그래, 지금 바로 있을 수 있다. 고객님, 이젠 판사로서 스토커로 몰려 112에 끌려가 봐요."

그녀는 곧바로 112를 눌러 버렸다. 곧장 경찰들이 도착하여 판사 인호를 끌고 가려고 하자 그는 갑자기 지선에게 애걸복걸하며 "한 번만 봐주세요. 절대 앞으로 좋다고 접근하지 않겠습니다. 으으으."라며 사정했다.

그녀는 기분이 몹시 불쾌했지만 그의 인생이 불쌍하여 한 번 봐주기로 하고 경찰들을 그냥 돌려보냈다.

조인호 판사는 정신적 충격이 엄청났지만 지금 이 현실을 액면 그대로 믿지 않으려 부단히 노력했다. 그녀가 속으론 좋으면서 겉으론 튕긴다고 판단하고 애써 자신만의 우월적 합리화도 하면서 일단 이 보전진을 위한 일 보 후퇴 차원으로 "아, 네. 알겠습니다. 낄낄낄. 다음에 봅시다."라며 인사하며 카페에서 퇴장해 버렸다.

진강태가 아까 선수를 치자 조인호가 자신의 직업만을 믿고 다급한 나머지 너무 서두르다가 이렇게 되어 버렸다. 침착하게 마음먹고 다음 기회에 했다 하더라도 결과는 어려웠을 것으로 보였다.

그가 그렇게 나가 버리자 골프 광팬 최선규, 유소년 축구 교실 원장 진강태는 속으로 환호성을 터뜨렸다.

'참나, 판사가 뭐 별거라고……. 돈 앞에선 꼼짝도 못 하는 것들이. 거봐, 경찰이 들어오니 바짝 쫄아 가지고 말이야. 봐 달라고 사정사정하는 것 봐. 바보 같은 놈!'

하지만 그렇게 환호성만 터뜨린다고 해결될 일이 절대 아니었으며 이들이 말은 그렇게 했지만 마음 한구석엔 신경이 쓰이는 요소도 많았다.

방금 전 스토커로 몰려 경찰에게 끌려갈 뻔했다가 모면해 퇴장해 버린 남자가 판사라고 했기 때문에 여사장도 속으론 엄청 흔들릴 수도 있지 않았을까! 하는 두려움이 앞섰다.

남녀 간의 선택이란 라이벌을 따돌리는 것도 무척 중요하지만 더욱 더 중요한 것은 상대방 본인의 마음 작용이었다. 상대방이 상대방을 어떻게 바라보느냐이다. 그것도 그렇지만 더 까다로운 문제는 누군지 모르면 더 힘들다는 것이었다.

　직장 동료, 맞선, 각종 모임 이렇게 3가지 종류가 아니면 그리 쉽게 잘 안됐다. 물론 간혹 예외도 있긴 했지만 깊게 분석해 보면 위와 같은 3가지 성질의 연장선인 경우가 많았다.

　그래서 남녀 간의 좋아하고 사랑하는 것도 고해가 되었다.

　길거리나 어디 가게나 건물 같은 곳에서 자주 봤다고 그리 쉽게 된다면 어떤 인간이 지인들의 소개를 받아 카페 같은 데 가서 아메리카노를 마시겠는가. 만약 마음에 안 든다면 1시간가량 물고문을 당하는 것일지도 모르겠다.

　물고문이란 피치 못하게 원치 않는 상대와 아메리카노 한잔 마신다는 뜻이다.

　최선규, 진강태가 잠시 소강상태로 빠져들 즈음 잠잠했던 시곗바늘이 2시를 지나자 이번엔 두 사람에게 또 다른 난적일 수도 있는 남자 손님이 카페로 들어왔다.

　위의 두 남자가 모르는 사람이었다.

　어제 3명이 나간 뒤 3시 10분쯤에 들어온 사람인데, 바로 청솔 신경외과 의사 안지덕이다. 오늘도 그는 "차가운 아메리카노 한 잔 주세요."라고 말한 뒤 어제처럼 또 책 한 권을 펼쳤다.

　지적인 이미지 관리 차원인데……. 이런 이미지 관리만 한다고 되는 게 아니고 뭔가 구체적인 의사 표시를 하든지 어떻게 해야 할 것 같다.

　청솔 신경외과 의사인 안지덕도 서울 고등 법원 판사인 조인호와 같은 비슷한 우월 의식을 갖고 있었다. 이유는 결혼상담소에 신청하면 특별 순위였기 때문이다. 하지만 그는 너무 점잖은 성격이라 그녀에게 접근하고픈 마음만 가득할 뿐 선뜻 나서질 못해 탈이었다. 하지만 반대로 인생

사 쾌활한 성격이 탈이 되는 경우도 존재하기에 이것도 탈 저것도 탈이었다. 그래서 사람의 성격에 따라 이런저런 문제가 생겨 탈 많은 세상 같다. 오늘도 안지덕 의사는 무슨 책인지는 모르지만 그저 무슨 책을 보고 있었다. 그러는 사이 그녀가 차가운 아메리카노를 가져다줬다.

"여기 나왔습니다."

"아, 네. 감사합니다. 하하하."

최선규, 진강태는 방금 전 들어온 이가 혹시 여사장에게 눈독을 들이지 않을까 하는 초조, 불안, 강박 이런 심리가 가슴속에 깊이 꽉 찼다.

그런 불안 심리가 지속되는 시점에서 몇 분이 지나자 또 다른 남자 손님이 들어왔다. 이들은 남자 손님만 들어오면 가슴이 쿵쿵거렸다. 바로 이 남자도 어제 다섯 번째로 들어왔던 인근 신축 빌라 공사장 감독인 장기람이다. 기람도 어제 그녀에게 '아가씨, 너무 예쁜데요. 데이트하고 싶어집니다.'라고 매우 과감하게 데이트 신청을 감행하였던 인물이었다.

잘되진 않았지만 호쾌한 선언 그 자체였다.

어제와 오늘 이곳 카라 카페의 여사장 김지선에게 관심 표명의 말을 건 남자는 기웃거렸던 총 5명 중 4명이었다. 아직까지도 말을 못 건 사람이 유일하게 1명, 바로 청솔 신경외과 의사 안지덕이었다. 지덕은 늦은 자가 승리한다는 자신만의 진리를 떠올리곤 묵묵히 책장을 넘기며 속으로 외쳤다.

'아아아, 난 왜 저들처럼 말을 걸지 못하는 것일까! 침통하고 원통하고 비통하다!'

지덕의 고독이 끊이지 않는 사이, 장기람이 또 어제와 똑같은 멘트를 하고 있었다.

"아가씨, 너무 예쁜데요. 데이트하고 싶어집니다."

기람이 느닷없이 들어오자마자 이렇게 해 버리자 다른 3명은 바짝 긴장하는 눈빛이 역력했다. 그녀는 어제에 이어 오늘도 아예 말을 하지 않았다.

기람이 이렇게 나오자 지덕은 어제도 그의 이런 행동을 봤기에 그저 무덤덤했지만 선규, 강태는 더욱더 불안감이 엄습해 왔다.

왜냐면 그들은 아까 퇴장한 서울 고등 법원 판사라고 한 남자와 자신들 이렇게 3명만이 라이벌인 줄 알았는데 여기 또 다른 존재가 나타났으니 말이다.

다시 조마조마해지기 시작했다.

마음 한편으론 오늘도 선수친 사람이 자신들보다는 나이가 꽤 들어 보여서 그나마 다행이다! 라고 안도의 한숨을 내쉬긴 했지만 또 다른 한편으론 꼭 남녀 관계라는 게 나이로 결정 나는 것도 아니란 현실을 익히 잘 알고 있어 불안이 엄습했다.

최선규 골프 광팬, 진강태 유소년 축구 교실 원장, 청솔 신경외과 안지덕 의사, 신축 빌라 공사장 감독 장기람은 서로가 서로를 힐끔힐끔 예의 주시하며 온몸이 서서히 굳어져 갔다. 식은땀까지…….

아까, 그녀에게 충격적 거부를 당하고 퇴장해 버린 조인호 판사를 제외한 4명의 남자 손님들이 이렇듯 소강상태인데 일단 인호는 자신의 직업을 밝힌 상태였다.

다른 4명 중 아직까지 직업을 밝히지 않은 이가 청솔 신경외과 의사 안지덕, 신축 빌라 공사장 감독 장기람이다.

최선규는 돈을 많이 물려받아 특별한 직업이 없고 그냥 놀러 다니는 골프 광팬이라 자신이 하는 일을 말하기가 조금 그랬다.

만약에 이 자리에서 장기람이 자신의 직업을 밝힐 수도 있겠지만 그는 그 부분에 있어 신축 빌라 공사장 감독이라 매우 망설이고 있었다.

아까 퇴장해 버린 판사 직업도 있었으니 견주기가 상당히 마음 아팠다.

그렇지만 장기람은 이런 난관에 굽히지 않고 정신적으로 대적하려 다시 서서히 자리에서 일어나고 있었다.

당연히 그 정도 정신력과 배짱은 있어야 할 것 같다.

기람은 남들도 본인들의 신분, 직업을 밝히고 있으니 자신도 당당히 밝히고 정면충돌을 하겠다는 마음에 더 이상 밀리는 분위기를 만들어 주지 않으려고 벌떡 일어나 카운터로 달려갔다.

"아, 예. 제가 하는 일을 말하지 않았군요. 저는 청담동 신축 빌라 공사장 감독으로 있습니다. 평안하고 안락한 휴식 공간을 시민들에게 제공하는 중차대한 일을 맡고 있고 제가 하는 일이 이 세상에서 가장 값진 소중한 일일 것입니다. 허허허허."

"……."

그녀는 또 침묵을 지키며 한심하단 듯이 '그래서 뭘 어쩌란 거요. 이 남자도 아까 그 판사라고 한 사람처럼 스토커로 연행되고 싶은가 봐.'라고 속으로 생각했다. 기람은 그녀가 절대 침묵을 지키자 또 그렇게 맥없이 자리로 돌아갔다. 그도 직업을 밝힘으로써 그녀에게 접근하는 4명 모두 다 신분과 직업을 밝히는 순간이었다.

구석에서 썰렁한 아메리카노를 마시고 있던 안지덕 의사는 속으로 비웃기 시작했다.

'나 원, 치사해서 어휴~ 나 같은 초특급 엘리트 신경외과 닥터도 가만히 있는데 저런 신축 빌라 공사장 감독이……. 진짜 웃긴다. 으으으으윽, 흑.' 하고 비웃었다.

급기야 닥터 안지덕도 벌떡 일어났다. 공사장 감독의 계속되는 돌진에 대해 더 이상 묵과할 수만은 없다는 포석이었다. 평소 무척 점잖고 어디를 가더라도 늘 책을 읽고 사색에 젖는 그였지만 이런 커피 전쟁 애정 쟁탈전에선 이성을 잃어 본연의 모습을 완전 잃어버리는 것이었다.

그만큼 남녀 간의 본능, 야심이란 하늘 높은 줄 모르고 치닫는 것이다. 지덕은 경쟁자들보다 다소 늦었지만 늦었다고 생각할 때가 가장 빠른 것이기도 하다란 격언을 가슴속 깊이 새기며 카운터로 뛰어갔다.

"아아아, 카라 카페 사장님, 보자 보자 하니까 더는 안 되겠어요. 못 봐 주겠다고요. 이 카라 카페엔 경쟁자들이 너무너무 많군요. 아까 맨 먼저 퇴장한 판사부터 유소년 축구 교실 원장, 골프하러 다니는 사람, 공사장 감독까지. 다들 그렇게 공세를 취하는데……. 제가 사장님을 엄청 관심에 두고 있으니 여기서 더 이상 시간을 끌면 안 될 것 같아 이렇게 무례하게 용기를 내어 봅니다. 저, 청담동 청솔 신경외과 닥터입니다. 용서하세요."

안지덕 의사는 총 5명의 남자 손님 경쟁 구도 속에서 가장 늦게 구애를 하면서도 화끈한 표현보단 다소 완화된 미온적 표현으로 관심을 나타냈다.

그러나 그녀는 이에 대해서도 아무런 말을 하지 않았다.

"제 직업, 의사가 마음에 안 드세요? 죄송합니다. 용서하세요."

"……."

그녀는 잠시 침묵을 지키더니 입을 열며 "아이고, 의사 선생님, 아까 무슨 판사도 제가 스토커로 경찰에 신고하니 판사 꼬리를 내리고 빌빌거리더군요. 이젠 의사 고객님도 스토커로 몰려 경찰에 끌려가고 싶으세요? 네?" 하고 비웃었다.

그녀가 다른 고객보다 아까 판사라고 밝힌 사람과 지금 의사라고 밝힌 사람을 집중 공략하여 스토커로 처단하려는 발상은 그만큼 다른 고객들에게도 경각심을 주기 위함이었다.

즉 이 정도 되는 직업군들도 나는 대수롭게 여기지 않고 우습게 후

려친다, 라는 공포를 주려는 것이었다.

안지덕도 의사라고 말만 하면 무사통과일 줄 알았건만 결과는 자칫 스토커로 몰릴 수도 있는 경고만 듣고 물러나는 형세였다.

그는 망연자실 뒤돌아서서 "사장님, 다음에 뵙겠어요."라고 말하고 실망스런 표정을 지으며 맥없이 현관문을 열고 퇴장해 버렸다.

아까 맨 먼저 퇴장해 버린 조인호 판사에 이어 다음으로 안지덕 의사가 퇴장해 버렸다.

시간은 오후 2시 반이 지나가고 있었고 이제 남은 건 3명이다.

1. 신축 빌라 공사장 감독 장기람, 48세.
2. 청담동 유소년 축구 교실 원장 진강태, 35세.
3. 돈 많이 물려받아서 특별히 할 일 없이 골프하러 다니는 특급 졸부 최선규, 44세.

3명은 다시 휴식을 취하며 숨고르기를 했지만 속으론 끊임없이 생각을 거듭했다.

'아아아! 어떻게 저 카라 카페 여사장을 내 것으로 만들 것인가!' 이것에 대해서…….

진강태는 속으로 생각했다.

'에잇, 축구공 같으면 골대를 향해 아주 세게 걷어차 버리겠지만 뭐, 이건 공도 아니고…….'

장기람도 속으로 생각했다.

'어휴, 진짜 속 터져! 생각이 많은 인간이라 신축 건물처럼 막 지을 수도 없고, 뭐 이건 벽돌, 철근, 시멘트도 아니고…….'

최선규도 속으로 생각했다.

'아이, 시발. 골프공 같으면 한 대 세게 골프채로 후려쳐 버리는 건데! 뭐 이건 골프공도 아니고…….'

3명 다 자신들의 직업과 연관시켜 속으로 분풀이 차원의 푸념을 늘어놓았다.

그렇다. 이런 남녀 간의 사랑, 애정 문제는 그렇게 막 되는 게 아님을 통감하는 순간이었다. 인간에게 무엇보다 중요한 건 느낌이라는 게 있다. 하지만 거듭 반복되지만 이 세상 이 사회에선 직장 동료, 맞선, 각종 모임 이 3요소가 아니면 그리 쉽게 연애를 할 수 없었다.

이게 아니라고 부정하고픈 충동에 사로잡히겠지만 냉혹한 현실은 이런 힘든 문제, 요소들이 있기에 남녀노소가 마치 소가 도살장에 끌려가듯 맞선 장소에 가는 것이다.

혹시나 마음에 드는 상대가 나올까 아닐까 하는 초조, 불안함을 짓누르며 말이다.

아아아! 그 누가 말했던가! 인생길은 고해이고, 고해를 걷어차면 행복이 온다고……. 그러나 다시 슬그머니 고해의 물결이 밀물처럼 밀려와 있는 것을 또다시 강하게 걷어차 버릴 수 있을지 모르겠다.

아아아! 슬프지만 두 주먹을 불끈 쥔다. 주먹을 불끈 쥐지 않으면 누가 그 험한 고해의 물결을 걷어 내 줄 것인가? 시곗바늘은 점점 오후 3시를 향하여 기울었다. 지금 남아 있는 3명 중 기람이 '데이트하고 싶어진다'라고 표현하였고 강태가 '시원한 아메리카노처럼 그대의 눈동자도 무척 시원하다'라고 말했으며 나머지 1명은 '안녕하세요.' 정도의 인사말과 미소를 짓는 수준으로 그쳤다.

하지만 이런 자질구레한 애정 표현들로 그리 큰 영향을 줄 순 없었고 더 획기적인 무엇인가가 나와야 결정 날 것으로 보였다.

그러던 중, 카라 카페 현관문을 열고 여자 손님 6명이 우르르 들어왔다.

"차가운 아메리카노 여섯 잔 주세요."

"네에, 그래요."

6명의 여자 손님들이 자리를 잡고 앉자 3명의 남자 손님들은 상황이 별로 좋지 않다고 판단하여 1명씩 서서히 일어나 밖으로 퇴장하기 시작했다.

그러면서 야릇한 미소를 지으며 "다음에 뵈어요."라는 말을 했다.

그녀는 고개를 다른 데로 돌려 버렸다.

속으론 '내가 이렇게 인기가 많은가!'라고 생각하며 무척 우쭐한 마음이 가득 찼다.

그런데 지금 이 순간 또 다른 무서움이 몰려온 건 방금 전 들어온 여자 손님 6명도 아이스란 표현을 하지 않고 차가운이란 표현을 썼단 것이다.

그렇다면 이 여자들도 그 남자들과 무슨 연합군이란 말인가! 하는 괜한 공포에 사로잡혔다.

'도대체 왜 몰려온 남자들이건 여자들이건 간에 흔히 쓰는 아이스라고 하지 않고 차가운, 시원한, 썰렁한이라고 하는 걸까! 뭐, 뭐야!'

그녀는 일종의 대형 쓰나미가 한차례 지나갔다고 여기며 기분 전환 차원에서 록 음악을 틀었다.

그녀는 이렇듯 기분 전환 할 땐 록을 들었다. 때론 조용한 클래식을 들을 때도 있다. 어느새 오늘 하루도 다 지나고 어두운 저녁이 밀려왔다. 그녀는 아직 제대로 된 애인이 없지만 종종 갑갑하고 답답할 땐 자신이 다니는 댄스 스포츠 학원 원장과 대화를 나누곤 했다. 사실 이 댄스 원장이 애인이라 보면 됐다.

카라 카페엔 저녁 6시가 되면 여자 알바생이 왔다.

"안녕하세요, 사장님."

"어어, 그래 수고해. 나는 댄스 학원에 간다. 히히히."

"안녕히 들어가세요. 사장님."

카라 카페 여사장 김지선은 강남구청역 부근에 위치한 휙휙 댄스 스포츠 학원으로 달려갔다.

청담동 투룸 집으로 들어가 꽉 달라붙는 검정색 댄스복으로 갈아입은 그녀는 삼성동에 위치한 휙휙 댄스 학원으로 전력 질주 했다.

전력 질주로 달려가는 이유는 원래 그녀가 어릴 적부터 빠르게 달리는 것을 좋아했기 때문에 늘 어디에 갈 때마다 걸어가는 법 없이 100미터 뛰듯 막 달리곤 했다.

그것도 이를 악물고 말이다.

아는 지인들이 왜 그러냐고 물어보면 "그냥 그래요."라고 말하고 막 달려 버렸다.

거기에다 평상시 일반 옷차림이든 댄스복이든 늘 타이트하게 꽉 올려 입고 다녔기 때문에 몸매가 유난히 잘 드러나 보는 남자들의 간담을 서늘하게 했다. 이런 문제 때문에 카라 카페에 연이틀 커피에 미친 남자 5명이 득실거린 것 같다. 그야말로 커피 전쟁이 발발한 것이다.

지선은 7시부터 시작하는 댄스 수업을 위해 삼성동에 위치한 휙휙 댄스 학원으로 들어갔다.

"안녕하세요. 원장님, 그리고 언니, 오빠들과 동생들."

"그래 어서 와라, 지선아. 넌 여전히 너무 섹시하고 매력이 넘치는구나! 푸하하하하."

원장의 지휘하에 댄스 스포츠가 시작됐고 현란한 음악 소리가 연습실 안에 울려 퍼졌다.

지선은 왈츠, 모던, 자이브, 탱고, 라틴, 이런 수많은 종류의 댄스 스포츠를 배우고 있었다. 원장이 잠시 원장실로 쉬러 들어갔고 대신 강사가 대행했다.

강사는 남자인데 이름은 배철형이며 나이는 39세이다.

원장 역시 남자이며 이름은 전수찬, 나이는 64세이다.

원장은 혼자 밀크커피를 한잔 마시고 몸을 이리저리 흔들다가 다시 댄스 연습실로 나갔다.

바로 전수찬 원장이 그녀가 갑갑하고 답답할 때 이런저런 하소연을 하며 대화를 나누는 상대였다. 그러다 보니 그와 자연스레 친해지게 되는 시간들이 많았다.

30분가량 연습이 끝나자 그녀는 원장에게 슬며시 다가가 "원장님, 잠시 말할 게 있어요."라고 말했다.

그러자 원장은 "알았어."라고 말했다.

그녀가 원장실 문을 열고 들어가자 원장이 뒤따라 들어갔다.

"그래, 왜 그러냐? 지선아?"

지선은 일단 자리에 앉은 후 말을 이어 갔다.

"아아, 말이죠. 원장님, 저 진짜 골치 아픈 일이 생겼어요."

"어어, 그게 뭔데 그래? 너무 예쁘고 섹시하게 생긴 지선아?"

"제가 하는 카라 카페에 어제부터 오늘까지 웬 낯선 남자 손님들이 와서 절 몹시 귀찮게 해요. 나 원 더럽고 치사해서 정말. 아아아, 진짜 짜증 난다. 캬캬."

원장은 다소 당황한 표정을 지었다가 "야, 그렇게 짜증만 내지 말고 그 낯선 남자 손님들이 뭘 어떻게 널 귀찮고 짜증 나게 했는지 말해 봐! 내가 해결책을 제시할게." 하며 뭔가 확실하게 대책을 마련해 줄 것 같은 굳은 표정을 지었다.

03 _ 지선이 댄스 스포츠 학원 원장에게 구원 요청

그녀는 순간 얼굴이 확 펴졌다.

"한 놈도 아니고 다섯 놈이나 되는 남자 놈들인데 날 좋아한다느니, 관심이 생겼다느니, 뭐 이러쿵저러쿵 자꾸 떠들어 댄다고요. 원장 오빠."

"그 남자 놈들이 어떤 새끼들인지 한번 말해 봐! 내가 널 위해서 무엇이든 못 하겠냐? 어서 말해 봐라."

그녀는 깊은 숨을 "어휴, 어휴~" 내쉬며 말하기 시작했다.

"어제오늘 5명이나 되는 놈들이 무슨 조직적으로 짜고 그러는지 모르지만 꼭 같은 시간대에 들어와서 내게 접근을 한다는 거죠. 그러니 수상하단 거예요."

"그래, 그거 참 그렇다! 희한한 놈들이다."

김지선은 그 다섯 남자들의 이름이 기억나질 않았다. 그들이 그때그때 자신들의 이름을 밝혔는데도 당혹스러운 감정 탓에 정신이 없었기 때문인 것 같았다.

그렇지만 그들이 말하였던 직업은 서서히 기억나기 시작했다.

"어제오늘 들어왔던 그놈들이 밝힌 직업은 기억나요. 무슨 유소년 축구 교실 원장, 판사, 의사, 골프 회원, 신축 빌라 공사 감독 뭐 이런 것들이었어요."

그러자 휙휙 댄스 학원 전수찬 원장은 순간 깜짝 놀랐다. 왜냐면 자신이 아는 이들도 그런 직업의 종사자들이 있어서였다.

"어, 어어, 내가 아는 사람들도 그와 똑같은 직업들을 갖고 있는데 말이야! 그것 참 나. 일단 그들인지 아닌지는 알 수가 없으니……. 쯧쯧쯧."

"원장 오빠, 한번 시간 내어 우리 카페에 와서 그들을 관찰해 보세요. 제발 그놈들 좀 막아 주세요. 신경 쓰여서 도저히 카페 일을 못하겠어요."

"그래, 알겠다. 내 언제 한번 시간 내어 가 볼게. 일단 오늘은 진정하고, 물 한잔 먹고 저기 연습실에 가서 연습 좀 해라!"

"아, 네. 오라버니."

그녀가 다시 연습실로 가서 댄스 연습을 하는 중 전수찬 원장은 매우 의아한 생각이 들었다.

자신이 아는 이들과 지선이 말한 직업이 어쩜 그렇게 똑같을까 하는 생각에서였다. 하지만 설마 자신이 아는 그들은 아니겠지! 하며 그런 생각을 접어 버렸다.

지선은 이런 사실을 배철형 강사에겐 그렇게 친하지 않기 때문에 말하지 않고 댄스 연습을 마치는 대로 곧장 자신의 집 청담동 투룸으로 갔다.

낯선 5명의 남자들이 내일 또다시 카라 카페에 올 것만 같아 신경 쇠약에 걸릴 지경이었다.

그녀를 더더욱 날카롭게 하는 부분은 (왜 하필 누구나 다 쓰는 용어인 아이스 아메리카노라고 하지 않고 차가운, 시원한, 썰렁한 아메리카노라고 하느냐는 것이다. 게다가 그들이 나간 후 들어온 여자 6명도 동일한 용어를 사용했단 것이다. 즉, 너무 일반적이지 않다는 것이다.) 그들이 쓰는 표현이 일치되기에 짜고서 자신을 협공하는 듯해 두려움이 배가 되었다.

그러다 갑자기 잠에 들었는데 어젯밤에 이어 또 남자 5명이 카페에 나타나 자신을 빤히 바라보며 관심을 표현하는 내용의 꿈을 꾸게 되었다.

그러다가 온몸이 경직된 채 꿈에서 깨어나자 식은땀이 줄줄줄 흘렀다.

새벽 3시 반인데 이런저런 상념 속에 더 이상 잠이 오지 않아 그냥 이리저리 뒹굴다가 아침을 맞이하게 되었다.

이날도 오후 1시가 지나자 어제와 똑같은 일이 벌어졌다.

5명의 남자 고객들과 조금도 눈을 마주치지 않고 계속 이리저리 눈길을 피해 가며 그들이 원하는 차가운 아메리카노만을 건네줄 뿐이었다.

"자아, 차가운 아메리카노입니다. 가져가세요."

이제부턴 직접 갖다주지 않고 '가져가시죠'라고 말하며 냉소적인 태도를 취했다.

이런 아주 짤막한 한 마디씩만 할 뿐 절대 더 지나친 상냥함은 없었다. 남자 고객 5명은 매우 썰렁한 분위기하에서 시간만 축내다가 그냥 돌아갔다.

이날 오후도 이렇게 저렇게 다 지나가고 있었는데 길 건너 아카 카페에선 남자 사장 말복이 '오늘만큼은 그 여자들이 나타나지 않겠지. 어제 경찰까지 동원됐으니 말이야!' 하며 잠시 긴장의 끈을 놓고 무방비 상태가 되어 있었다. 그러나 그 사이 또다시 5명의 여성들이 우르르르르 카페로 몰려들어 왔다.

그녀들 역시 서로서로 모르는 사이인데도 지금 이 시각 동일한 시간대에 들어오는 것 자체가 여간 신경 쓰이고 짜증나는 게 아니었다.

말복은 도저히 안 되겠다 싶어 문득 길 건너 카라 카페로 도망쳐야겠다는 마음을 먹고 그녀들의 주문을 받지 않은 채 갑자기 "아아, 고객님들 나는 잠시 화장실이 급해서 가야겠어요. 급하게 설사가 날 것 같아요. 오래 걸릴지도 모르니 제가 금방 안 오면 그냥 가세요."라고 핑계를 대고는 화장지를 들고 손으로 배를 만지며 밖으로 쏜살같이 뛰어나갔다. 그리고 화장실 방향으로 가는 척하다가 돌아서 길 건너 카라 카페로 뛰어 들어갔다.

사이클복을 타이트하게 입고 신체가 건장한 멋진 남성 말복이 카페로 뛰어 들어오자 지선은 눈이 번쩍 뜨이며 매력을 느끼기도 했다. 하지만 아까 5인조가 물러간 후라 아직 커피 전쟁의 여진이 남아 있는 것 같아 두려움은 여전했다.

말복도 지선을 처음 보는 순간이었다. 자신도 길 건너 카페 운영자이지만 이곳 카라 카페에 들어온 적은 없었다.

몹시 놀란 토끼처럼 "아아, 사장님. 아이스 아메리카노 주시죠." 주문하고 자리에 앉았다. 유난히 타이트한 사이클복을 입은 남자와 유난히 타이트한 댄스복을 입은 여자의 첫 대면이 이뤄지는 순간이었다.

한편 아카 카페에선 눈이 빠지게 남자 사장을 기다리는 여성 고객들은 사장이 금방 돌아오지 않자 정신적 데미지가 몰려왔다. 그녀들은 그러면서 서로서로 매섭게 노려보며 '어휴 저년들이 여기 또 왔네! 진짜 징그럽다. 징그러워.'라고 속으로 곱씹었다.

계속 30분이나 넘게 남자 사장이 돌아오지 않자 '아까 설사 날 것 같아 화장실에 간다고 했는데 뭔가 큰 문제가 생겼구나!'라고 판단했다.

그러면서 하나하나 자리에서 일어나 나간 후 또 무슨 서로 약속이라도 한 듯 길 건너 카라 카페로 향했다. 커피 전쟁의 휴전 상태에서 다른 카페로 들어가 휴식을 취하며 심신을 추스르고 이따가 다시 대포를 쏘기 위함이었다.

그녀들은 카라 카페에 입장하면서도 속으로 '어휴~ 왜 저것들은 지들 의류점 가게에 가진 않고 왜 또 이 카페에 들어오는 거야! 아아 진짜 왕 짜증 난다. 끝까지 괴롭히네!' 하고 얼굴을 붉혔다.

들어간 뒤 각자 자리에 앉기 전 주문을 하고 빈자리를 찾아 들어가는 도중 아카 카페 남자 사장이 구석 자리에서 커피를 먹고 있는 장면이 눈에 들어왔다.

"어어어, 여기, 여기에 아카 카페 사장님이 계시네! 왜 저기 카페에 들어오지 않고 여기에서 커피를 먹고 계세요? 저는 사장님을 눈이 빠지게 기다리고 있었습니다. 으으으으."

"……."

말복은 깜짝 놀라며 당혹스러워 아무 말도 않고 침묵만을 유지하자 그녀들이 말복의 주변에 앉아 계속 집요하게 물고 늘어지자 그는 너무 괴로워 "아니 누군지 모르는 여자들이 왜 이리 내게 달라붙는 겁니까? 나 원 불안하고 신경 쓰여서 어디 카페 일을 할 수 있겠습니까? 어제처럼 또 경찰을 부를까요?" 하며 윽박을 질렀다.

"아니, 아카 카페 사장님 제 말을 좀 들어 보세요."

이들이 한참 실랑이가 일어난 사이 커피가 나오자 여사장 지선은 "여기 아메리카노가 나왔습니다."라고 말했다.

그러자 그녀들은 다 각자 커피를 가져갔다.

이 순간 지선은 저 남자 고객이 길 건너 아카 카페 사장이란 사실을 알게 되었다.

그녀들이 잠시 방심한 틈을 타 말복은 번개같이 도망치듯 밖으로 빠져나가고 있었지만 그녀들은 뒤따라가지 않고 침착히 아이스 아메리카노를 마셨다.

카라 카페 여사장 지선은 '저 남자를 여자들 5명이 괴롭히는구나! 나는 남자들 5명이 괴롭히는데 참 희한한 일이다. 그것도 길 건너 아카 카페와 여기 내가 하는 카라 카페 두 군데에서 말이야!' 하고 괴이하다는 마음에 설명 불가한 헛웃음을 지었다.

고객으로 들어온 여자들은 잠시 잠깐 커피를 마시더니 하나씩 빠져나갔다.

이젠 텅 빈 공간 속에서 지선은 카라 카페에 나타나 커피 전쟁을 일으키는 5인조 남자들과 길 건너 아카 카페에 나타나 커피 전쟁을 일으키는 5인조 여자들에 대해서 이런저런 상념 속으로 빠져들었다.

잠시 잠깐 심신을 가라앉히려고 부드러운 팝송을 듣다 보니 이윽고 6시가 되자 늘 그렇듯 여자 알바생이 왔다.

그 알바생에게 "잘 맡아 줘."라고 말하고 그녀는 청담동 투룸으로 들어가 꽉 달라붙는 검정색 댄스복으로 갈아입고 강남구청역 삼성동 부근에 위치한 댄스 학원으로 여느 때와 같이 100미터 전력 질주로 달려갔다.

오늘도 어김없이 저녁 7시면 댄스 강좌가 시작되었는데 30분간의 원장 특강이 끝나기가 무섭게 그녀는 원장에게 살며시 다가가 "잠시 할 말 있어 원장 오라버니."라고 말하자 그는 "알았으니 원장실에 들어가 있어."라고 했다.

그녀가 먼저 원장실로 들어가 자리에 앉아 그를 기다리는 시간이 1분 지나자 원장이 들어왔다. 강의실에 지금 하는 말들이 들릴까 봐 아주 작은 소리로 소곤소곤했다.

"잠시 앉아 봐요. 원장 오라버니!"

"그래 뭐? 왜 또 그래? 또 그놈들이 나타난 거야?"

"그랬어! 오라버니, 그것들 완전 미쳤나 봐! 어떻게 5명이 우리 카페에 들어오는 시간대도 그렇고 어쩌면 그렇게 오후 1시에서 3시 반 똑같은 시간이냐고……. 5인조 강도 같아! 날 잡아가려는 떼강도 말이야! 으윽흑."

전수찬 원장은 몹시 귀찮고 짜증을 내는 표정을 지으면서 뭔가 생각에 잠기며 자신의 댄스 학원의 수강생이자 애인을 보호해 줘야겠다는 사명감이 솟구쳤다.

문득 뭔가 기발한 아이디어가 떠올랐는지 자신의 무릎을 '탁탁' 쳤다.

"야, 지선아, 너무 좋은 생각이 떠올랐다. 내가 너에게 다른 남자들을 소개시켜 줄 테니 만나 볼래? 그중에 맘에 드는 남잘 만나 버리면 되지 않겠니? 그렇게 하여 그 남자를 만나 정식으로 교제를 하면 어느 정도 그 남자가 널 지켜 줄 수가 있잖아? 방어막이 형성되어 버리잖아! 그리고 그중 교제하게 된 남잘 너희 카라 카페에 그 시간대에 오게 하여 그 남자가 미래의 남편 될 사람이라고 공포를 해 버리면 그 다섯 놈들도 어느 정도 주춤거리지 않을까?"

"와우! 너무 좋은 아이디어예요. 원장 오라버님 근데 그렇긴 한데……. 그럼 오라버니가 앞으로 너무 외로워지잖아! 그래도 되나? 내가 한 남자에게 묶일 수도 있는데 그럼 우리가 쥐도 새도 모르게 만나게 되는 게 좀 껄끄러워지잖아. 아무래도 지장을 받을 것 같은데 그래도 되냐고?"

전수찬 원장은 슬금슬금 웃어 가며 "야, 내가 뭘 외로워질 게 있어 은근슬쩍 슬쩍슬쩍 널 만나면 되지 뭐! 크크크크크. 난 너 말고도 여자가 한둘이 아닌데 뭐!"라고 과시하며 무척 우쭐거리며 핸드폰 안의 저장된 여성들의 사진을 보여 줬다.

"그리고 또 내가 너희 가게에 가서 그놈들을 관찰한다는 건 뭐! 특별한 의미는 없을 것 같아! 그래 봐야 뭐 하겠느냐고……? 난 나이가 너무 많잖아! 그보단 더 확실히 내가 네게 남잘 소개시켜 줘 버려. 네가 그 남자를 사귀는 게 더 강력하지! 그것들을 따돌리는 방법은 말이야! 안 그래? 하하하하."

 수찬은 그녀에게 가게에 나타나 커피 전쟁을 치르는 남자들을 따돌리는 복안으로 기상천외한 방법을 제시했다.

 그녀는 조금 끄덕이며 "그렇긴 한데……."라며 괜찮은 방법 같다는 생각은 들지만 그래도 굉장히 께름칙한 기분이 들었다.

 "야, 뭐 신경 쓸 것 없어 내가 네게 소개하는 남자들을 만나 보고 맘에 안 들면 관둬 버려! 그리고 그다음에 내가 또 다른 남자들을 더 많이 소개시켜 줄게. 푸하하하. 사실 내가 널 위해 그 카페에 가서 네 보디가드가 되고 싶긴 한데……. 난 가정이 있는 유부남이잖아. 그러니 그러기도 좀 그렇지 뭐. 뭐 내가 네 가족도 아니고 말이야 안 그래?"

 "그렇기도 한데……."

 전수찬 원장은 말을 더 이어 갔다.

 "야, 근데 정말 신기한 일은 내가 아는 그 소개시켜 주려는 남자들도 직업이 유소년 축구 교실 원장, 신축 빌라 감독, 판사, 의사, 골프하는 남자 이렇게 5명인데 네 가게에 와서 추근거리는 그 악당 같은 놈들도 유소년 축구 교실 원장, 신축 빌라 감독, 판사, 의사, 골프하는 남자니 너무 기이한 일이기도 하다. 진짜 어떤 놈들인지 면상 좀 봤으면 좋겠다. 너무 궁금하다. 너무 이상해! 근데 원래 세상이 좁으니 그렇게 같은 직업들이 꽤 많이 있겠지 뭐! 뭐, 그런 건 신경 쓸 필요는 없을 것 같다."

 "뭐, 그럴 수도 있겠지요. 히히히."

 전 원장은 자신이 아는 그 남자들을 한 번씩 만나 보라고 전화번호를 알려 줬다.

"야, 지선아, 이게 내가 아는 남자 5명의 번호다. 5명이니까 한 명씩 차례대로 만나 봐라. 그중에 마음에 드는 남잘 고르면 되잖아? 그들에게도 네 번호는 알려 줄 거고……."

"그건 그렇지 뭐! 호호호."

"내가 그들에겐 말해 놓을게. 거기 카라 카페 말고 어디 다른 데서 만나라고……. 그래야 그 건달 같은 놈들의 눈을 피할 수가 있을 테니까! 내일 토요일이라 만나기 좋다. 얼른 만나라."

"그게 낫겠죠. 내 가게보단 다른 데서 만나는 게 좋지! 내 가게는 알바생에게 맡기고. 하하하."

전 원장이 지선에게 직업과 번호를 알려 준 남자 5명 명단은 이랬다.

1. 최선규, 골프 광팬 44세. (010-0000-0000)
2. 조인호, 판사 38세. (010-1111-1111)
3. 진강태, 청담동 유소년 축구 교실 원장 35세. (010-2222-2222)
4. 안지덕, 청솔 신경외과 의사 40세. (010-3333-3333)
5. 장기람, 신축 빌라 공사장 감독 48세. (010-4444-4444)

지선은 번호를 건네받고 집으로 향하며 날이 밝으면 그녀는 5명이나 되는 남자들 중 한 명씩 차례대로 맞선을 보게 될 것이다.

다음 날 토요일이 왔고 오후에 맞선을 봐야 하니까 알바생에게 '오늘은 오후부터 좀 해 줘야겠다.'라고 문자를 넣자 알바생은 '알겠습니다.'라고 답하였다.

오전 10시쯤 되자 지선이 5명 중 가장 자신이 맘에 드는 직업의 남자부터 골라서 전화를 걸었다.

뚜르르르르 신호가 가고 조인호 판사가 전화를 받았다.

"아, 네. 여보세요. 저어 휙휙 댄스 학원 전수찬 원장의 소개로 전화드리는 김지선입니다. 조인호 판사님 되시죠? 언제 한번 만나 볼까요?"

"네, 제가 조인호 판사라고 합니다. 저희 삼성동 휙휙 댄스 학원 원장님에게 말씀 들어서 잘 알고 있습니다. 언제쯤 시간이 괜찮으신가요?"

"청담역 5번 출구에서 나와 조금 걸어가면 호호 카페라고 있을 겁니다. 오늘 오후 1시에 거기에서 만나지요. 괜찮으세요?"

"예, 그러는 게 좋겠습니다."

2018년 7월 4일 토요일, 무더위가 완전 절정으로 치닫는 주말 오후에 두 사람은 그곳에서 만나자고 약속하였다.

자신의 카라 카페도 이 부근이었지만 그녀가 거길 피한 이유는 자칫 자신에게 추근거리는 다섯 남자 손님들이 출몰할 수도 있기 때문에 껄끄러워서였다.

그 시간이 되자 조인호 판사는 청담역 5번 출구에서 나와 호호 카페를 찾아 들어가고 있었다.

그가 호호 카페에 들어선 시간은 12시 55분이었다.

그는 자리에 앉아 맞선녀를 기다리면서도 또 다른 마음 한구석으론 이부근 카라 카페의 여사장인 이름 모를 그녀의 모습을 아련히 떠올렸다.

바로 어제까지 3일 연속 그곳으로 가서 프러포즈를 하였으나 제대로 이뤄지지 않았기에 아쉬움이 물밀듯 밀려왔다. 실현 가능성은 없지만 오늘 이 맞선 장소 호호 카페에서 만나게 되는 상대방이 바로 그 여인 카라 카페 여사장이라면 얼마나 좋을까! 하는 상상도 한번 해 보는 무척 갑갑하고 답답한 영혼의 숨 막힌 외로운 그림자다.

이런저런 상념들이 교차할 때 맞선녀 김지선은 호호 카페 현관문을 열고 들어왔다. 조인호 판사는 계속 자리에 앉아 있다가 김지선이 들어오는 모습을 보고 깜짝 놀라며 눈을 휘둥그레 떴다. 방금 전 자신이 상상한 일이 일어나니 어리둥절한 기분이 들었다. 그녀가 호호 카페로 들어와 다시 한번 그 번호로 버튼을 누르는 모습이 드러나자 인호는 이젠 100% 확실한 기정사실이라 더욱 놀람과 흥분의 도가니에 빠져들며 매우 떨리는 목소리로 받았다.

"여보세요. 조인호 판사입니다."

인호는 지선이 자신에게 전화하는 걸 다 봤고 전화상의 목소리도 확인하였다.

그녀는 인호가 전화를 받는 모습을 뒤늦게 발견하게 되었다. 그녀는 그를 바라보는 순간 너무 놀라 정신이 이상해지며 마치 온몸에 전기가 오는 것 같은 충격을 받았다.

'최근 3일 연속으로 자신의 카라 카페에 들어와 수상한 행동을 하며 추근거렸던 남자가 아닌가! 근데 어떻게 이 남자가 오늘 나의 맞선남이 되었단 말인가! 두렵다. 무섭다. 섬뜩하다. 아찔하다.'

속으로 이런 생각을 했다. 그래서 얼른 피해야겠다는 일념만이 그녀의 뇌리를 강타할 뿐이었다.

그녀는 더 머무를 것도 없이 뒤돌아서서 쏜살같이 호호 카페를 빠져나가 버렸다.

인호도 그녀를 보긴 봤는데 그도 매우 얼떨떨했고 뭔가 이상해진 기분 속에 빠져 바로 뒤따라 나갈 정신이 하나도 없었다.

"어어, 이게, 이게 어찌된 일인가! 어떻게 저 여자가 여기에 오지?"

그는 꿈만 같은 가장 최상의 시나리오가 되는 순간을 맞이하였으나 그녀가 도망쳐 버렸으니 물거품이 되어 버리는 일장춘몽 잔혹한 순간을 맛봤다.

또 다른 검은빛 그림자로 남는 쓴잔을 맛보게 되니 말이다.

강하게 무엇인가에 한 대 얻어맞은 충격이 그의 심장을 뚫고 들어왔다.

얼른 달려 나가 뒤쫓아 갈까 생각하였으나 그럴 정신 자체가 없었다. 마치 복싱 경기에서 그로기 상태 비슷한 현상이 나타났다.

그저 속절없이 고개를 숙이며 조금 남은 석수를 확확 들이켰다.

그녀는 그 호호 카페를 빠져나가 어디론가 멀리 멀리 달아난 뒤 숨을 헐떡헐떡 거리며 홀로 어느 공터에 앉아 우두커니 먼 하늘을 바라보고는 두려운 공포에 휘감겼다.

'그럼 우리 훽훽 댄스 스포츠 학원 원장도 저들과 같은 불한당들이란 말인가! 도대체 이게 어찌된 일이지!'라고 속으로 되새겼다.

조인호 판사는 놓친 뒤 악착같이 맞선녀 김지선에게 전화를 넣지만 그녀가 받을 리 없었다.

그녀는 불안감이 가슴을 막 누르며 심장이 터질 것만 같고 귀신 곡할 노릇만 같아서 급기야 핸드폰을 꺼 버렸다.

조인호 판사는 지금 이 순간의 상황을 인식하고 그저 맥없이 침통한 심정으로 호호 카페를 나와 후들거리는 다리가 넘어지지 않게 조심조심 다른 곳으로 떠나 버렸다.

그녀는 오늘은 너무 무서워서 훽훽 댄스 스포츠 학원에 나가지 않았다. 그럴 기분일 수가 없었다. 댄스 학원 원장과 그 남자가 자신을 협공하는 느낌이 들기 때문이다.

해 질 녘, 학동 사거리에 위치한 대중 식당으로 들어가 밥을 먹고 자신의 집 투룸으로 들어갔다. 그녀는 이런 찝찝한 기분을 날릴 수 있는 록 음악을 틀고 눈을 감았다.

그녀는 무조건 찝찝할 땐 록을 들었다.

지쳐서 그만 슬며시 눈을 감고 꿈나라로 빠져들었다. 오늘 밤은 희한한 꿈을 꾸고 싶지 않았다. 꽃잎, 부드러운 꽃을 든 남자와 마주하는 꿈을 꾸고 싶었지만 자신이 바라는 대로 되지 않고 이날 밤도 어김없이 이상하고 괴상한 꿈을 꾸었다.

내용은 댄스 학원의 원장이 알려 준 남자들 중 나머지 4명을 내일 오후부터 줄줄이 약속하고 맞선을 보았는데 오늘 오후에 추근거렸던 5명 중, 1명을 만난 것처럼 내일 오후도 똑같이 나머지 4명을 만나게 되어 허겁지겁 도망쳐 버리는 최악의 악몽 중의 악몽이었다.

그녀는 "아아아아아악!" 아주 크게 소리를 지르며 잠에서 깨어났.

온몸은 굳어 있었고 이마엔 끈적거리는 식은땀이 줄줄 흐르자 머리 위에 놓인 물티슈를 꺼내 쓱쓱 닦아 내고 다시 잠을 이루려고 했다. 그러나 좀처럼 잠에 들지 않아서 새벽부터 뜬눈으로 지새우다가 아침이 다 되어 그냥 냉장고 안의 호박죽을 꺼내어 먹었다.

오전 시간은 번개같이 지나갔고 오후가 되자 그녀는 정말 꿈 내용이 그대로 맞는지 사뭇 무서움과 궁금증이 일었다.

너무 갑갑한 나머지 그녀 자신이 먼저 예정된 4명인 맞선남들에게 전화를 걸어 각각 1시, 2시, 3시, 4시에 차례차례 만나기로 약속을 정하였다. 만남 장소는 호호 카페 그대로였다.

나열하자면 1시엔 안지덕 의사, 2시엔 장기람 신축 빌라 공사 감독, 3시엔 최선규 골프 광팬, 4시엔 진강태 청담동 유소년 축구 교실 원장 순이었다.

그녀는 한편으론 어제처럼 또 그런 일이 발생하지 않을까 하는 적잖은 우려를 하였으나 이번엔 설마설마하는 심정으로 맞선 장소에 임하고 있었다.

이윽고, 그 시간이 되어 호호 카페 안으로 들어갔다.

지덕은 미리 도착하여 지선을 기다리고 있었다.

카페에 들어서서 안지덕 의사에게 전화를 거는 순간 지덕이 받았다.

"예, 안지덕입니다. 오셨습니까? 지선 씨?"

"어어어, 어, 어어……."

그녀는 그와 얼굴을 마주할 뻔한 순간 재빨리 얼굴을 다른 데로 돌리고 당혹스러워 망연자실하는 순간을 맞이했다. 자신의 전화를 받는 이가 바로 자신이 운영하는 카라 카페에 3일간 들어와 추근거렸던 남자 중 의사라고 신분을 밝혔었던 바로 그 남자였다.

'아아, 꿈이란 게 너무너무 무섭고 무섭다. 어떻게 이렇게 현실로 이럴 수가 있지.'라고 당황하며 뒤돌아서서 도망치듯 재빨리 호호 카페를 빠져나갔다.

그 뒤 인도에서 한참을 걸어가 안지덕에게 전화하여 "피치 못할 사정이 생겨 맞선에 참석할 수 없게 되었습니다. 그래시 죄송합니다."라고 밀했다.

이에 지덕은 몹시 짜증 났지만 어쩔 수 없는 일이라 생각하고 호호 카페를 빠져나갔다. 그는 아까 그녀를 제대로 보지 못했기에 카라 카페 여사장인지 아닌지 몰라 아쉽고 뭐고 그런 건 없었다.

그녀는 편의점에 들어가 신경 안정제인 차가운 아메리카노를 한 잔 쭉 마셨다. 스마트폰으로 시간을 보니 2시가 가까이 다가왔다.

순번대로 장기람에게 전화하고 다시 호호 카페로 들어갔으나 또다시 악몽 같은 일이 재연된 듯 그가 앉아 있자 다시 도망쳐 나왔다. 3시와 4시에도 똑같은 방식으로 그 카페에 들어가 최선규, 진강태에게 전화하였으나 악몽과 조금의 차이도 없이 그들이 그 가게 안에 앉아 있었다.

그녀는 정신이 혼미해졌고 감전된 것 같았다. 더 정신이 이상해지기 전에 곧바로 그 지점을 빠져나가 숨을 헐떡이며 도망쳐 버렸다.

그래도 그 남자들 간의 부딪침은 일어나지 않았다. 같은 카페였지만 시간대가 달랐기 때문에 아슬아슬하게 다 빗겨 나갔다. 그리고 남자들은 약 30분쯤 그녀를 기다리다가 나타나지 않자 그냥 나가 버렸으니 기람, 선규, 강태 이 남자들은 서로 마주할 수 없었다.

이젠 의심할 여지없이 맞선남 5명을 소개한 휙휙 댄스 스포츠 학원 원장을 강력하게 의심할 수밖에 없는 상황으로 치달았다.

최근 3일간 자신이 운영하는 카라 카페에 나타나 수상하게 추근거린 5명의 연합 세력의 배후 조종자가 아닌가! 라는 걷잡을 수 없는 의심의 강도가 세지고 공포와 불안과 초조의 늪으로 빠져 버렸다.

7월 5일 일요일 해 질 녘, 저녁을 먹고 그녀는 오늘 댄스 학원으로 가지 않았다. 일요일 강좌가 없어서 그런 것도 있고, 강좌가 없어도 가서 연습을 할 수 있으나 이미 마음속 깊이 댄스 학원장 전수찬에 대한 깊은 불신의 벽이 세워졌기 때문이다.

이런 갑갑한 기분을 날려 버릴 심사로 둘도 없는 친구인 논현동에 사는 전리라에게 전화를 걸었다.

"얘, 리라야, 너 명동에 갈 마음이 있니? 속이 터질 것 같아서 그래."

"그래, 너 거기 어딘데?"

"여기 청담역 5번 출구야. 여기로 일단 와라."

"그래, 알겠어."

논현동 사는 리라는 번개같이 청담역 5번 출구로 달려왔고 둘은 침체된 기분을 반전하기 위해 명동으로 향하였다.

아까 그녀와 호호 카페에서 만남의 약속이 됐던 그 남자들은 맞선녀가 나타나지 않자 망연자실 낙담하는 심정으로 치달았다.

하는 수 없이 돌아갈 수밖에 없었는데 가면서 의아한 마음에 중매인 댄스 학원 전수찬 원장에게 전화를 걸었다.

"아아, 원장님, 오늘 만나기로 한 그 여자가 나오지 않았는데요."

"뭐야? 그래, 알았어. 일단 내가 연락을 취해 볼게. 기다려 보시오."

전수찬 원장은 얼른 김지선에게 연락을 취해 봤지만 전화를 받을 리가 없었다. 지선은 전 원장을 심하게 의심하며 지금 이 시간 친구인 리라와 명동으로 기분 전환차 놀러 간 상태였다.

전 원장은 오늘 댄스 학원 강좌가 없는 날이라 그녀를 직접 만날 수도 없으니 답답할 뿐이었다.

하는 수 없이 내일 월요일 저녁 7시에 다시 강좌가 시작될 때 지선이를 만나 도대체 왜 만나라고 한 그 남자들을 안 만났는지 물어볼 생각을 했다.

전 원장이 고개를 갸웃거리며 이상하다고 느끼는 사이 조인호 판사로부터 전화가 걸려오자 얼른 받았다.

"아이고, 우리 조인호 판사님 제가 어제 만나라고 한 여잔 어떻게 잘 만나 보았습니까?"

"아니, 원장님, 그게 말이죠. 그 여잔 절 보자마자 도망쳐 버렸어요. 그리고 또 그 여자에 대해 더 자세한 어떤 정보라도 있습니까?"

"네에? 그 여자가 도망쳐 버렸다고요? 나 원 참……! 그 여잔 우리 댄스 학원의 수강생이고 매우 성실하고 착하며 청담역 근처 어딘가에서 무슨 카페를 운영하단 소릴 들은 적 있는데, 이 정도입니다."

조인호는 댄스 학원 원장에게 자신이 최근에 카라 카페에 들락날락하며 접근을 시도했던 여사장이 바로 맞선녀였단 말을 아끼고 아꼈다.

왜냐면 자신의 신분이라든가 여러 가지로 판단할 때 뭔가 체면을 구길 수 있어서였다.

인호는 그냥 이 선에서 "아 예, 알겠습니다."라고 말하고 얼른 전화를 끊어버렸는데 그는 전화를 끊고 나서도 몹시 얼떨떨한 기분을 가눌 길이 없었다.

좁은 세상에서 이렇게 될 수도 있긴 하지만 말이다.

그는 일단 그냥 돌아서 자신의 집 서초동으로 향하였다.

'내일 또다시 그녀가 운영하는 카라 카페로 갈 것인가!'

어떻게 할 것인가를 고민하면서 차를 운행하던 중 용기인지 만용인지는 모르겠지만 다시 핸들을 확확 돌려 청담역 부근 그녀가 운영하는 카라 카페로 액셀을 밟았다.

'지금 이 순간 그곳으로 가면 그녀가 있을지도 모르니까!'

왜, 왜, 왜, 왜, 왜 어제 오후 1시에 호호 카페에 저와 맞선 보러 들어오다가 황급히 도망쳤는지에 대해 묻고, 어쩌다가 중매인을 알게 되어 그런 맞선이 이뤄질 수 있었는지, 또 그녀가 운영하는 카라 카페에 3일 연속으로 찾아갔을 때도 낯설다고 피하기만 했는데 그것에 대해서도 제발 그러지 말라고 애원조로 구체적으로 설명하고 난 뒤 또 다시 한번 더 자신의 직업이 판사라는 것을 강조, 강조, 수도 없이 강조할 복안인 것이었다.

조인호 판사는 무조건 자신의 직업만 내세우면 된다고 생각하고 있는데 이것이 무척 한심한 것인지, 조금 모자란 건지, 일종의 고질병인지 모르겠다.

엘리트 증후군일까! 왜, 그 직업을 상대 여성에게 반복적으로 강조하면 그 여성이 두말할 것도 없이 넘어올 거라고 미리 판단해 버리는지 모를 일이었다.

조 판사는 벌써 카라 카페에 도착하여 차를 세우기가 무섭게 쏜살같이 카라 카페 문을 열고 뛰어 들어가 그녀를 확인하기 위해 카운터 쪽을 여기저기 두리번거리며 쳐다봤다. 하지만 그녀는 보이지 않고 꽤 어린 여자가 서 있었다. 일단 온 김에 아메리카노나 한 잔 먹고 갈 생각으로 정면으로 걸어가 "시원한 아메리카노 한 잔 주세요."라고 말했다.

그 커피가 나와 홀짝홀짝 마셨다.

너무 궁금한 나머지 조인호는 어려 보이는 알바생 같은 여자에게 말했다.

"혹시, 이 카페 사장님께선 오늘은 나오시지 않으셨나요?"

"아, 네. 나오시지 않았어요. 아! 저 근데 무슨 일로…… 그러시죠?"

"아아, 아, 아닙니다. 그냥 늘 계셨었는데 오늘 안 보이셔서……. 하하하."

어려 보이는 알바생이 더 말하지 않자 조인호는 그냥 썰렁한 아메리카노나 한 잔 다 마시고 잠시 5분간 우두커니 앉아 있다가 무척 허탈한 표정을 지으며 나가 버렸다. 지금 이 시간 지선은 친구 리라와 명동에서 호프집에 들어가 생맥주를 막 들이붓고 있었다.

그녀들은 늦은 밤까지 놀다가 번화가의 한 곳인 노래 연습장으로 들어가 있는 노래 없는 노래 마구 닥치는 대로 막 부르다가 너무 늦은 시간이 되어 각자 논현동, 청담동 집으로 돌아갔다.

내일은 다시 한 주가 시작되는 월요일이 기다리고 있다. 오후 1시가 넘어가면 또다시 조인호 판사부터 시작하여 장기람 공사장 감독, 안지덕 의사, 최선규 골프 광팬, 진강태 축구 교실 원장 5명이 카페로 들어와 접근 공세를 펼지 어떨지, 이제 어느 정도 지칠 만도 한데 끊임없이 돌진할지 모를 일이다.

이날은 지선이 운영하는 카라 카페뿐만 아니라 길 건너 말복이 운영하는 아카 카페에서도 난리가 한 번쯤 날 것 같은 전운이 감돌았다.

이미 며칠 전 5명의 여자들이 들어와 격렬한 커피 전쟁을 일으키며 말복을 향한 애정 쟁탈전을 펼쳤고, 실제 월요일도 아카 카페가 문을 여는 순간에 그녀들은 마치 약속이라도 한 듯이 우르르르르 몰려와 당차게 들어왔다. 사장 말복은 그녀들이 고객으로서 반갑다는 생각보단 여간 귀찮고 짜증 나는 게 아니었다.

"여러분들의 주문은 안 받겠습니다. 다들 나가 주세요. 안 나가면 당신들을 스토킹으로 형사 고소할 생각입니다." 하며 으름장을 놓았다.

이에 그녀들은 조금 당혹스러운 표정으로 "아니, 사장님, 커피 마시러 온 고객에게 그렇게 막 나가면 돼요? 정말 너무하시는 것 같은데요? 에잇!" 하며 불쾌감을 드러냈다.

끝내 그녀들이 나가지 않고 아카 카페 남자 사장 말복에게 접근하려는 자세를 취하자 그는 핸드폰을 꺼내 들고 112를 눌렀다.

"네, 경찰관님, 여기 청담역 부근 아카 카페입니다. 여자들이 떼거지로 몰려와 업무 방해를 합니다. 또 사장인 저를 좋아한다고 추근거리기도 하고요. 이 여자들 다 업무 방해죄와 스토킹으로 신고합니다. 얼른 오십시오."

그녀들이 엄청 겁을 집어먹고 나가려 하자 말복은 "아니, 나가긴 어딜 나가? 나가지 말고 거기 가만히 있어. 당신들은 좀 당해 봐야 돼! 다 움직이지 마!"라고 윽박을 질렀다. 그러는 사이 경찰들이 이곳으로 들어왔다.

한 경찰이 남자 사장 말복에게 "무슨 일입니까? 자세히 말씀을 해 보세요."라고 묻자 그는 "이 여자들이 세트로 몰려와 이상한 소릴 합니다. 업무가 방해됐으니 업무 방해와 스토킹으로 신고하렵니다."라고 밝혔다.

그녀들은 다들 펄쩍펄쩍 뛰며 "아니죠. 여자가 남자를 좋아한 것도 무슨 죄입니까? 나는 그저 이 아카 카페 남자 사장님을 보고 반하여 좋아했을 뿐이고 그래서 도저히 못 견뎌 이렇게 찾아와 프러포즈를 시도했을 뿐이라고요."라고 항변했다.

이 말에 다른 여성 4명도 "나도 이 남잘 좋아했을 뿐 그 이상도 그 이하도 없어요. 세상에 좋아한 것도 죄인가요? 어휴~ 씨팔. 참 더럽다. 여자로 태어나 남자를 좋아한 것 가지고 참 더럽게 지랄하네! 아아아악!" 하며 쌍욕을 퍼부었다.

워낙 사회가 페미니즘 문화에 찌들어 있어 경찰도 조금 주춤거렸다.

한 경찰은 "그래요. 뭐, 여자가 이런 곳에 와서 남자를 좋아하는 건 죄가 아닌 것 같습니다. 그러니 그냥 이곳에서 쉬었다가 가시든가 알아서 하십시오."라며 되레 가해 여성들을 두둔한 뒤 재빨리 빠져나갔다.

경찰들이 빠져나가자 그녀들은 더더욱 득의양양하여 더 거칠게 말복에게 프러포즈 공세를 펼쳤다.

그는 너무 미칠 듯이 괴로워 비명을 지르며 그냥 도망쳐 버렸다.

이곳에서 이런 일이 벌어지고 있을 시간에 길 건너 지선이 운영하는 카라 카페에선 이윽고 우려가 되는 시간 오후 1시가 넘어가고 있을 때 지선은 '문을 닫아 버리고 다른 데로 피해 버릴까! 그냥 버틸까!' 하는 고민에 휩싸였다.

내린 결론은 '그냥 버텨 보리라!' 마음먹었다.

'뭐! 그까짓 남자 새끼 다섯 놈쯤이야 내가 오른손 한 방으로도 다 해치워 버릴 수 있다.'라고 결의를 다졌다.

그런 강력한 결의를 다지는 중 호랑이도 제 말하면 굴러 들어온다고 제일 먼저 조인호 판사가 슬금슬금 카라 카페 현관문을 열고 들어왔다.

카라 카페 여사장 김지선은 그를 보는 순간 섬뜩했지만 두 눈을 부릅떴다. 방금 전에 자신이 스스로 결의를 한 내용 그대로였다.

'뭐! 그까짓 남자 새끼 다섯 놈쯤이야, 내가 오른손 하나만으로도 다 해치워 버릴 수 있다.'라고 굳게 결의한 그 마음 '그대로 항전하리라!' 하며 다시금 이를 악물었다.

인호는 "안녕하세요. 우리 이제 초면이 아니죠? 여기 카페에서도 몇 번 뵙고 우린 맞선 장소 호호 카페에서도 보긴 했는데 그대께서 번개같이 도망치셨잖아요? 제가 그 댄스 학원 원장님을 잘 압니다. 이젠 어느 정도 가까워진 듯한 느낌도 들죠? 푸하하하하하."라며 호탕하게 웃었다.

그러나 그녀는 말을 잃고 두 주먹을 불끈 쥐었다. 만약 그에게서 돌발 공격이 날아온다면 한 대 후려쳐 버리겠다는 복안이었다.

그녀는 주먹을 풀고 "뭘 드시겠어요? 조 판사님, 또 지난번처럼 스토커로 경찰에 끌려가고 싶은가요? 그땐 내가 특별히 봐준 건데 오늘은 더 이상 못 봐줄 것만 같은데요? 그냥 조신하게 커피나 먹고 퇴장하시든가. 아님 스토킹으로 처벌받으시겠어요?" 라고 물었다. 순간 판사 인호는 몸이 부르르르르 떨려 왔다. 바짝 굳어져 아무런 말을 하지 못했다.

그는 "뭐! 원래 여름엔 차가운 아메리카노 아니겠어요?" 이렇게 묘한 우회적 주문을 하고 자리에 가서 앉았다.

3분 후 커피가 나오자 조인호는 그 커피를 먹기 시작했는데 불과 10분도 채 지나지 않아 이번엔 유소년 축구 교실 원장인 진강태가 웃으면서 들어왔다. 그도 그 커피를 달라고 말했다.

그 후 불과 9분도 채 지나지 않아 이번엔 골프 광팬인 최선규가 살짝 미소를 지으며 들어왔고 그도 그 커피를 요청했다.

그 뒤 불과 8분도 채 지나지 않아 이번엔 신경과 의사인 안지덕이 무표정을 지으며 들어왔으며 그도 그 냉커피를 시켰다.

그 뒤 불과 7분도 채 지나지 않아 이번엔 신축 빌라 공사장 감독인 장기람이 얼굴을 굳힌 채 들어왔고 그도 그 냉커피를 요구했다.

"여러분들도 저 판사처럼 스토커로 몰려 경찰에 끌려가고 싶지 않다면 그냥 조신하게 썰렁한 아메리카노나 먹고 조용히 나가세요. 자꾸 이러쿵저러쿵 말하지 말고요."

04 _ 댄스 스포츠 학원 원장도 결국 6인조 날강도

결국 커피 전쟁 애정 쟁탈전의 관전 초점은 그녀가 맞선 당일 호호 카페에 들어가다가 조인호 판사와 서로 눈이 부딪쳐 도망쳐 버렸는데 이런 내막을 둘만 어느 정도 알고 있는 상태였다.

진강태, 최선규, 안지덕, 장기람은 그녀와 서로 눈이 부딪쳐 그녀가 도망친 게 아니라, 그녀만 그들을 봤고 반대로 그들은 그녀를 못 봤다. 이런 내막을 알 수가 없을 수밖에 없는데 내막이란 바로 삼성동에 위치한 휙휙 댄스 스포츠 학원 전수찬 원장이 중매인이라는 점이었다.

현재 조인호만 알고 있는 상황이며 진강태, 최선규, 안지덕, 장기람은 그런 영문을 모른 채 그저 며칠 전 그녀에게 돌진했던 그대로 또다시 돌진을 하는 중이었다.

조인호는 어느 정도는 자신이 그 댄스 학원장으로부터 신상이 알려졌기에 즉, 중매를 받았기에, 그녀가 지금부턴 낯설거나 두려워하지 않을 거라고 판단하며 나름대로 오히려 잘된 일이라고도 생각하고 속으로 환호성을 터뜨렸다.

더군다나 자신의 직업이 판사라는 게 알려졌다는 것 자체만으로도 이제 거의 다 됐다며 안도의 한숨을 내쉬기도 하는 큰 착각 속에 빠져 있었다.

그런다고 김지선이 그리 쉽게 중매인 댄스 학원 원장 말을 100% 믿고 움직일지 여간 어려운 일이 아닐 수 없었다. 벌써부터 학원 원장마저도 다 같은 날강도로 의심하는 마당인데 말이다.

어느덧 시간은 오후 2시로 꺾이고 있었다.

그들은 잠시 소강상태를 유지하더니 그녀에 대한 이렇다 할 공략 초점을 잡지 못하고 있었다.

강태, 선규, 지덕, 기람은 어떻게든 접근전을 펼치려고 조금씩 조금씩 몸을 움직여 의자에서 일어나려고 꿈틀거리다가 서로가 서로의 눈을 부딪치자 다시 제자리에 앉았다. 그러곤 깊은 한숨을 "휴우~ 휴우~ 휴우~" 푹 쉬며 그리 쉽지 않다는 걸 느꼈다. 이건 토너먼트도 아니고 일종의 너 죽고 나 살기 식이니 말이다.

산다는 것은 그녀를 완전히 차지한다는 것이다. 거기까진 좋은데 시간 지나면 또다시 흩어질 수도 있는 게 인생이었다.

이들은 자신의 사랑이 진정 자신의 것이 아니고 돌고 도는 거라서 어려움을 직시하지만 '그래도 지금 현재의 애정 감정에 대해 최선을 다하리라!'라고 결의를 다졌다.

노력하며 얻는 순간의 희열 같은 의미도 존재하니 말이다.

인호는 그들 4명이 앉았다가 일어났다가를 반복하자 매우 껄끄럽고 귀찮고 짜증스런 표정과 마음으로 속이 부글부글 끓어올랐다.

게다가 이런 위험한 발상까지 했다.

'내가 저 자식들 다 무기 징역을 때려 버리고 싶다. 그래야 저것들이 또 이 카라 카페에 나타나 내 이상형에게 접근전을 펼치지 못하지!'

조인호 판사는 이렇듯 과격한 발상까지 하는 지경으로 치달았는데 그건 남자들이 무슨 해당 죄를 저질러 재판을 받게 될 때 해야 하는 건데 이런 소소한 커피 전쟁 애정 쟁탈전에서 자신의 직업을 믿고 그런 생각을 하는 것이 직업병의 전형적 성향을 보이는 듯했다.

물론 마음은 그럴 수 있다. 얼마나 카라 카페 여사장 김지선에게 푹 빠져 넋을 잃을 정도로 반했으면 그런 위험한 생각까지 하게 되었을까.

저들 남자들의 혐의는 김지선을 악착같이 좋아하며 자신과 라이벌 구도를 형성한 죄 아닌 죄명이 되어 그의 감정을 북받쳐 오르게 했다.

어차피 접근전을 펼치며 커피 전쟁을 일으킨 건 피차 똑같았다. 그녀는 판사라는 그 직업을 별로라고 여기는 것 같아 보였다.

조인호의 위와 같은 우려의 시간들이 흐르는 도중 느닷없이 장기람이 벌떡 일어나 카운터로 달려갔다.

"사장님, 여기 제 라이벌들이 너무 많군요. 사장님이 너무 예쁜 게 탈입니다. 제가 먼저 침을 발라 놓겠습니다. 제가 사장님과 데이트하기 위해선 다 필요 없습니다. 제 침을 그대의 얼굴에 바르렵니다. 에잇. 이이이익익. 사랑의 도장입니다."

그녀는 느닷없이 자신의 얼굴에 침을 바르려 하자 너무 당황스럽고 어쩔 줄 몰라 아주 크게 소리를 질러 버렸다.

"아니, 지금, 아아아아아악! 지금 뭐 하는 짓이야?"

그가 몰지각한 추태를 보이자 경쟁자 4명은 뒤편에서 쳐다보다 그녀보다 몇 배 이상으로 더 큰 당황과 놀람, 충격으로 격분이 터질 듯했다.

"아니, 저런 나쁜 자식 봐라! 아무리 여잘 좋아한다지만 얼굴에 침을 발라 버리려고 해! 저런 더러운 자식, 세상에 저렇게 무식한 자식이 어디에 있어! 어휴, 저 자식 봐라. 시발 것. 저거 신고해야 돼."

"역시 공사장 감독다워! 쯧쯧쯧."

여기저기에서 한탄과 심한 욕설과 헐뜯는 소리들……. 기람은 지선이 재빨리 얼굴을 뒤로 피하는 바람에 그녀의 얼굴에 침 바르기를 실패하고 말았다.

뒤에서 이를 본, 강태, 선규, 지덕, 인호는 격분이 포화되어 천천히 자리에서 일어난 후 먹던 종이컵을 든 채 카운터 쪽으로 걸어갔다.

  이젠 결국 카라 카페 여사장을 좋아하는 남자 손님 5인방들이 거칠게 한번 터질 것 같은 전운의 분위기가 감돌았다.

  급기야 인호가 먼저 선제공격을 작렬시켰다.

  "아니, 당신들 도대체 뭐 하는 짓들이야? 왜 허구한 날 이렇게 여기에 나타나 서로 눈치나 보고 자꾸 힐끔힐끔 쳐다보고 그러는 거야? 뭐야? 도대체… 아아아. 나 같은 판사도 그냥 가만히 있는데 말이야……."

  이들 5명의 경쟁자들은 서로서로 전혀 모르는 사람들이라 웬만하면 서로 다투지 않고 각자 자신들의 열매, 즉 그녀를 내 것으로 만들기만 하려고 했지만 지금은 서로 불가피하게 치고받을 수밖에 없는 형국으로 흐르는 분위기였다.

  일단 그들은 인호가 자신이 판사란 신분을 예전부터 밝혔기에 조금 신경 쓰이는 측면도 있긴 하지만 그렇다고 뭐 이곳이 법정도 아니고 자신들이 무슨 죄를 진 것도 아니라 전혀 개의치 않으려고 애를 썼다.

  나름 자존심이 강한 안지덕 신경외과 의사가 나서기 시작했다.

  "이봐, 다짜고짜 그렇게 반말 찍찍 하지! 당신은 뭔데 그래? 무슨 여기가 법정이야 뭐야? 내 예전부터 속으로 잔뜩 벼르고 있었는데 꼭 말끝마다 여기 카페 사장님에게 저 판사입니다. 저 판사입니다. 판사예요. 판사라고요. 당신 얼마 전에 사장님이 스토커로 신고했잖아? 이번엔 진짜 제대로 한번 끌려가고 싶은 모양이지? 에잇! 그놈의 판사란 직업이 뭐 그리 대단하길래, 그걸 그렇게 자꾸 들먹거리냐고……. 난, 의사다. 당신도 몸 아프면 별 수 없이 나 같은 사람한테 와서 치료받아야 돼! 그땐 나한테 순종해야만 해! 내가 하라는 대로 해야 돼! 이 자식아…. 까불지 마라…! 이걸 그냥 확."

급기야 안지덕 의사가 조인호 판사에게 매우 거친 욕설을 내뱉자 조인호는 얼굴이 몹시 붉어지고 굳어지며 온몸에 식은땀이 나기 시작하였다.

인호는 자신이 이 세상에서 최고의 자리에 올랐다는 생각을 늘 갖고 있어 평소 닥터들을 무척 하찮게 여기고 그랬는데 지금 이 순간 닥터의 망발을 어떻게 대응해야 할지 몰랐다.

인호는 속으로 '자신이 같이 대응하면 같은 사람 된다는 것'이라고 생각했다.

결국 인내하는 쪽으로 마음먹었다. 지금 이 순간 카라 카페 카운터 앞에 5명의 남자들이 늘어서 있는데 이번엔 최선규, 진강태, 장기람마저도 조인호와 안지덕을 향해 싸잡아 "이봐, 당신들 저 사장이 열받으면 다 스토커로 또 고소할 수 있어! 그럼 당신들 판사이고 의사인데 스토커로 고소당했다고 사회면에 대문짝만 하게 기사 나오면 완전 개망신이야! 그러기 전에 그냥 조용히 있으라고!"라며 망발을 쏟아붓기 시작했다.

"야, 이씨, 너 말이야, 우리가 그저 그런 직업이라고 지금 그렇게 판사인가 무엇인가라고 계속 광고하는 거지? 판사보다 더 중요한 건 심성이 착해야지!"

"그래그래, 맞다. 맞아!"

"그래. 이 자식아."

"그런 것 같다."

이들 5명이 서로 얽히며 몸싸움이 일어났다.

3명이 몸부림을 치며 한마디씩 거들자 인호의 분노는 하늘을 네 쪽 내어 버릴 정도로 부글부글 끓어오르기 시작하였다. 닥터에 이어 신축 빌라 공사 감독, 축구 교실 원장, 골프하러 다니는 남자 3명까지 거들기 시작하니 조인호는 온몸의 피가 거꾸로 쏟는 그런 심정이었다. 그는 이 분을 더 이상 참지 못하고 급기야 들고 있던 종이컵에 든 커피를 그들 4명에게 이리저리 좌우로 막 뿌려 버렸다.

"야, 이 못 배운 것들아! 이 커피나 받아라. 내 지금 심정으론 당신들 다 모욕죄로 집어 처넣어 버리고 싶지만 내 위치와 체면을 고려해 그냥 참는 거다. 여기에서 이런 사실이 알려질까 봐 그렇다."

그 종이컵엔 커피가 약 반쯤 남아 있었는데 그걸 들고 이리저리 좌우로 막 거칠게 내둘러 버렸으니 그 커피가 날아가 그들 4명에게 묻고 튀기고 다른 데로 날아가기도 하며 여사장인 김지선에게도 조금 튀겼다.

"이봐, 당신들 다 내가 무기 징역 때려 버릴 거야! 아니, 이 시발 새끼들 다 사형감이다. 지들이 나처럼 공부를 잘하지 못해 판사를 못했으니 지금 약 오르니까, 배 아프니까, 시샘하고 질투하는 거잖아! 이 개자식들, 다 내가 죽여 버릴 거야! 씨팔 새끼들. 야, 다 덤벼, 덤벼 봐! 자, 자자……!"

"아아악악! 에잇 더러워, 이거 저 자식이 먹던 커피잖아! 으으윽 더러운 물이네. 흑. 더러운 자식."

"아니, 지금 도대체 뭐 하는 거예요? 어 어어, 안 되겠어. 경찰에 신고해야지! 이씨."

조인호 판사는 완전 이성을 잃어버렸고 여사장 김지선은 재빨리 핸드폰을 들고 경찰에 신고했다. 그녀가 경찰에 신고하는 소리가 들리자 인호는 깜짝 놀라 당황스러워 안 되겠다 싶었는지 얼른 현관문을 열고 도망쳐 버렸다.

그녀는 주춤했다. 또 커피가 조금 튀겼다고 신고한 것에 대해 다소 그렇다고 생각했다.

다시 경찰에 신고하여 "취소합니다."라고 말했다.

결국 경찰 신고는 취소됐다.

다른 4명의 남자들은 "아아, 그 판사 새끼 좀 신고하여 혼 좀 내 주지 왜 취소하셨어요?"라고 불만을 토로했다.

그녀는 펄쩍 뛰면서 "아니, 아저씨들. 지금 아저씨들이 제게 그런 말할 자격이나 돼요? 내가 솔직히 아저씨들이 여기 고객들이라 말 안 하고 참고 참았지만 왜 그렇게 여기 카페에 와서 추태를 부립니까? 당신들도 경찰에 신고 당하기 전에 얼른 나가시오."라고 쏘아붙였다.

그랬어도 그들이 물러설 기색이 없자 그녀는 다시 폰을 들고 신고했다.

경찰이 받자 그녀는 "아니, 신고를 취소하려고 했는데 이젠 도저히 안 되겠어요. 다시 출동해 주시길 바랍니다. 이 남자 새끼들은 단단히 혼나야 뭘 좀 알 것 같아요."라며 재차 신고했다. 불과 3분도 채 안 되어 경찰들이 이곳으로 들이닥쳤다.

지선이 이 상황을 설명하자 경찰들이 "당신들은 업무 방해와 나약한 여성에 대한 스토킹으로 잠시 파출소로 갑시다. 더 자세한 조사가 필요합니다."라며 그들을 끌고 가려고 했다. 그 순간 길 건너 아카 카페 사장인 말복이 들어왔다.

말복은 아까 자신이 운영하는 아카 카페에서 여자들 때문에 스트레스를 엄청 받아 잠시 밖으로 피신했다가 지금 이 시각 정신적 휴식을 취하고자 카라 카페로 들어오는 중이었다. 그런데 문제는 아까 아카 카페로 출동했던 그 경찰들이 지금 또 이곳에 와 있자 그도 이상한 기분이 들어 이 상황에 집중했다.

이곳도 남자 고객들이 여자 사장에게 추근거린 사건인데 말복은 순간 몹시 당황스러운 광경을 목격하게 되었다. 이 경찰들이 남자 고객들을 스토킹과 업무 방해로 연행해 가려는 상황이었다.

문득 이 상황에 대해 그는 그저 가만히 있어선 안 되겠다 싶어 경찰에게 "아니, 경찰관님, 아까 저희 아카 카페에선 그 여성 고객들이 제게 추근거린 건 그냥 봐주고 가 버렸잖아요? 근데 지금 여기선 이 남자 고객들을 잡아가려고 합니까? 형평에 맞지 않잖아요? 이게 뭡니까? 도대체!"라고 막 따졌다.

그랬지만 경찰은 이에 아랑곳하지 않고 이곳 카라 카페에 들어와 여자 사장에게 추근거린 4명의 남자들을 붙잡아 가려고 몸짓을 취했다.

말복은 "곧바로 뛰쳐나가 모든 사회 관계망에 이 사실을 일제히 알리겠다. 내 카페에 들어와 난리친 여성들도 잡아가란 말이야!"라고 엄포를 놓았다.

순간 경찰도 움찔하며 갸웃거리다가 그냥 나가려고 움직이자 지선이 "아니 경찰 아저씨, 그냥 가면 안 되지? 지금 뭐 하는 거야? 이 남자들 잡아가라고……!"라고 고함쳤지만 소용없었고 상당히 어정쩡한 상황으로 치닫는 경찰이었다.

말복은 밖으로 나가 이 사실을 그대로 여기저기 알렸다. 그러자 수많은 남성들이 들고 나서기 시작하였다.

'길 양쪽에 카페 두 개가 위치해 있으며 한 카페는 여자가 운영하고, 다른 한 카페는 남자가 운영하는데, 여자가 운영하는 카페에서 남자들이 추근거린 건 스토킹에 해당되고 남자가 운영하는 카페에서 여자들이 추근거린 건 스토킹에 해당되지 않느냐? 무슨 남자가 봉이냐? 제대로 된 양성평등 사회를 구현하라!'

이런 내용들이 주를 이루었다.

양성평등에 위배되는 처사라는 글들도 무수히 올라왔다. 흔히 양성평등 문제 하면 대체로 여성이 차별받는 구조를 말하지만 남성이 차별받는 구조도 흔했기 때문이다.

한 네티즌은 다들 모여 대규모 시위를 한번 펼치자는 글을 올리기도 하였다. 이에 말복은 "제가 주도할 테니 다들 모여 주십시오."라고 화답하였다.

삽시간에 이 내용이 전국 방방곡곡으로 퍼져 나가자 여성들에게 접근했다가 낭패를 당했던 남성들이 말복이 만든 카페에 줄줄이 가입하기에 이르렀다.

회원들이 주로 주장하는 바는 남성이든 여성이든 '상대가 싫다는데 귀찮게 추근거렸으면 동일하게 스토킹으로 처벌하라!' 이것이었다.

추가로 '어느 정도 표현의 자유를 인정하여 너무 심한 것 아니면 원초적 본능 차원으로 인정하라!' 이런 내용까지 등장하기도 하였다.

카라 카페에서 머뭇거렸던 남자들은 움찔하며 경찰들이 빠져나간 뒤 주춤주춤 뒤로 서서히 물러서기 시작하더니 현관문 밖으로 나갔다.

그녀는 "휴우~ 휴우~ 휴우~ 경찰 새끼들이 이렇게 주관이 없어 가지고 말이야. 아! 진짜 그 조 판사를 스토커로 집어넣을 수 있었는데. 으으으으." 하고 투덜거리며 큰 숨을 내쉬고는 차가운 아메리카노를 한 잔 마셨다.

신경 안정제였다. 나간 4명은 각자 이리저리 흩어지면서 다음 수를 생각하고 있었다. 그녀는 신경 안정제인 차가운 아메리카노를 마시고 있을 때 시곗바늘을 보니 오후 3시가 조금 넘어가고 있었다. 잠시 멍하니 앉아 있을 때 누군가 현관문을 열고 들어오는 것이었다. '또 그 인간들인가!' 하고 얼굴이 굳어지며 쳐다보니 다른 여자 고객들이었다.

그 여자 고객들도 "차가운 아메리카노 주세요."라고 주문했다. 그 커피가 대세는 대세다.

며칠 전 그들이 빠져나간 후 곧바로 들어왔던 여자 고객들이었다. 주문하는 내용도 '차가운 아메리카노 주세요.'라고 말하는 것이 그들과 똑같은 표현이라 문득 너무 수상했다.

그 여자 고객들이 바닥에 떨어져 있는 커피를 쳐다보자 지선은 문득 이 카라 카페가 너무 지저분하다는 이미지를 줄 수 있겠다는 생각에 재빨리 봉걸레를 들고 와 얼른 여기저기를 닦고 닦았다. 그리고 거친 한숨을 내쉬며 "휴우~ 휴우~ 하하하. 방금 전 나간 고객들이 커피를 엎질러서 그만……"이라 하고는 스마트폰을 만지작거렸다. 손이 후들후들 떨리는 사이 어디선가 전화가 걸려와 확인하니 연이틀 맞선을 주선한 휙휙 댄스 스포츠 학원장 전수찬이라 받지 않았다.

지선은 방금 전 낯선 무법 광폭 남자들이 한 차례 설치고 가고 출동한 경찰들도 정신머리 못 차리는 바람에 정신이 혼미해져 있는 데다 뒤따라 들어온 여자들도 너무 이해가 되지 않았다. 게다가 그들을 소개해 준 전수찬 원장의 전화는 그녀에게 더욱더 깊은 나락으로 빠져드는 듯한 기분 내지 그런 불쾌감이 들었다. 뭔가 뒤에서 그들을 조종하여 자신을 압살시키려 한다는 의심과 불신이 온몸에 꽉 드리워지고 있는 듯하였다.

그만큼 누가 누군지 모른다는 것이 그 얼마나 힘들고 무서운 것인지 실감할 수 있는 대목이었으며 이 세상이 그토록 삭막하다고 느끼는 부분이기도 했다.

만약에 그들 다섯 남자들이 이 카라 카페에 3일 연속으로 나타나 그녀에게 관심 표명을 하지 않았더라면 전혀 누군지도 몰랐을 것이고 그럼 오히려 더 좋은, 더 편한 형국이 되었을 것이었다.

늘 으레 맞선 보는 상대를 그런 구조로 선택하고 받는 상황일 수 있고. 일단 한 차례라도 마주한 적이 없었던 사람들이니 말이다.

그들 5명의 남자들은 카라 카페에 나타나 그녀에게 낯선 상태로 접근전을 펼쳤다는 부분이 바로 그녀 입장에선 심각한 불안감을 느끼는 아주 안 좋은 지경으로 전락해 버렸다는 것이다.

전수찬 원장은 지선이 전화를 받지 않자 이번엔 문자를 보냈다.

'왜, 이틀간 맞선을 보러 나가지 않았는지 궁금하다. 이따가 댄스 강좌 때 꼭 할 말이 있다.' 이런 내용이었다.

전수찬 원장에게서 이런 문자가 오자 그녀는 더욱더 공포가 몰려오면서 그들 5명과 연합되어 왠지 협공하는 느낌이 더더욱 세지는 기분을 좀처럼 지울 길이 없었다.

그녀가 문자에 대해 전혀 답장을 보내지 않는 사이 몇 명의 손님들이 더 들어왔다 나갔다 했다. 어느새 오후 6시가 다 되자 오늘도 여자 알바생이 제 시간에 들어왔다.

여느 때 같았으면 집에 들려 삼성동 휙휙 댄스 학원으로 갈 시간이었지만 그녀는 갈 생각이 전혀 없었고 그냥 집에 들어가 쉬리라! 마음먹었다.

"음, 가게 좀 잘 봐 줘, 난 그만 들어갈게."

"네, 사장님. 그럼 안녕히 들어가세요."

"그래."

그녀는 청담동 투룸, 자신의 집으로 들어가 저녁을 먹고 휴식을 취하는 사이에도 댄스 학원장 전수찬으로부터 수도 없이 전화가 걸려 오고 있었으나 그녀는 끝내 받지 않았다. 이번에도 전 원장은 또 문자를 보내오고 있었지만 이에 절대 대꾸하지 않으리라! 굳게 마음먹고 그녀는 혼란스러운 정신을 전환하려고 그냥 누워서 텔레비전을 보다가 졸음이 쏟아져 그냥 잠을 자 버렸다.

그러다가 금방 잠에서 깼다.

이 시각 이숙진, 방호숙, 조채비, 남보라, 권영희는 집에 들어가 와이제트큐 채널을 틀자 새롭게 시작하는 월화 드라마 '커피 전쟁'이 방영되었는데 지금 현재 자신들이 겪는 사연과 너무 똑같은 스토리로 드라마가 나오자 재밌기도 하고 또 두렵기도 하였다.

마치 인공위성으로 자신들의 행동을 다 들여다보며 드라마가 진행되는 그런 느낌이 들어 다소 불안함이 몰려왔다. 이런 쫓기는 느낌은 카라 카페 사장 지선도 마찬가지였고 내일이 두려웠다. 내일 또다시 카라 카페에 그 5명의 남자들이 올 것으로 짐작되기 때문이었다.

'아아! 정말 그 자식들 말이야! 내일도 또 나타나 내 얼굴에 침을 바르려고 달려드는 것 아닐까!'라고 생각하며 소름이 돋았다. 침은 더럽기도 하지만 치욕적이라서 그랬다.

이를 악물며 시계를 보지 시간은 밤 9시가 됐는데 이 시간은 여자 알바생이 가게 문을 닫는 시간이기도 했다.

알바생에게 내일 가게 일을 다 맡기고 싶었지만 그 여자 알바생은 오후 6시에나 올 수 있어서 난감했다.

그 5인조 남자들이 밀어닥치는 시간대는 오후 1시 이후부터 4시 사이인데 그 시간대를 모면해야겠다고 생각했다.

그 모면하는 묘수가 무엇인지 골똘히 고민의 고민을 거듭하던 중 묘책이 하나 떠올랐다. 그건 바로 어제 저녁때 명동으로 함께 전철 타고 피신 겸 놀러 갔던 논현동에 사는 친구인 전리라에게 그 시간대에 카페 일을 좀 봐 달라고 부탁하는 것이었다. 지선이 리라에게 전화를 걸었다.

뚜르르르르. 신호가 가고 리라가 받았다.

"어! 조금 늦은 시간에 무슨 일로 전화를 다 하고……?"

"아아, 내가 어제 저녁때 명동으로 놀러 갔을 때 어느 정도는 얘길 했지만 그 5인조 남자 새끼들 때문에 그러는데, 그 자식들을 완전 따돌려 버리게 네가 내일 오후에 우리 가게 좀 봐 줘야겠는데……?"

"음, 그래 그럴 수 있어. 내가 내일 그 시간에 가면 되나?"

"그렇지, 내일 오전 9시쯤에 여기 청담동 투룸 집으로 와, 그럼 내가 가게 열쇠를 줄게……."

"그래."

전리라는 김지선의 부탁을 흔쾌히 들어주겠다고 했다. 날이 밝고 그 시간이 되자 리라는 지선의 집 청담동 투룸으로 향했다. 집에 들어오자 지선은 "부탁을 들어줘서 고맙다."라고 말했고, 리라는 "아니야, 우리 사이가 보통 사이인가? 이히히히히." 하고 호탕하게 웃었다. 웃음 뒤에 리라는 친구인 지선을 매우 애처롭게 바라봤다.

"네가 그런 문제로 얼마나 마음고생이 심하겠니? 그 썩을 놈의 남자 새끼들 때문에 말이야."

리라는 열쇠를 건네받고 불과 얼마 떨어지지 않은 카라 카페로 가 문을 열고 일을 시작했다. 그녀가 카페 일을 할 수 있는 이유는 가끔 이곳에 와서 커피 내리는 연습을 해 봤기에 가능한 것이었다. 어느덧 시간이 흐르고 흘러 악명 높은 오후 1시가 넘어가는데 그녀는 만반의 비장한 각오를 다지며 주먹을 불끈 쥐었다.

지선이 어느 정도는 그들의 인상착의에 대해 힌트를 준 상태이기 때문이다.

드디어 올 게 왔다.

꼭 한결같이 첫 번째 등장인물은 조인호 판사였다.

한편 지금 같은 시각 길 건너 아카 카페에서도 어제에 이어 또다시 여성 고객들이 몰려와 남자 사장 말복을 귀찮게 하고 있었다.

그가 법에 의존하는 것도 한계를 느끼며 그저 피신 차원에서 길 건너 카라 카페로 피신하려고 갑자기 뛰쳐나가자 그녀들은 마치 살쾡이 같이 그를 뒤쫓아 갔다.

김말복이 카라 카페로 도망쳐 온 후 카운터를 바라보자 며칠 전 이곳으로 피신했을 때 봤던 그 여사장은 없고 다른 사람이 와 있는 것을 보게 됐다.

또 다른 문제는 그는 지금 이 순간 새로 바뀐 대체 사장인 리라에게 반하기 시작하여 눈이 번쩍 뜨이고 엉거주춤한 자세로 바뀌었다. 그러나 금세 뒤따라 들어온 여자들 때문에 무척 혼돈스러운 상황으로 치달았다.

그녀들 때문에 엄청나게 소란스러운 카라 카페가 되어 버렸다. 여자들은 마구 소릴 지르며 서로 옥신각신했고 아수라장을 방불케 했다. 대체 사장인 리라는 이 대목에 대해 친구인 지선에게 힌트 코치를 받지 못해 이게 무슨 영문인지 몰라서 어리둥절한 기분을 가눌 길이 없었다.

리라는 정중한 태도로 "아, 저, 고객님들. 다른 고객님들을 위해 조금만 조용히 해 주셨으면 좋겠습니다. 부탁드립니다."라고 양해를 구하자 그녀들은 "아, 네, 알겠어요." 하고 자리에 앉았다.

지금 이 순간 말복은 리라의 모습을 뚫어지게 바라봤다. 그만큼 반했다는 증표였다.

조금 지나면 지선을 찾아 프러포즈를 시도하려는 5명의 남자들이 들어올 시간이었다.

인호는 어제는 경쟁자들의 공격이 거세지자 종이컵에 든 커피를 이리저리 마구 뿌려 대며 격분을 나타냈었지만 지선이 그를 스토커로 경찰에 신고한단 말을 하자 최고 일류 법조인 판사라는 신분 노출을 두려워한 나머지 쏜살같이 도망쳤었다. 그 뒤 다소 안정을 취하고 어젯밤에 홀로 소주와 삼겹살을 먹어 가며 전의를 불태우는 결의에 결의를 다지는 시간을 가졌다.

오후 1시 10분이 되자 조인호는 다소 조심스러운 표정을 지어 가며 현관문을 열고 들어왔다. 혹시 어제 그 일로 여사장이 응보 화살을 당기고 있을지도 모른다는 의식에 이런 것이었다. 커피를 이리저리 뿌려 버린 사건 말이다.

인호가 문을 열고 카운터를 바라보자 사장은 온데간데없고 전혀 모르고 본 적도 없는 한 여자가 서 있었다.

그는 속으로 '알바가 2명이나 되는 구나!'라고 생각했다.

"차가운 아메리카노 주세요."

"네에, 그래요."

그는 자리에 앉아 그 커피를 기다렸고 그녀는 커피를 내리면서 속으로 짐작했다.

'아아아, 이 인간이 지선이가 얘기한 그놈이구나!'

불과 2분도 안 되어 커피가 나오자 그가 그 커피를 마셨다.

그는 무척 허탈한 표정을 감추지 못했다. 어제 그 사건은 둘째 치고 지선이 엄청나게 보고 싶었기에 상사병이 극치에 다다라 완전히 정신이 돌 것만 같았다.

그런데 무슨 뾰족한 묘수가 보이지 않았다. 지금 이 순간 보이지 않고 타인이 그 자리를 메우고 있는 것을….

그는 그저 갑갑함과 답답함으로 시간을 보내다가 그 커피를 다 마시고 얼음만 남았는데 그것조차도 이를 악물고 아삭아삭 씹어 먹어 버렸다. 얼음을 그렇게 먹어 버리니 엄청 시원함을 느꼈는데 이것은 그의 심리 상태였다.

뭔가 못마땅하다는 불만들이 그런 형태로 표출되고 있었고, 이 카라 카페에 나타나는 다른 경쟁자 적군들에 대한 적개심이 지금 이 순간 얼음을 완전 부숴 버리며 먹고 있는 것으로 나타났다. 그들을 얼음이라고 생각하면서…….

호랑이도 제 말하면 온다는 말도 있듯이 우려했던 적군들 중 한 명이 현관문을 열고 들어왔는데 이 남자는 늘 골프복 차림인 최선규이었다.

선규는 실내를 이리저리 훑어보며 어제 커피를 뿌리고 난동을 일으켰던, 늘 판사라고 자칭하는 자가 있는지 예의 주시했다. 인호가 구석에 앉아 있는 모습이 보이자 부아가 치밀어 올라 몹시 귀찮고 짜증나는 표정을 지으며 갑자기 아주 크게 소리를 질렀다.

"야, 판사 왔네! 이 양반아! 어제 그렇게 커피를 우리에게 막 뿌리고 테러를 저지르더니 오늘 또 왔어? 참나, 지겹다 지겨워! 뭔 놈의 여자를 그렇게 좋아해? 여자가 이 세상에 전부냐? 어어……?"

선규의 공격은 날이 갈수록 더욱더 거칠고 날카로워졌는데 그만큼 이성을 향한 욕망의 분출 야심이었다. 거친 망발을 받은 인호의 얼굴에선 어떻게 뭐라고 설명할 수 없을 정도의 분노와 모욕감을 받은 표정이 역력했다. 자신이 최고 일류 법조인이라 권위가 짓밟히고 자존심이 바닥에 떨어진 심정이었다.

이젠 인호도 선규를 향해 뭐라고 공격하려고 하는 순간 현관문에서 또 다른 남자가 들어오고 있었는데 신경외과 의사 안지덕이었다. 심기가 복잡해져서 그런지 인호는 공격을 멈췄다.

지금 이 순간, 인호, 선규, 지덕 3명이 살벌하게 대치된 상황을 맞이했다. 사실, 어제 지덕도 인호에게 '판사가 별거냐.'라며 '나는 의사다. 당신도 몸

아프면 내게 와서 내 말을 들어야 한다고 까불지 말라.'라고 엄포를 놓았다.

인호는 어제 지덕의 망발에 대해서도 분이 가시지 않은 상황이었다. 그렇다고 여기서 선규와 지덕의 사이가 심리적 우군일 수도 없었다. 커피 전쟁 애정 쟁탈전의 최종 승자는 유일한 1명이기 때문이다.

이들도 서로 호시탐탐 카라 카페 여사장 김지선을 차지하려는 야심을 불태우고 있으니 경계의 눈빛은 식을 줄 몰랐다.

이들 3명의 남자들 사이에서 삭막한 먹이 사슬 분위기가 잠시 흐른 뒤 이번엔 신축 빌라 공사장 감독 장기람이 현관문을 열고 쓱 들어오고 있는데 마치 그와 약속이라도 한 듯 바로 뒤따라 유소년 축구 교실 원장 진강태가 들어왔다.

서로 누군지 모르는 사이라 약속을 할 순 없고 그냥 우연의 일치였다.

어제에 이어 또다시 김지선을 향한 다섯 남자들의 먹이 사슬 대혈투가 벌어질 위기 상황으로 치닫던 중 이들 5명의 남자들 모두가 카운터를 쳐다보자 여사장이 없음을 확인하곤 무척 맥 빠진 모습으로 변해갔다. 궁극의 목표는 여사장이기 때문이라 목표물이 사라진 허탈감을 안고 다 제각각 냉커피를 한 잔씩 주문하여 마셨다.

띄엄띄엄 앉아서 냉커피를 마시는 지덕, 기람, 강태는 아까 선규가 들어오자마자 인호를 보고 맹공을 퍼부은 것처럼 그리 똑같은 행동은 취하진 않았다.

지덕, 기람, 강태는 그저 냉커피만을 빨대로 쪽쪽 빨아 먹으며 속으로 생각했다.

'아아아, 여사장이 어디 갔지!'

카운터를 지키고 있는 전리라는 속으로 생각했다.

'아아아, 이들이 5인조 떼강도 불한당들이구나!'

지금 이 순간 이곳으로 급히 피신한 김말복은 속으로 '아아 이 남자들이 저 사장을 좋아하며 접근하고 있구나!'라고 생각하며 묘한 시선과 견제의 몸짓들이 싹트기 시작했다.

그를 악착같이 뒤쫓아 온 여자들은 줄기차게 맹렬히 "좋아합니다." 라고 피력했다.

이 시점에서 남자 5명은 지선을 좋아하는 감정이 왠지 순간 흔들리고는 지금 이 카페에 들어와 난장판을 치는 여자 5명을 물끄러미 바라보며 야릇한 미소를 보내기 시작했다.

순식간에 지선에서 낯선 여성 고객들에게 쏠려 들어갈 수도 있는 급변하는 순간이었다.

하지만 판사 인호는 잠시 그런 감정이 싹트다가 다시 정신이 제자리로 돌아오며 옛 사장 지선의 모습을 상기하며 집중 모드로 들어갔다. 일편단심 해바라기처럼 오로지 지선을 향한 마음으로 굳게 마음먹었다.

지금 인호는 가슴이 완전 타들어 갔다. 자신의 위치나 위신, 체면으로 봤을 때, 이런 4명 같은 아래 것들과 마찰이 생긴다는 것은 여긴 수치스런 일이 아닐 수 없다고 판단했다. 그럼 포기 선언을 하고 이 가게에서 퇴장하면 되겠지만 그게 그리 쉽지 않았다. 이곳 카라 카페 여사장 김지선에게 넋을 잃었고 정신이 완전 함몰되어 버렸기에 그런 것이었다.

이들 5명의 남자들은 막연하게 여사장 김지선을 기다리고 있는 중이지었만 그녀가 나타날 확률은 제로였다. 이미 논현동 사는 친구인 전리라에게 이 시간대에 가게 좀 봐 달라고 하고 뒤에서 꼴을 보고 있었다.

이들 입장에선 속 터지고 갑갑함과 답답함이 이리저리 교차했다. 시간이 어느새 빠르게 지나 오후 3시를 넘어가고 있었다.

이 사람들은 지금 이 시간에 일은 안 하고 이곳에 와서 시간을 허비

하는 중이었다. 여유가 있어서 그럴 수도 있겠지만 그래도 본연의 업무에 집중이 흐려진 건 마찬가지였다.

인호는 판사니까 얼른 법원으로 근무하러 떠나고, 기람도 신축 빌라 공사장 감독이니 얼른 공사장으로 근무하러 떠나고, 강태도 청담동 유소년 축구 교실 원장이니 얼른 근무하러 떠나고, 지덕도 청솔 신경외과 의사이니 얼른 근무하러 떠나고, 선규는 직업이 없지만 골프하러 다니는 사람이니 얼른 골프하러 골프 연습장으로 떠나야 할 텐데, 그렇게 떠나지 않고 꼭 이 시간, 오후 1시부터 4시 사이에 카라 카페에 들어와 시간을 보내며 여사장 김지선을 노리고 있었다.

오늘은 카운터에 대체 요원이 들어오면서 이들은 닭 쫓던 개 지붕 쳐다보는 격이 되어 버렸다.

다른 손님들이 여러 명 들어왔다 나갔다 하다가 한 시간이 더 훌쩍 지나가 버려 4시가 되자 5명의 남자들은 이런저런 깊은 상념 속으로 빠져들었다.

그녀의 빈자리가 너무 크다는 걸 느끼며 빈자리가 그리도 크게 느껴지는 까닭에 실의에 빠졌다.

여기 카라 카페로 피신 온 아카 카페 남자 사장 말복이 느닷없이 리라에게 달려가 "어휴~ 너무 예쁜 사장님이십니다. 제 이상형입니다. 으하하하하."라고 호탕하게 웃자 이를 지켜본 남자들은 다들 죽을 맛이었다.

그렇지만 낯선 남자를 따라 들어와 난장판을 친 낯선 여자들을 바라보면 또 다른 싱숭생숭한 감정이 휘몰아치니 우왕좌왕 갈팡질팡 오락가락 정신이 하나도 없었다.

이들이 오매불망 찾는 대상 지선은 지금 이 시간 집에서 은신하며 누워 휴식을 취할 뿐 밖으로 나가지 않았다.

조금 지나 저녁 시간이 되면 휙휙 댄스 스포츠 원장으로부터 왜 또 안 오는지 전화가 걸려 올 것으로 예상하면서 그냥 그렇게 누워 있었다.

만약 '그 원장으로부터 또 그렇게 전화나 문자가 오면 절대 응하지 않으리라!' 다짐하며 이게 바로 자신을 위한 최선의 보호책이라 판단했다.

조금 지나자 길 건너 아카 카페 사장 말복도 나가고 그를 따라 들어왔던 여자들도 빠져나가는 모습이 다들 넋을 잃고 초췌한 상태였다.

숙진, 호숙, 채비, 보라, 영희는 각자 자신들의 집으로 들어가 와이제트큐 채널에서 방영하는 커피 전쟁이란 프로를 틀었다. 신사역 부근에 위치한 남자 사장이 운영하는 휙글 카페에 여자 탤런트 5명이 끊임없이 접근하다가 끝내 남자 사장이 아예 가게 문을 닫아 도피해 버려 그녀들은 망연자실 낙담한 상태로 포기하고 각자 새로운 남자를 찾아 나서는 대목이 나왔다. 공교롭게도 이 프로는 아카 카페 사장 말복도 보게 되는데 본인도 자신의 문제 같은 느낌이 들어 소름이 돋으며 '아! 나도 저렇게 홧김에 가게 문을 닫고 피신해 버릴까!' 하는 충동에 사로잡히다가 지금 당장 곧바로 그런 결정을 내리고 절차를 밟아 버렸다.

이 프로를 시청하는 그녀들도 계속 고개를 갸웃거릴 수밖에 없었다. 너무 자신들이 현재 겪는 스토리와 상통되기 때문이었다.

정말 저 드라마처럼 저럴까! 하는 의구심이 가득했는데 일단 내일 또 청담역 아카 카페에 가 보리라! 마음먹었다.

급기야 그녀들은 모두 그 남자를 찾아야겠다는 생각을 일단 접었다.

하지만 길 건너 지선이 운영하는 카라 카페에선 정반대 현상으로 이들이 그녀에게 계속 돌진해 들어올 듯한 분위기가 생겼다.

지금 이 시간 지선은 방 안에만 있으니 답답함을 느끼고 잠시 뭐라도 사 먹으려고 문을 열고 나갔다. 김밥천국에서 김밥 한 줄이라도 먹을 생각이었다.

인근 김밥천국으로 들어가 김밥 한 줄을 주문하여 먹고 난 뒤 확인 차 리라에게 전화를 걸었다.

"야, 리라야 그놈들 오늘 오후에 나타났지? 어떻게 됐어?"

"음, 나타났는데 근데 네가 보이지 않으니까 한참이나 서성이다가 그냥 가 버렸어."

"하하하, 그놈들 참 끈질긴 놈들이구나! 도대체 뭐 하는 자식들인지 모르겠어, 지들 말로는 축구 교실 원장, 공사장 감독, 판사, 의사, 골프 마니아, 뭐, 있을 건 다 있는데 그것들 말을 믿을 수가 있어야지! 난 그것들이 누군지 모르잖아! 뭐, 특별히 알고 싶지도 않고……. 오늘 카페 일을 봐줘서 너무 고맙다. 리라야."

"아니, 아니야 고맙긴. 네가 그놈들 때문에 얼마나 힘들면 그랬겠니? 그런데 하나 더 웃긴 건 길 건너 아카 카페 남자 사장이 내게 와서 좋아한다고 나 보고 이상형이라고 생떼를 쓰는 거야. 또 그 뒤를 따라 들어와 그 남자를 좋아한다고 매달리는 여자들도 있더라고. 참나, 희한한 일이다."

"뭐야! 그런 일까지 벌어진단 말이야? 그것들은 또 뭐야? 일단 댄스 학원장과 그놈들이 무슨 연결된 그런 관계인 것 같아! 참! 세상 무섭다. 그리고 조금 있으면 여자 알바생이 올 거니까 걔한테 맡기고 우리집으로 와라. 소주나 한잔하게."

"알겠어."

저녁 6시가 되자 여자 알바생이 카라 카페로 들어왔다. 리라는 알바생에게 일을 맡기고 나와 지선의 집으로 갔다.

이숙진, 방호숙, 조채비, 남보라, 권영희는 그 후 드라마 '커피 전쟁' 2회를 시청했는데 드라마에선 남성 시민 단체들이 반발하여 길을 사이에 두고 일어난 남자와 여자의 스토킹 문제는 똑같이 처벌되는 것으로 나왔다.

이에 5명의 여성들은 다소 의아한 느낌을 받았다. 자신들의 요즘 실제 상황과 반대로 진행됐기 때문이었다.

어느 정도 시간이 지나고, 지선과 리라는 오후에 카페로 들어오는 남자들에 대한 얘길 주고받았다. 전반적 분위기는 우려와 경계를 나타내는 상황이다. 그녀에게 댄스 학원장으로부터 전화가 걸려 와 받지 않았는데 악착같이 또 와서 또 받지 않자 이번엔 문자가 왔다.

내용은 '연이를 운동하러 오지 않아서 매우 걱정이 된다'였는데 그녀는 이 문자를 받고 더욱더 두려움과 공포 속으로 빠져들었다.

카라 카페에 나타난 낯선 5인조 불한당들과 원장과 무슨 관계일까, 어떻게 된 관계일까!

지선은 지금 휙휙 댄스 스포츠 학원장과 그 5인조 불한당 남자들이 어떤 연결 고리 관계가 있는가를 꼬리에 꼬리를 물고 의심하고 있는데 다소 특이할 수도 있는 일이 있었다.

지선은 마치 전 원장이 그 5명과 공조, 연합하여 자신을 압살하려 한다고까지 지나치게 확대 해석을 했다.

순전히 그 5명과 맞선 보기 전 3일 연속으로 자신의 영업장인 카라 카페에 나타나 낯선 상태에서 프러포즈를 건 그 행위가 형언할 수 없을 만큼이나 공포와 두려움으로 남아 있었다.

이 세상 이 인생살이를 되짚어 보자. 어떤 일이 발생했을 때 정확한 내막을 모르고 그냥 대충 넘겨짚어 버리며 상대방을 줄기차게 의심하고 두려워한 나머지 더 이상 발길이 이어지지 않고 끊기는 경우가 무척 많은 게 현실이다.

05 _ 시선은 위기 탈출이 된 줄 안다

지선은 리라와 저녁 7시가 넘어 인근 갈빗집으로 가 소주를 먹어 가며 카라 카페에 끊임없이 나타나는 5인조 남자들의 공포와 댄스 학원 원장의 배후 조종에 대한 두려움을 지워 버리고자 애를 썼다.

"자아. 마셔라, 리라야. 나 아무래도 그 카페에 당분간 나가지 못할 것 같아! 그러니 네가 좀 대신 그 가게를 맡아 줘, 음……? 약 보름간만 해 주면 될 것 같아! 그럼 그놈들이 이젠 내가 없는 줄 알고 오지 않을 거고. 더 좋은 방법은 네가 새로 이 가게를 인수받아서 오게 된 사람이라고 말하라고……. 그럼 그것들이 가게에 오는 걸 완전히 포기할 수도 있으니 말이야! 안 그래?"

"음, 좋아! 내가 그렇게 하지. 네가 얼마나 힘들면 그런 부탁까지 하겠니. 너무 걱정 마라 내가 알아서 교모하게 따돌려 버릴 테니까! 자아, 지선아, 소주를 마셔. 힘내고……."

지선은 나름대로 5명의 남자들에게서 탈출하고자 친구 리라와 현란한 계략을 짜내며 소주, 삼겹살을 잔뜩 먹고 인근 노래방으로 들어가 그 공포에서 벗어나고자 목이 터져라 노래를 부르고 또 부르다 보니 노래가 어느 정도 무르익어 갈 무렵 이젠 탈출된 그런 기분을 만끽하기에 이르렀다.

한 시간 넘게 노래를 부르니 조금 지쳤다. 시간을 보니 밤 9시 반을 가리키고 있어 이젠 그만 나가려고 호실 문을 열고 나와 카운터 쪽으로 걸어갔다. 그러던 중 그녀들의 눈에 비친 사람으로 인해 간이 콩알만 해질 정도로 깜짝 놀라며 소름이 돋았다.

최근 카라 카페에 들어와 인근 신축 빌라 공사장 감독이라며 접근했던 그 남자가 현관문을 열고 들어오고 있었다.

그 남자는 공사장 인부로 보이는 남자 6명과 함께 들어와 계산하기 위해 카운터 쪽을 쳐다봤다. 그녀들은 얼굴을 부딪치지 않으려고 재빨리 고개를 깊게 숙이고 굉장히 빠른 걸음으로 현관문을 빠져나갔다. 아찔한 순간이었다.

그녀들은 밖으로 나와 아주 크게 한숨을 푹 쉬었다.

"어휴~ 휴우~ 하마터면 큰일 날 뻔했다."라고 말하면서 먼 하늘만 힘없이 바라보다가 지선의 집 투룸으로 들어갔다. 한숨 돌릴 겸 술도 깰 겸 냉장고 안의 콜라를 꺼내어 쭉쭉 마셨다.

알딸딸하게 취한 채 잠시 텔레비전을 보다가 둘은 그 자리에 누워 고요히 꿈나라로 들어갔다.

아까 그녀들이 소주를 먹으러 나간 시간인 저녁 7시부터 댄스 학원의 전 원장의 전화와 문자가 무려 50통이나 더 와 있었다.

지선은 갈빗집에서 정신없이 소주를 먹고 노래방에 들어가 정신없이 노래를 부르느라 그걸 확인할 겨를이 없었다.

내일 아침에 일어나 보면 알게 될 것으로 보였다. 전 원장은 너무 집요하게 그녀에게 전화, 문자를 했다. 학원에 나오지 않으니까, 그런 것도 있지만 실은 지난 5월에 그녀와 단둘이 양평으로 밀월여행을 떠날 정도로 나름대로 뜨거운 사이였기에 그 감미로움을 잊지 못해 그러는 것이었다.

굉장히 엉뚱하게도 그 정도로 뜨거운 사이인데 무슨 연유로 자신의 애인을 다른 5명의 남자들에게 소개를 할 수 있는지 의아하다고 생각할 수도 있지만 그가 원래 성격이 엉뚱한 사람이라 그랬다.

　원래 세상은 그리 단순한 것만 존재하는 게 아니고 복잡하기도 하면서 때론 무척 단순함을 보이기도 했다.

　지선은 앞으로 어떤 방법을 취할 것인가. 끊임없이 자신이 경영하는 카라 카페에 나타나는 5인조 남자들과 이들을 뒤에서 측면 지원하는 듯한 댄스 학원장의 끊임없는 전화, 문자에 대해 어떻게든 빠져나가 모면해야겠다는 일념만이 그녀의 머릿속에 무한한 압박감으로 다가올 뿐이었다.

　아침에 일어났는데도 전날 먹었던 술로 인해 취기가 완전히 가시지 않았다.

　지선은 머리 뒤쪽에다 놓아둔 핸드폰을 무심결에 확인하게 되는 순간 깜짝 놀랐다. 댄스 학원 전 원장으로부터 어마어마한 양의 전화, 문자가 와 있었기 때문이다.

　두려움은 몇 만 배로 늘어났다.

　전 원장과 그들 5인조가 분명 자신을 협공한다는 수상한 의심이 더 강한 불길처럼 하늘로 타올랐다. 고통을 나누고자 얼른 이것을 친구인 리라를 깨워서 보여 줬다.

　"야아, 리라야, 이걸 봐! 전 원장이 어젯밤 내게 보낸 전화, 문자들을……. 아아아, 정말 너무 무섭고 두렵다. 으으으윽, 흑."

　"뭐야, 어 어어, 이렇게 많은 부재중 수신들이 있어! 이건 분명 널 함정에 빠뜨리려는 것이야! 정말 조심해야 될 것 같다. 이런 개 같은 새끼들!"

지선은 잠시 무엇인가 골똘히 생각에 잠기며 이것을 어떻게 타파해 나갈 것인가! 숙고하다가 문득 떠오른 가장 좋은 방법은 카라 카페를 내놓고 나가 버리면 일은 쉽게 해결될 수도 있겠다는 생각이었다. 그럼 정말 그렇게 결단을 내릴 것인가이다.

논현동 사는 친구 리라에게 당분간 가게를 맡기는 방법도 꽤 좋은 방법임엔 틀림없었다.

리라는 지금 현재 뭐 특별히 하는 일이 없어 그런 부탁을 들어줄 수도 있을 것 같았다. 리라가 동의를 해 주어야 되는 일이지만 말이다.

"리라야, 내가 어제 저녁에 한 얘긴 바로 이거야. 어젠 술 취해 제대로 정확히 말을 못 했는데 부탁이 하나 있어. 요즘 카페에서 일어난 일 때문에 그러는데 내가 가게를 아예 확 내놓을 생각도 있지만 그건 조금 그렇고……. 네가 가게 좀 몇 달간 맡아 주면 안 될까? 내가 어제 갈빗집에 들어가 말할 땐, 보름만 봐 달라고 했지만 그걸로 안 될 것 같다. 내 생각엔 최소 몇 달은 해 줘야 될 것 같아! 완전 쐐기를 박아 버리게 말이야. 약 3개월 정도는 말이야! 그래 줄 수 있겠니? 리라야?"

"그럼, 그럴 수 있지. 난 널 위해서라면 뭐든지 할 수 있어! 음, 그렇게 할게."

"휴우, 휴우~ 너무 고맙다. 리라야."

"아이, 뭘. 고맙긴 뭐가 고마워 다 그렇지 뭐!"

그녀들은 급조하여 위기 탈출을 시도했다. 리라가 지선의 부탁을 이렇게 쉽게 들어줄 수 있는 것은 그녀 자신이 지금 현재 뭐 이렇다 하게 하는 일이 없어서 그럴 수도 있지만 끈끈한 친구 사이의 우정을 과시하는 측면도 강했다.

물에 빠진 친구를 구출해 주는 그런 심정으로 오늘부터 리라가 카라 카페 형식적인 여사장이 되는 날을 맞이하게 됐다. 저녁 6시까지만 때우면 그때부터는 여자 알바생이 왔다.

앞으로 약 3개월을 6시 전까지만 친구 리라가 맡는 건데 나름대로 철저한 계략임엔 틀림없었다. 그저 피해 버린다는 것, 그러나 그녀가 길거리를 지나가다가 그 5명의 남자들과 우연히 부딪혀 버리면 골치 아플 수도 있었다. 같은 동네에서 살기에 그런 불운이 올 수도 있었다.

그런 것은 재수 없는 일로 생각하는 수밖에 없었다. 재빨리 얼굴을 가리고 피해야 한다는 강박 관념을 지녔다.

그녀들이 투룸에서 앞으로 대응 수를 논의하던 중 시간이 흘러 아침 9시가 넘어가 버렸다. 사주를 받은 리라가 임시 사장으로 카라 카페에 첫 출근 도장을 찍으러 나가자 이 모습을 지선은 다소 평온해진 얼굴로 바라보며 다시 침대에 누워 버렸다.

오늘도 오후 1시가 넘어가자 어김없이 카페 문을 열고 들어오는 한 사나이, 이 남자는 늘 그렇게 5명의 남자들 중 가장 일찍 들어오는 판사 조인호였다.

그는 오늘 또 짝사랑하는 대상이 보이지 않자 망연자실한 표정으로 치달았다.

'그래도 어쩌겠는가! 그저 기다려 봐야지!'라고 생각하며 냉커피를 주문했다.

불과 몇 분 더 지나자 다른 4명도 마치 약속이라도 한 것처럼 줄줄이 들어왔다. 또다시 마주하게 되는 5명의 남자들……. 서로서로 온몸이 굳어 있고 표정들이 몹시 불쾌한 게 여실히 드러났다.

최근 그들 간에 벌어졌던 치열한 언쟁이 벌어지진 않고 그냥 의자로 걸어가 조용히 앉았다.

그들도 카운터를 쳐다봤지만 자신들의 짝사랑하는 대상이 없자 맥 빠진 표정으로 확 변해 버렸다.
'그래도 어쩌겠는가! 그저 기다려 봐야지!'라고 생각하며 냉커피를 주문했다.
첫날은 이렇듯 이도저도 아닌 소강상태로 흘러가 버렸다.
리라가 지선의 부탁을 받고 대신 가게 일을 맡아 해 주는 것은 오늘이 2일째였다. 5명의 남자들도 정신 나간 사람들처럼 또 들어왔는데 '다른 여자 알바생을 한 명 더 채용했나.' 하는 생각에 사로잡혔다. 아직까지 대체 요원으로 카운터를 지키는 여인에게 여사장이 왜, 안 보이는지 아님 사장이 바뀌었는지 이와 같은 질문을 던지진 않았다. 앞으로 더욱더 갑갑하고 답답해지면 결국 그런 질문을 던질 수밖에 없으리라!
냉커피는 그들의 입속에서 금세 다 녹아 내려갔고 각자 각자가 입속에서 아삭아삭 씹어 대는 그 얼음들이 지금 눈에 보이는 상대방 적수들이라 간주하며 더욱 강하게 이로 아삭아삭 바삭바삭 깨물어 녹이고 씹어 먹었으며 서로가 서로를 노려봤다.
오후 1시에 들어왔는데 어느새 벌써 2시 반을 향하여 시곗바늘은 기울고 있었다.
그들은 너무너무 여사장에 대해 궁금한 나머지 다들 마음속으로 그 부분에 대해서 질문을 던져야겠다고 마음먹다가 제일 먼저 몹시 다급한 조인호가 기습적으로 카운터로 달려가 그 질문을 던졌다.
"아아아, 혹시, 이곳 카라 카페에 사장님 되시는 분은 언제쯤 나오시나요? 계속 보이지 않아서 물어보는 겁니다."
"아, 네. 제가 이 가게를 인수받아서 제가 하게 되었습니다. 어제부터 제가 사장입니다. 제가 사장이에요. 사장이요. 사장이라고요."

"네에? 그, 그, 그, 그럴 수가 있단 말입니까? 아아아. 아니, 이럴 수가. 으으으윽흑."

인호는 이 말을 듣자 청천벽력 같은 심정으로 치달아 매우 놀란 가슴을 어쩔 줄 몰라 했다. 조금 이상한 건 새로 바뀐 사장이 본인 입으로 사장이란 말을 수도 없이 반복한 것이 해괴할 따름이었다. 뒤편에서 이 소릴 들은 나머지 4명도 똑같은 청천벽력을 맛보며 다들 몹시 놀라 큰 충격을 받은 듯 온몸이 후들후들 비틀비틀 했다.

'최근에 자신들이 이곳에 들어와 애정 공세를 취하였기에 그 여자가 당분간 피신 차원으로 그런 것인가!' 이런 생각도 조심스럽게 한 번 해 봤다.

이들 5명의 남자들이 상당한 데미지를 받고 비틀비틀할 때 현관문으로 한 여자가 쓱 들어왔다.

바로 숙진이었다. 그녀는 며칠 전 길 건너 아카 카페가 사라지기 전 그곳의 남자 사장 김말복을 오매불망 짝사랑했던 인물이었다. 지금 이곳에 들어온 이유는 그 당시 말복이 피신차 이곳으로 도망쳐 왔었기 때문에 혹시 여기에 와 있지 않을까! 하는 판단에서였다.

보이지 않자 맥이 빠진 채 그저 구석 자리에 가 앉았다. 문제는 그녀의 움직임에 인호만 제외하고 나머지 4명의 남자들은 그녀를 주시하기 시작했다.

그러는 사이 마치 약속이라도 한 듯이 호숙, 채비, 보라, 영희가 줄지어 밀려들어 왔다.

그녀들은 들어오면서도 서로 이상한 눈초리로 쳐다봤다. 시간이 동일했기 때문이었다.

숙진도 그녀들을 보고 가슴이 철렁했다.

5명의 여자들도 여기 카라 카페가 사장이 바뀌었는지 알바가 고용됐는지 궁금하기도 하였다.

호숙이 먼저 달려 나가 리라에게 "혹시 예전에 이곳으로 도망쳐 온 길 건너 아카 카페 사장이었던 남자분 보신 적 있습니까?"라고 묻자 리라는 "모르죠. 누군지 모르는 사람입니다." 하며 냉소적인 반응을 보였다.

여기서 문제는 5명의 남자들도 방금 전 들어온 5명의 여자들을 한두 차례 여기서 본 기억이 스쳤다는 것이다.

아카 카페 사장이었던 김말복을 붙잡으려고 그녀들이 여기에 쳐들어 온 일이 있어서였다.

리라는 이 상황을 정확히 모르기에 그저 우두커니 천장만 바라봤다.

남자들은 지금 언제 옛 사장 지선을 좋아했냐는 식으로 고객으로 들어온 여자들에게 정신이 쏠리기 시작했다.

판사 인호만 그저 묵묵히 지선만을 생각하고 있었다. 어느새 다른 남자들은 그녀들에게 한두 번 이곳에서 안면이 있었다는 걸 구실 삼아 말을 걸기 시작했다.

리라는 이 상황을 얼른 지선에게 문자로 보냈다.

그러자 지선은 '야, 리라야. 원래 남자 놈들이란 그런 거야. 엄청 우직한 척해도 또 다른 예쁜 여자가 나타나면 이리저리 돌변하는 동물들이라고. 야, 더 그놈들의 동태를 살펴봐. 수고해.'라고 답장을 보냈다.

그녀들은 일단 피했다. 그들이 누군지 모르기 때문이었다.

그래서 이곳 카라 카페에서 일대 혼란이 일어나며 커피 전쟁은 또 다른 양상으로 접어들었다.

하지만 지금 현재 나타난 현실만 놓고 보면 그리 볼 수도 없는 일이라 자신들의 오매불망 짝사랑 대상이 완전 사라진 냉혹한 현실이 두렵기도 하였다.

인호는 온통 지선을 향하는 마음이 꽉 차 있기에 지금 옆에서 일어나는 전쟁은 장난으로 보이지도 않았다. 또 여자 고객들이든 카운터를 지키고 있는 리라를 봤을 때 아무런 생각이 들지 않고 그저 돌덩이로 보일 뿐 더 이상 아무것도 보이는 게 없었다.

하지만 나머지 4명의 남자들은 엉뚱하게 5명의 여자 고객들에게 쏠리면서 추가로 지선만큼은 아니지만 지금 이 시간 카운터를 지키는 리라에게 다소 관심이 슬슬 꿈틀거리기 시작하였다.

'꿩 대신 닭'이란 말이 실감나는 순간으로 접어들면서도 지선을 더 기다려 봐야겠다는 쪽으로 선회하기에 이르렀다.

굉장히 오락가락 우왕좌왕 하며 커피 전쟁을 일으키고 있었다.

급기야 5명의 여자 고객들은 무척 어이가 없다는 표정으로 남자들을 매섭게 노려봤다.

보라가 "이봐요, 아저씨들. 벌건 대낮에 무슨, 여기 카라 카페가 당신들 연애나 거는 그런 장소입니까?" 하고 쏘아붙였다.

인호는 자신이 판사이기에 한 여자가 싸잡아 아저씨들이란 표현을 쓴 것에 너무 심한 충격을 받아 멍하니 서 있다가 술에 만취된 사람처럼 비틀거리며 현관문을 빠져나가 버렸다. 금방이라도 죽을 것만 같았다.

나머지 4명도 같은 심정이었지만 조금 더 진정 차원에서 더 앉아 있는 중인데 앉아 있다고 해결될 건 아무것도 없었다.

강태는 화가 치밀어 올라 "아가씨들, 왜 그럼 아가씨들은 이렇게 벌건 대낮에 길 건너 아카 카페에서 남자 사장에게 찝쩍대다가 사라지니 여기 카라 카페에 들어와 그 남잘 찾고 있는 거야? 다 똑같은 거 아냐?

여자가 남잘 좋아하는 거나 남자가 여잘 좋아하는 거나 다 같은 거 아니냐고? 이것들이 정말 확 그냥 팍 어휴~ 주먹이 운다!" 하며 버럭버럭 소릴 지르고 정말 주먹으로 탁자를 세게 꽝 치고 나가 버렸다.

카라 카페는 완전 아수라장으로 변해 버렸다.

서서히 한 명씩 한 명씩 일어나기 시작하여 다들 나갔는데, 이제부터 충격의 시간이었다. 그들이 다 나간 뒤 시간을 보니 3시를 가리키고 있었다. 리라는 이 사실을 그대로 지선에게 또 문자로 넣었다.

전화를 안 하는 이유는 그러다가 느닷없이 그들이 다시 들어올 수도 있기에 무척 조심조심 살얼음판을 걷는 심정으로 하는 것이었다.

문자는 '그놈들 말이야, 예전에 아카 카페에서 남자 사장을 따라다니다가 실패한 여자들이 들어오자 그 여자들에게 달라붙었다가 피하자 또 내게 달라붙으려고 난리야. 나 보고 번호 좀 알려 달라고 생떼 쓰고 내가 여기 왜 왔냐는 둥 묻기에 내가 어제부터 인수받아 온 새로운 사장이라고 말했어.' 이런 내용이었다.

이에 지선은 '너무너무 잘했다. 어휴 진짜 변태 새끼들.'이라고 답장을 보냈다.

친구인 지선을 도와 위장된 카라 카페 사장 역할을 하는 리라가 맡은 바 임무를 잘 완수해 나가는 건 좋은데 오늘은 또 다른 중대 고비가 불어닥칠 수도 있는 분위기가 감돌았다.

바로 휙휙 댄스 학원 원장의 행보였다. 연이틀 자신의 애인이자 학원 수강생이기도 한 지선이 엄청난 양의 전화나 문자에 대해 아무런 반응을 보이지 않자 급기야 그는 늦은 오후 시간에 카라 카페로 향하고 있었다.

보통 알바생이 오기 전 6시까진 지선이 있을 거라고 판단한 전 원장은 대략 5시쯤에 카페로 들어섰다.

그가 생각할 땐 당연히 지선이 있을 거라고 판단했지만 보이지 않자 몹시 당황스러운 나머지 카운터에 서 있는 여인에게 물었다.

"아아, 저어, 제가 지선 씨가 다니는 댄스 학원 원장인데 혹시 이 카페 사장님은 아직 나오지 않았습니까?"

"아, 네. 그 사장님은 관두고 나가셨습니다. 제가 어제부터 인수받아서 운영하게 됐어요. 제가 사장이에요. 제가 바로 사장이지요. 사장이라고요."

리라는 최대한 댄스 학원장을 따돌리려고 속임수를 썼다. 이 말을 들은 전 원장은 몹시 충격적인 표정으로 바뀌었다.

"아아, 네에? 뭐라고요? 여기 카페 사장이 관두고 나갔다고요? 아니, 이, 이, 이럴 수가……. 나 참, 이건 말도 안 되는…. 있을 수 없는 일입니다. 으으으."

"……."

망연자실한 얼굴로 전수찬 댄스 학원장은 도저히 믿겨지지 않는단 표정으로 고개를 이리저리 흔들며 나가 버렸다. 리라는 회심의 미소를 지어 가며 지선에게 이 사실도 그대로 문자를 보내자 지선은 '오호, 너무 잘됐다.'라는 답장을 보냈다.

그녀들은 친구 사이의 끈끈한 정으로 아까 5인조에 이어 전 원장까지 모두 다 따돌려 버리는 철옹성 빗장 수비를 감행하였다.

리라는 저녁 6시에 여자 알바생이 오기 전까지 자신의 물품을 이것저것 챙겼고 그 시간이 되자 인계하고 문을 나섰다. 오늘은 자신의 집 논현동으로 가려고 전철역 쪽으로 걸어갈 때 어디선가 전화가 오기에 봤더니 지선이었다.

"오늘도 우리 집으로 올래?"라고 지선이 묻자 "그래 좋아!"라고 리라가 대답했다.

 발길을 돌려 지선의 집 청담동 투룸으로 향하여 들어가니 지선이 오겹살과 상추를 세팅하고 있었다.

 "야, 리라야, 내가 오늘 너 주려고 오겹살을 사 온 거야! 맛있겠지?"

 "와아, 너무 맛있어 보이는데……! 히히히."

 그녀들은 오겹살에 소주와 맥주, 상추를 배가 부를 때까지 먹고 또 먹었다.

 "야, 이젠 그 자식들 더 이상 우리 가게에 나타나지 않겠지? 네가 오늘 제대로 그놈들을 속였어! 하하하."

 "아니, 아니야. 뭘, 그 정도 가지고. 난 지선이 널 위해서 그렇게 했을 뿐인데 뭐! 호호호."

 "자아, 한잔하자고……! 시원하게……!"

 그녀들은 투룸에서 술을 먹고 어제처럼 또 그렇게 인근 노래방으로 갔다.

 어제 그곳으로 갔다가 나올 때 카운터 앞에서 카페에 나타나 추근거렸던 남자들 중 한 명과 하마터면 서로 얼굴을 부딪칠 뻔했는데 오늘 또 그 노래방으로 갔다.

 '설마 오늘 또 그렇겠냐! 오늘은 아니겠지!' 하는 마음으로 말이다.

 그녀들은 오늘은 어제 같은 그런 일은 생기지 않을 거라고 굳게 믿고 있었지만 사람이 사는 세상은 오묘하니까 알 수가 없었다.

 저녁 8시쯤에 그 노래방으로 들어갔다. 어제도 대충 이 시간쯤에 그곳으로 들어갔었다. 그녀들은 있는 노래 없는 노래 닥치는 대로 마구 불렀다. 정신없이 부르다 어느새 시간은 번개를 닮아 9시 반으로 기울었다.

그만 갈 때가 된 것 같아서 나왔다.

'설마 또 설마 어제처럼 5인조 중 1명과 부딪칠 뻔한 그런 일은 벌어지지 않겠지!'라고 생각했다.

그러면서 카운터를 지나 현관문을 여는 순간, "으악!" 하는 작은 비명 소리와 함께 아연실색해 버렸다. 오늘은 어제 그 신축 빌라 공사장 감독이라던 장기람이 아닌 늘 골프하러 다닌다는 최선규란 남자였다.

지선은 불행 중 다행으로 모자를 쓰고 있었는데 재빨리 그 모자를 더 확 눌러쓰고 고개를 푹 숙이며 빠른 걸음으로 현관문을 빠져나갔다.

리라는 모자를 쓰지 않아서 얼굴이 선규의 눈에 딱 들어오고 말았다.

그는 그녀를 보고 깜짝 놀랐지만 그녀는 그를 보고 그저 아무렇지도 않은 표정을 지었다. 그 전에 이미 지선이 재빨리 빠져나가는 바람에 그가 지선을 보진 못하였다. 그녀들은 밖으로 완전히 빠져나온 뒤 약 30미터쯤 앞만 보고 100미터 전력 질주 하듯 막 달려갔다.

크게 "휴우~ 휴우~" 하고 한숨을 크게 내쉬었다. 선규는 다른 골프 클럽 회원들과 노래방 중에 큰 방으로 들어가 노래를 불렀다.

밖에서 크게 한숨을 내쉰 그녀들은 혹시 모르니 엄청 빠른 걸음으로 지선의 집 투룸으로 거의 달리는 것처럼 갔다.

투룸으로 완전히 들어간 이들은 헐떡거리며 냉장고 안의 사이다를 꺼내어 확확 들이켰다. "야, 리라야, 하마터면 큰일 날 뻔했다. 야, 어떻게 오늘도 그 노래방에 그 불한당들이 있는 건지 너무 무섭다. 내가 움직이는 걸 뒤에서 다 포착이라도 하는 것 같은 그런 느낌이 든다. 으으으, 휴우."

"글쎄, 말이야! 그것 참 너무 무서운 일이다."

"어제는 무슨 공사장 감독이라는 사람, 오늘은 골프하러 다닌다는 사람, 너무 이상해! 혹시 그것들이 겉으론 모르는 사이인 것처럼 말다툼도 하지만 실은 서로 알면서 짜고 공조하며 날 삼켜 버리려고 그러는 것 같은 기분이 들어! 혹 인신매매단인 것 같기도 해! 으아아악악."

"……."

지선은 리라와 함께 자신의 투룸으로 들어갔다. 그녀는 불안과 초조가 앞선 나머지 너무 지나칠 정도의 과장된 확대 해석을 하기에 이르렀다. 장기람, 최선규가 무슨 연합군이라고 말이다. 사실은 그저 이 동네에 살다 보니 우연히 그 시간에 그 노래방에 들어오게 된 것인데 말이다.

이처럼 정확한 내막을 알지 못하여 불안에 시달리다 보면 이런 의심을 품게 되기도 했다.

최근 카라 카페에 나타나 그녀에게 접근전을 펼친 5인조 중 4명의 집은 청담동이고 조인호만이 서초동이다. 앞으로 지선, 리라는 이 동네 어느 곳이든지 돌아다니다 보면 불가피하게 그들과 부딪힐 수밖에 없는 상황이 올 수 있었다. 사실, 지선 입장에서 자신이 그들의 눈에 띄고 싶지 않다면 그저 모자나 꾹꾹 눌러쓰고 다닌다고 되지 않고, 그 카페를 리라에게 완전 맡기고 다른 동네로 아주 멀리 떠나는 게 근본적 대책이었다.

그녀가 앞으로 그렇게 할지 안 할진 좀 더 상황을 지켜봐야 알 것으로 보였다.

리라는 어제에 이어 오늘도 지선의 집에서 잠을 자고 내일 아침엔 바로 카라 카페로 일하러 갈 것이었다.

그 남자들은 연이틀 그녀를 못 보게 됐으니 완전 포기 선언을 할 것인가. 아님, 지금 현재 카페에 대신 와 있는 여자가 그녀와 무슨 속임수를 쓰고 있을지도 모르니 앞으로도 계속 전진, 전진할 것인가, 바로 이것이다.

댄스 학원장인 전수찬이 5명을 알게 된 배경은 이랬다.

조인호 판사는 예전에 전 원장의 아들, 전태성이 마약을 복용하여 검찰에 소환된 적 있었는데, 그 당시 전수찬은 어떻게든 아들이 구속되는 것을 막으려고 애를 쓰다 현재 운영하는 댄스 학원 수강생 중, 조 판사의 지인이 1명 있어 그에게 조 판사를 만나게 해 달라고 애원하여 결국 만남이 이뤄졌다.

그때 전 원장은 조 판사에게 "어떻게 우리 아들이 구속되는 걸 막을 수 있겠느냐."라고 질문을 던지자 조 판사는 전 원장에게 "내게 돈 1억만 주면 내가 알아서 그 담당 검사에게 전달하여 좋게 좋게 넘어가게 할 수 있다."라고 대답하였다.

이에 전 원장은 조 판사에게 즉시 1억을 줬다. 그 돈을 받은 조 판사는 5천은 자신이 먹고 나머지 5천은 마약 담당 검사에게 전달하였다.

그렇게 되어 결국 전수찬 원장의 아들 전태성은 풀려나게 되었다.

그때 전 원장과 조 판사가 알게 된 것이었다.

최선규는 전 원장이 골프장에 게임하러 갔다가 파트너가 됐다.

진강태는 그의 부인이 휙휙 댄스 학원 수강생이라 부인을 차에 태우고 가기 위해 가끔 학원에 오다가다 전 원장과 안면을 텄었다.

안지덕은 전 원장이 한때 몸이 안 좋아 신경외과에 간 적 있었는데, 그때 알게 되어 "자신이 운영하는 댄스 학원에 와서 댄스 스포츠를 배우시죠."라며 안지덕 닥터에게 명함을 건넨 적이 있었다. 이에 안 닥터는 "시간 되면 내가 보겠습니다."라며 웃음을 보였었다. 이래서 알게 됐다.

장기람은 예전에 댄스 학원 옆 빈 공터에 신축 빌라 공사 감독으로 일할 때 전 원장이 그곳으로 걸어가 공사 관련 무슨 대화를 나누던 중 어떻게 하다가 서로 명함을 주고받아 알게 됐다.

다 어떤 계기가 있었기에 전수찬 원장은 5명을 알게 된 것이었다.

2018년 7월의 무더위에 청담역 부근의 카라 카페엔 5명의 남자들이 한 여자에게 접근하기 위해 서로 밀고 밀리는 각축전을 펼치며 옥신각신 커피 전쟁을 치르는 중이었다.

며칠간 카라 카페에 지선 대신 들어온 리라가 '내가 오늘부터 새롭게 인수받아 들어온 사람입니다.'라고 말을 하였기에 그들이 다소 주춤거렸을 가능성도 조금 있긴 하지만 5명의 남자들은 다 각자 나름대로 성격이 집요하고 악랄한 측면도 강해서 그리 쉽게 물러설지 의문이었다. 어떻게든 그녀의 집이라도 알아내려고 온갖 머리를 굴릴 가능성도 완전히 배제할 수 없었다.

오늘 또 다른 변수로 치닫는 일은 5인조 중 인호를 제외한 4명은 리라를 보고 뭔가 심경이 변화라고까진 말할 순 없지만 다소 미온적으로라도 슬슬 리라에게 꿈틀거리는 마음이 작용하며 갈아탈 수도 있는 분위기가 감돌았다.

이 부분이 앞으로 또 다른 어떤 변수를 일으킬 수가 있는 것이, 인간들의 마음이란 이랬다저랬다 하는 본능을 지니고 있어서 그게 자연스러울 수도 있지만 이 세상을 희뿌옇고 어지럽게 하는 일이기도 했다.

선규, 기람, 지덕, 강태의 눈에 리라가 지선보단 다소 떨어지지만 그래도 어느 정도 봐 줄 만한 수준이라고 판단하는 게 문제가 되었고 이처럼 눈이라는 게 어떤 이성 간의 마음을 뒤흔들기도 하는 거라 무섭기도 했다.

다음 날, 지선은 바람을 쐴 겸 한강 고수부지로 갔고 리라는 카라 카페로 일하러 갔다.

오늘도 마의 시간 같은 오후 1시가 넘어가고 있었고 또 그렇게 5명이 급습해 들어올 수 있는 시간대가 도래했다.

결국 한 명, 한 명 또 늘 그랬듯이 들어오기 시작하는데 매번 꼭 첫 번째로 들어오는 사람은 판사 조인호였다. 그는 들어오자마자 카운터를 주시했으나 지선이 보이지 않자 크게 한숨 푹 쉬고 "썰렁한 아메리카노 한 잔 주세요."라고 주문하고는 뒷자리에 앉았다. 그렇게 한숨만 푹푹 쉬는 사이 커피가 나왔다.

어느 정도 시간이 흐르자 선규, 기람, 지덕, 강태가 순차로 들어왔으나 오늘도 어제에 이어 서로 다툼은 벌어지지 않았다. 그럴 수밖에 없는 까닭은 다툼의 대상이 보이지 않기 때문인데 무척 썰렁하고 침체된 적막감이 감돌았다.

적막감 속에서도 선규, 기람, 지덕, 강태는 카운터에 앉아 있는 리라를 지긋이 바라봤다. 이젠 정말 지선이 이 가게를 내놓고 나갔다 판단하고 어차피 물 건너간 지금 꿩 대신 닭이라도 잡겠단 의도일까!

4명의 남자들은 정말 어제 리라가 말한 '제가 어제부터 이 가게를 인수받아서 온 사장입니다.'라는 그 내용을 100% 믿는 것일까!

오히려 좋아하는 목표가 바뀌니 홀가분해진 이들은 느긋해지는 느낌마저 들었다.

유일하게 조인호만 오로지 지선이란 여잘 좋아하기에 혼자서 속이 타들어 가며 번민과 망상 속으로 빠져들었다.

'혹시 이들 4명의 남자들 중에 누구 한 명이 제대로 그 여사장과 눈 맞아서 어디에다 감춘 게 아닐까!' 하는 이런 과도한 의심까지 했다.

뭐든지 확실하게 잘 알지 못하면 그런 의심들이 꼬리에 꼬리를 물고 일어나게 되어 있었다.

선규, 기람, 지덕, 강태는 새로 온 카페 사장인 리라를 무척 사랑스러운눈으로 바라보기 시작하며 이젠 또 다른 새로운 신경전이 오고 가기 시작하였다.

인호는 계속 침통한 심정 을 짓누르며 고개를 푹 숙인 채 쓰디쓴 썰렁한 아메리카노를 홀짝홀짝 한 모금씩 마시다가 어제에 이어 오늘도 제일 먼저 카운터로 달려갔다. 상당히 초조한 얼굴로 입술을 부르르르 떨며 옛 사장에 대해 똑같은 질문을 던졌다.

"아니, 정말 그 여사장님이 관두고 나가셨나요? 그래서 새롭게 인수받아서 오셨다는 게 사실입니까?"

대체 사장 전리라는 느닷없이 그에게 버럭버럭 화를 내기 시작했다.

"아니, 이봐요! 그렇다면 그런 줄 알지, 왜, 왜, 왜, 또 묻는 거예요? 아이 시발."

"아니, 아니, 전 판사입니다. 판사에게 시발이라니……?"

"뭐야! 그래, 판사면 판사지, 왜, 그렇게 자꾸 그런 걸 묻냐고……? 야, 나가요. 나가!"

"……."

인호는 그녀의 거친 말에 속으로 격분되어 맥없이 돌아서서 다시 제자리로 돌아갔다. 그러자 4명의 남자들이 속으로 너무 달콤하다는 듯이 '낄낄낄' '하하하하' '어휴, 잘됐다!' 이런 반응을 드러내며 웃었다.

그러면서도 새로 온 여사장이 꽤 성깔이 있단 생각도 했지만 여성으로서 파워풀한 매력이 워낙 강하단 생각을 하는 게 더 지배적이었다.

어제 격렬하게 커피 전쟁을 치르고 나가 버렸던 숙진, 호숙, 채비, 보라, 영희가 서로 모르는 사이인데도 희한하게 지금 이 시각 동일한 시간대에 카페로 몰려 들어왔다.

강태는 어제 자신이 화를 낸 부분이 겸연쩍어 고개를 들지 못했다.

그녀들은 이젠 아카 카페 사장 김말복을 찾는단 것은 한강 물에 빠진 반지를 찾는단 것과 같음을 깊게 인식하고 이참에 여기에 몰려 커피 전쟁을 치르는 남자들 중 괜찮은 남자 하나라도 붙잡으려고 지그시 사랑스러운 눈빛으로 바라보기 시작했다.

문제는 서로가 매력을 느끼는 대상이 겹치다 보니 또 다른 심각하고 복잡하고 힘든 커피 전쟁이 발발하고 말았다.

선규, 강태, 지덕 쪽으로 그녀들이 쏠리고 인호, 기람에겐 눈을 마주하지 않으려고 했다. 선규, 강태, 지덕도 그리 싫지 않은 눈치였다.

호숙이 강태에게 좋다고 달려들자 다른 여자들도 덩달아 쇄도하기 시작했다.

그녀들은 자신들이 봤을 때 마음에 드는 남자의 팔을 잡고 늘어졌다.

그 과정에 5명의 여자와 3명의 남자가 서로 몸이 뒤엉키는 사태가 벌어졌다. 급기야 리라가 나서서 "아아아 고객님들 여기서 이러시면 안 됩니다. 여긴 그런 커피 전쟁을 일으키는 장소가 아니에요. 요즘 무슨 드라마에서 그러니까 덩달아 그러는 것 같은데, 다들 진정하시고 이럴 거면 다 나가 주세요."라고 제재했다.

대체 사장 리라의 경고로 잠시 휴전 상태에 접어들었고 여자들은 얼굴을 붉히며 나가 버렸다. 빠져나간 여자들이 아쉽긴 하지만 낯선 대상들이라 아직 껄끄러웠던 그들은 다시 원점으로 돌아와 속으로 궁리에 궁리를 거듭하며 카라 카페에 새로 온 여사장을 어떻게 하면 자신의 것으로 만들 것인가에 대해서 집중을 이어 갔다. 옛 사장인 지선이 보이지 않자 현 사장인 리라에게 금세 기울어 버린 선규, 기람, 지덕, 강태 4명의 남자였다.

 이들에 비해 인호는 꿋꿋하게 지선을 향하여 혹시라도 그녀가 다시 이 가게로 돌아올 거라는 막연한 기대감 속에 순간순간을 버티며 인고의 시간을 보냈다.

06 _ 4명의 남자는 목표를 바꾼다

남자들은 언제 어느 때 누가 제일 먼저 리라에게 선제 접근을 감행할 것인가! 이것이 상당히 중요했다. 제일 먼저 접근했다고 다 이뤄지는 것도 아니긴 한데 각인이 될 수도 있어서였다.

또 다른 3인에게도 경계 심리와 그냥 보고만 있을 순 없다는 자극제 경쟁 심리가 유발된다면 지선 대신 리라를 향한 치열한 커피 전쟁 애정 쟁탈전이 불을 뿜을 수도 있으리라!

지금 이 시간에도 5명은 마냥 이러지도 저러지도 못하고 우왕좌왕 시간만 보내다가 어느새 두 시간이 훌쩍 지나 오후 3시가 되어 버렸다.

그냥 얼른 일어나 나가지도 않고 침묵을 지키며 먼 산만 바라보는 한심한 인간들이었다.

갑자기 불쑥 누군가 느닷없이 현관문을 아주 거칠게 열고 들어왔는데 휙휙 댄스 스포츠 학원 원장인 전수찬이었다.

그는 어제도 오후 5시쯤에 기습적으로 이곳에 들어왔었는데 오늘 또 다시 시도하는 건 혹시나 하는 마음에서다. 지선이 아직 인수 문제가 끝나지 않아 와 있을지도 모른다고 판단했기 때문이었다.

하지만 그 판단은 완전 빗나갔고 지선은 안 보였다.

그게 문제가 아니라 그 순간 전 원장은 카라 카페 손님 자리에 군데군데 앉아 있던 5명의 남자들을 보고 깜짝 놀랐다.

"어어, 이게 어떻게 된 일입니까? 왜 다 여기에 계셔요?"라고 물으며 기분이 멍해졌다. 다들 자신이 알고 있는 이들이기에 그랬다.

그들도 그를 보게 되자 놀라는 것은 마찬가지였고 모두 다 온몸이 굳어졌다.

"어, 어어, 아아아, 이게 어떻게 된 일입니까? 우리 댄스 학원의 전수찬 원장님 아닙니까? 어떻게 여길 다 오시고……. 하하하하."

"어어어, 어어, 우리 판사님, 의사님, 축구 교실 원장님, 현장 소장님, 골프 회원님. 여기, 여기에 다 계시네요. 여기에서 뵙게 되다니요. 우아아, 너무너무 반갑습니다. 허허허허."

서로서로 어리둥절해했다.

전수찬 원장이 그들을 다 아는 체하자 5명의 남자들은 서로서로 매우 당황해했다.

"아니, 이 카페를 운영하셨던 여사장님이 여러분들과 맞선을 보려다가 어째 무슨 일인지는 모르겠지만 잘 안된 일이 생겼지요. 근데 어떻게 또 여러분들이 다 이 자리에 똑같이 모여 있으니 너무 신기하고 이상하단 생각이 드네요."

이 말에 그들은 너무 당황스러워 얼굴이 굳어지며 멍한 기분이다.

"예예? 그런 일이 있었어요? 그, 그, 그 여자분이 이곳 가게 사장님이었어요? 원장님, 원장님이 소개한 그 김지선이란 분이……?"

"아, 네, 맞습니다. 그래요."

선규, 기람, 지덕, 강태는 매우 황당하단 표정과 몹시 놀라 떨리는 소리로 말했다.

"아니, 정말 어떻게 그렇게 될 수가 있지! 참, 희한한 일이다."

"그래서 요즘에 그 여사장님과 연락이 안 되어 이렇게 직접 찾아온 것이지요."

훽훽 댄스 스포츠 학원 전수찬 원장은 순간 무척 이상하단 느낌 지울 길이 없다. 며칠 전 지선이가 학원에 와서 '이 카라 카페에 오후 시간에 계속 나타나 추근거리며 접근전을 펼치는 수상한 남자 5인조가 있다.'라고 말한 적이 있었기 때문이었다. 그렇다면 지금 현재 나타난 정황상으로 봤을 때 지선이가 말한 남자들이란 누굴 말하는 것인가이다.

혹시 이들인 것 같은 느낌이 강하게 들었다.

5명의 남자들은 전 원장과 그녀가 어떤 관계를 유지하는지 전혀 몰랐다. 서로 무슨 어떤 말들이 오고 갔는지 알 길이 없고 그저 전수찬 댄스 학원장에게서 김지선을 소개받았을 뿐이었다.

맞선 장소인 호호 카페로 그녀가 들어오다가 쏜살같이 도망쳐 버렸지만 말이다.

왜냐면 그들은 전 원장을 알지만 그들은 서로서로 각자각자 아는 사이는 아니기 때문이었다.

더군다나 이 카라 카페 여사장이 얼마 전 호호 카페에서 자신들의 맞선 상대였다니…. 너무 어리둥절할 뿐이었다. 지금 이들이 이러는 소리 리라는 다 들었다.

리라는 생각했다. '아아! 정말 지선이가 말한 대로 이들 모두다 연합 강도떼 협박 세력이구나!'

지금 이 상황에서 5명의 남자들은 전 원장이 자신들을 다 아는 것 같긴 하지만 그래도 그들은 다 각자 경계하며 몹시 불쾌한 마음을 가누지 못했다.

카라 카페 옛 사장 김지선을 놓고 옥신각신 커피 전쟁이 벌어졌기 때문이었다.

그래도 전 원장이 다 아는 사람들 중에 포함된 사이라는 게 너무 이상하고 오묘하단 생각이 머릿속을 스쳐 지나갔다가 서로서로 몹시 껄끄러움을 느껴 5명의 남자들은 한 명씩, 한 명씩 자리에서 일어나 떠나기 시작했다.

"아이고, 전 원장님 다음에 뵙기로 해요. 하하하하. 그만 들어가겠습니다."

그들이 서서히 일어나려고 하자 전 원장은 더 빨리 가게 현관문을 나가 버렸다.

5명의 남자들은 문득 생각했다. 카라 카페 옛 여사장을 볼 수 있으려면 얼른 뒤따라 나가 전 원장에게 애원하여 지선을 만나게 해 달라고 하는 게 상책이라 판단했다.

놓칠세라 굉장히 빠른 걸음으로 이들은 그를 뒤따라 나갔다.

"와아아아…. 잠시, 잠시 만요. 원장님, 원장님, 저기, 저, 저, 그 김지선이란 카라 카페 사장님을 어떻게 하면 만날 수 있을까요? 제발 도와주세요."

이들이 악착같이 전 원장에게 달라붙자 전 원장은 속으로 생각했다.

'이 사람들이 지선이가 말한 오후마다 카페에 나타나 추근거린 떼강도라고 말한 그 사람들이 맞긴 맞구나!'

순간, 전수찬 원장은 '어이가 없고 참 세상이 이렇게 좁고 좁다는 게 절실히 실감된다. 내가 아는 이들이 그 가게에 나타나 추근거리고 행패 부렸던 사람들이라니……. 아아, 그래서 지선이가 그때 호호 카페에 갔다가 이들이 보이자 겁을 집어먹고 황급히 도망쳐 버렸구나! 그래서 그런 원인으로 소개한 나까지 두려워 피하는구나!'라고 생각하며 순간 속으로 쓴웃음을 지었다.

전 원장은 지선이 자신을 피해 버리는 원인과 결과를 완전히 간파하기 시작했다.

얽히고설키어 이렇게 된 현실이 전수찬 원장은 몹시 괴롭고 짜증 나며 불쾌하기도 하였다. 괜히 자신마저도 이상한 놈으로 지선이가 오해를 할 가능성이 100%이기 때문이었다.

'아아아, 그래서 지선이가 내 전화와 문자에 대해 아예 대꾸를 안 하는구나! 이젠 완전 분석이 끝났다.'

본의 아니게 그녀에게 정신적 아픔을 전가한 현실이 뼈아프고 자신만 괜히 실없는 인간이 되어 버린 현실이 속 터지고 부글부글 끓어오르기도 하였다.

최종 결론은 카라 카페에 지선을 괴롭히는 5인조 남자들을 제거하고 철옹성 빗장 수비 차원에서 다른 우군, 즉 그 5인조를 처단할 수도 있는 다른 외부 남자들을 그녀에게 소개함으로써 자연스레 후자에 의하여 전자가 섬멸될 것을 기대했건만 여기의 후자가 바로 전자와 동일인인 것이었다.

전 원장은 이제 그들은 노려보기 시작하였다. 그들은 왜 그러는지 영문도 모르고 조금 당황하는 표정을 지었다.

"아아아, 원장님, 그 김지선이라는 여자의 집이나 아니면 어디에서 더 볼 수 있는 묘수를 알려 주십시오."

"그래 주세요. 원장님, 제발 그래 주세요. 원장님."

5명이 그에게 끈질기게 재촉하자 전수찬 원장은 슬슬 격분이 포화되기 시작하였다. 물론, 자기 자신의 불찰로 빚어진 일이긴 했지만 어쨌든 이런 현실이 몹시 짜증 나고 못마땅했으며 불쾌하기 짝이 없었다. 구체적으로 자신이 지금 눈앞에 보이는 5인조를 뒤에서 지원한 존재 그 이상도 그 이하도 아닌 그런 것으로 비춰져 버렸으니 더욱 그랬다.

'아아아, 정말 미치겠다! 진짜 죽고 싶다! 으으, 으윽흑.'

전 원장은 속으로 계속 이런 심정이었으나 진짜 그럴 수는 없었다.
'이런 현실을 뒤로 돌릴 수도 없지 않은가!'
너무 크게 엎질러진 물이고 엎질러진 물의 양이 너무 많아 널브러져 있었다.
지금 시간은 오후 4시였는데 건물 밖의 기온은 무척 무덥고 후덥지근하여 땀이 줄줄 흐르는 날씨였다. 그런데도 그와 그들 5명은 카라 카페 밖에서 마주하고 있었다.
지선의 거처를 알아내려는 5명과 지선에게 괜히 대실수하여 이상한 놈으로 오해받아 버린 1명이 펄펄 끓는 한 여름 36도가 넘는 더위를 마주하며 서 있었다.
"아아, 우리 판사님, 의사님, 현장 소장님, 축구 교실 원장님, 골프 회원님, 제가 지금 더위를 먹어서 몸이 너무 안 좋군요. 그러니 얼른 가서 몸조리 좀 해야 할 것 같습니다. 그러니 이해하세요. 다음에 뵙죠. 그럼 이만 갑니다."
"아니, 아니, 원장님, 원장님, 잠시만요……!"
전수찬 원장은 쏜살같이 도망쳐 버렸다. 그만큼 이 상황 자체가 짜증나고, 불쾌했기 때문이었다.
조인호는 괴로움의 한숨을 푹 쉬고 돌아서 다른 곳으로 가 버렸고, 나머지 4명의 남자들은 다시 카라 카페로 들어갔다. 인호와 다르게 4명은 꼭 지선만을 향해 목숨 거는 것이 아니었다. 물론 이왕이면 지선이란 여자와 연결되면 더없이 좋겠지만 그게 아니라면 지금 현재 카라 카페에 새로 온 여사장 리라도 괜찮다고 느끼기 때문이었다.
또 다른 리그가 형성됐고 4명은 다시 서로 노려보기 시작하였다. 상대방이 얼른 다른 데로 가 버렸으면 하는 눈치였다.

하지만 어디 그게 마음대로 되겠는가! 선규, 기람, 지덕, 강태 4명은 리라에게 점점 넋을 잃어 가고 있는데 말이다.

잠시 나갔다가 줄줄 땀을 흘리며 다시 카라 카페로 들어온 그들을 보자 리라는 매우 어이없단 표정을 지었다.

"냉아메리카노 주세요."

"네에."

리라는 그들에게 냉아메리카노를 주고 난 뒤 카운터 의자에 앉아 쥐도 새도 모르게 지선에게 문자를 넣었다.

방금 전 카페에서 벌어진 커피 전쟁의 진행 상황을 소상하게 알렸다.

지금 이 시간 지선은 혼자 한강 고수부지 여기저기를 돌아다니며 요즘 골치 아팠던 사건들에 머릴 식히고 있는 중이었는데 이 문자를 받고 알겠다고 짤막하게 답장하였다. 아직까지 4명이 리라에게 이렇다 하게 관심을 표명하진 않았다.

그들 중 그 누가 됐든 제일 먼저 공세를 펼치면 다른 3명도 쇄도할 것으로 보였다.

하지만 아직까진 계속 소강상태를 이어 가며 서로 힐끔힐끔 쳐다보기만 할 뿐 구체적인 접근 포인트를 잡지 못하고 시간만 채우다가 결국 다 나가 버렸다.

조금 있으면 여자 알바생이 오는 저녁 6시였다. 그 시간이 되어 여자 알바생이 도착하자 리라는 카운터 업무를 인계한 뒤 현관문을 열고 나갔다.

밖으로 나간 리라는 오늘도 지선의 집으로 가기 위해 걷고 있는데 바로 왼쪽 편의점에 한 남자가 자신을 쳐다보고 있었다.

멀리서 봤을 땐 몰랐는데 점점 가까이 다가가니 아까 가게에 나타났던 남자들 중 1명이었다.

4명 중 1명인데 바로 청솔 신경외과 안지덕 닥터였다. 지덕은 방금 전 다른 3명의 동태를 예의 주시하고 있었는데 그 3명은 다 각자 제 갈 길로 떠났었다.

그는 지금 이 시간을 호재로 여기고 카라 카페에서 조금 떨어진 편의점에서 새로 온 여사장 리라를 기다린 것이었다. 지덕은 그 나름대로 지략에 능한 면모를 보였다.

리라는 잠시 머뭇거렸으나 얼른 지나가려고 달려가자 지덕이 번개같이 달려가 그녀를 막아 버렸다.

"아아아, 잠시, 잠시만요. 그쪽에게 할 말이 있어서 그럽니다. 잠시, 잠시, 잠시."

"어, 어어, 왜, 왜, 왜 그러는 거예요?"

리라는 매우 놀라 어쩔 줄 몰라 하며 '혹시 지선에 대해 뭔가 알아내려고 그러는 게 아닌가!' 하는 두려움이 밀려왔다. 겁에 질린 표정으로 그를 바라볼 때 그는 말했다.

"아아아, 저는 그 카라 카페 옛 사장님에 대해 무슨 정보를 알려고 그러는 것이 아닙니다. 지금 새로 오신 사장님에게 할 말이 있어서 그럽니다."

"예에, 뭐라고요? 제게 할 말이 있단 말이에요? 그게 뭔데요?"

안지덕은 다소 떨리는 목소리로 말을 했다.

"아, 예, 그건 다름이 아니라 제가 사장님을 보고 반해서 그럽니다. 진심입니다. 하하하하. 저는 청담동 청솔 신경외과 의사입니다. 하하하하."

"네에, 절 보고 반했단 말이에요? 아니, 그, 그럴 수가……."

그녀는 매우 당황해했다. 그가 말하는 내용이 왠지 사실이 아닌 뭔가 친구 지선에 대해 알아내기 위한 의도, 수단으로 보였다.

그래서 무조건 도망쳐야겠다는 생각만이 머릿속에 꽉 차 이를 악물고 온 힘을 다해 앞만 보고 내달리기 시작했다. 그렇게 그에게서 피할 수 있었다.

그녀를 놓친 그는 맥없이 돌아설 수밖에 없었다. 리라는 한참을 도망치다 뒤를 쳐다보고 그가 보이지 않자 크게 한숨을 "휴우~ 휴우~" 쉬고 난 뒤 지선에게 전화를 걸어 방금 전 일어났던 일까지 다 말하였다.

그랬더니 지선은 리라에게 "일단 집에 가 있어."라고 말하였다.

리라는 황급히 지선의 집 청담동 투룸으로 들어간 뒤 다시 지선에게 전화를 했다.

"야, 너 지금 어디니? 난 지금 네 집에 와 있어."

"그래? 리라야, 집엔 잘 들어갔고……? 난 아직 여기 한강 고수부지야. 조금만 더 있다가 갈 테니 거기서 기다리고 있어."

"알겠어."

지선은 이젠 발길을 돌려 청담동 투룸으로 향했다. 카라 카페에 새로 위장된 사장이 옴으로써 인호를 제외한 다른 4명이 리라에게 눈길을 보내기 시작하였는데 그들 중 리라에게 최초로 관심의 표현을 한 이는 청솔 신경외과 안지덕 닥터가 됐다.

지덕은 아까 실패했지만 열 번 찍어 안 넘어가는 나무 없단 말을 되새기며 앞으로 카라 카페에 등장하여 줄기차게 공세전을 펼친다는 야심을 품었다.

그는 평소 성격이 무척 점잖고 과묵한 편이어서 얼마 전 지선에게 접근하는 경쟁에서도 밀렸었는데 이번 새로운 대체 사장 리라에겐 과감한 스피드로 전혀 다른 면모를 보여 주고 있었다. 남녀 간의 커피 전쟁 애정 쟁탈전이란 그야말로 한 치 앞을 내다볼 수가 없으리만치 어마어마한 전쟁을 방불케 했다.

지덕이 다른 이들을 완전 제치고 리라의 애인으로 우뚝 설지 아직은 미지수였다.

지선은 금세 자신의 집 청담동 투룸에 오자마자 기다리고 있던 리라와 밥을 차려 먹었다.

"야, 지선아, 네가 한 말들이 다 맞는 것이었어! 그 자식들 다 서로 짜고 널 함정에 빠뜨리는 게 분명해! 어제하고 오늘하고 그 댄스 학원 원장도 가게에 와서 널 집요하게 찾더라고……. 또 그 원장과 그 남자들이 다 아는 사이더라고, 서로 아는 체하는 걸 볼 때……. 그리고 그 5인조 깡패 새끼들은 완전 이성을 잃었고 말이야! 더 아찔했던 건 그 자식들 중에 한 놈은 내가 일 끝내고 가는데 편의점 옆에 서 있다가 갑자기 내게 달려오더니 이젠 나한테 반했다는 둥, 관심 있다는 둥, 별 헛소리를 다 지껄이더라고……. 이게 다 널 수렁에 빠뜨리려고 이것들이 완전 이성을 잃고 혈안이 되어 버린 거야! 으으으. 정말 무섭고 섬뜩하고 끔찍하다. 아아아."

"그래, 알겠다. 정말 너 없으면 난 벌써 진짜 큰 함정에 빠졌을 거라고…… 그들에게 잡혀 인신매매나 성폭행을 당했을지도 몰라! 정말 큰일 날 뻔했다. 휴우, 네 덕분에 내가 살아났다. 살았다고. 자아, 밥 더 먹어. 여기 반찬도 있고……."

그녀들은 서로서로 위로와 격려를 거듭하며 저녁 식사를 했다. 최근 악의 늪으로 인한 기분 전환차 인근 노래방으로 갔다가 5인조 중 2명이나 부딪쳤기에 신경이 엄청 예민해진 관계로 오늘은 그 인근 노래방으로 가지 않으려고 마음먹었다.

그냥 조용히 집에서 맥주나 한잔하고 텔레비전을 시청하며 휴식을 취하리라 생각했다.

그녀들이 피신처나 다름없는 청담동 투룸에서 휴식을 취하고 있을 때 삼성동 획획 댄스 스포츠 학원의 전 원장은 자신의 부주의로 정확한 내막을 파악하지 못하고 지선을 보호한다는 차원에서 다른 남잘 끌어들여 그녀에게 소개한 것이 도리어 그녀에게 공포심만을 안겨 줘 버렸고, 대실수에 대한 괴로움 내지 죄책감이 몰려와 몸을 가누지 못하고 안절부절못하였다.

그래서 전 원장은 원장 특별 강좌를 접고, 배철형 강사에게 일임해 버렸다. 그만큼 고통스럽고 예민해져 버렸단 증거였다.

'아아아, 이게 뭔 꼴인가! 내가 이런 대실수를 저질러 지선이가 아예 이곳으로 오지 않는구나! 으으으으으.'

이렇게 속으로 괴로워하며 차가운 냉수만 확확 들이켰다.

배철형 강사가 잠시 쉬는 것 같아 보이자 전 원장은 그에게 가서 "한번 내 대신 지선에게 전화를 해 봐. 내가 하면 안 받으니 말이야."라고 부탁했다.

배 강사가 침묵을 유지하자 원장은 다시 재차 독촉했다.

"아니, 배 강사, 지선에게 한번 전화 좀 해 봐. 왜 안 나오느냐고……."

배철형은 전수찬 원장이 하라는 대로 그녀에게 전화를 넣었으나 그녀는 전화를 받지 않았다.

배 강사의 전화마저도 그녀가 받지 않는 까닭은 이 전화도 분명, 전 원장의 부탁을 받고 거는 것이라 판단해서였다.

"아와, 원장님, 지선이가 전화를 받지 않는데요."

"그래그래, 안 받으면 뭐, 어쩔 수 없지! 그만 둬. 으으으."

다시 전 원장은 침통한 시간을 이어 갔다. 그녀의 집이라도 알면 찾아가겠다는 생각도 했지만 집은 모르고 카라 카페를 운영한단 것까지만 알고 있었다.

그는 발만 동동 구르고 굴렀다.

'아아아, 사랑하는 지선아, 넌 지금 어디에 박혀 있는 것이냐? 으으으.'

이렇게 또다시 속으로 고통스러워했다.

그러다가 더 이상 고통을 견디지 못하고 원장실 안의 냉장고에 들어 있는 소주를 두 병이나 꺼내어 안주도 없이 그냥 확확 들이부었다. 그러자 배 강사가 "아니, 저저 원장님, 소주를 안주도 없이 두 병이나 그냥 물 먹듯 마시면 어떻게 해요. 그럼 몸이 안 좋아집니다. 안주를 좀 드셔야죠?"라며 우려를 나타내자 전 원장은 "아니, 아니야, 우리 지선이가 안 보이니 난 지금 너무너무 힘들어 괴롭고 정말 미칠 것 같다. 아아아 악." 하며 아주 크게 소리를 질렀다.

이날 저녁 시간은 전 원장으로선 최악의 고통스러운 시간들이었다.

배 강사는 전 원장이 소주를 먹고 고통스러워하는 장면을 뒤로한 채 다시 댄스 강좌를 위해 연습실로 나갔다.

배 강사는 다시 강좌를 시작하면서 내심 속으로 흐뭇한 마음도 들었다. 왜냐면 '전 원장이 나잇값도 못하고 딸자식 같은 여자 수강생과 사귀다가 시련을 당해 버렸으니 참 꼴좋다.' 이렇게 생각했으니 말이다.

사실, 배 강사도 그런 장면들을 예전부터 지켜보면서 몹시 짜증 나게 느꼈었다. 솔직히 자신도 김지선을 좋아하는 마음이 있었지만 자신은 가정을 이끄는 가장으로서 차마 그렇게까지 하지 않았는데, 물불 안 가리고 막 나가는 원장의 행동에 대해 심히 불쾌한 감정을 지울 길이 없었다. 인생사 새옹지마로 원장의 침통한 심정을 바라보며 달콤한 마음이 들었다.

　배 강사는 다시 강좌를 진행했는데 몸이 완전 펄펄 날고 스텝도 더 빠르고 더 부드럽게 움직여졌다. 원장실에서 전 원장은 아까 먹은 소주 두 병에다가 한 병을 더 꺼내어 안주도 없이 또 그렇게 확확 들이부었다. 그렇게 소주를 무려 세 병을 들이켜고 힘없이 소파에 퍽 쓰러져 버렸다.

　이 시간대에 카라 카페에 계속 나타나는 5명은 각자의 집에서 앞으로 자신들의 애정 전선에 대해 심도 있는 구상을 하는 시간들로 채워 갔다.

　조인호 판사만이 끝까지 지선을 향할 뿐 나머지 4명은 목표 대상이 사라진 현실을 직시하고 이미 눈길을 완전 돌려 현재 카라 카페 사장 전리라에게 함몰된 상황이었다.

　아까 오후에 안지덕 닥터가 4명 중에서 최초로 공개 돌진을 감행하는 바람에 앞으로 그들 4명 간의 치열한 접전이 벌어질 것은 자명했다.

　조인호는 끝까지 김지선을 향하는 사랑의 고삐를 늦추지 않았으며 이 시점에서 그녀의 거처, 연락처를 알아낼 수 있는 유일한 방책은 댄스 학원 전수찬 원장이라고 판단했기에 필사적으로 전 원장을 만나 그런 것을 알아내고야 말겠다고 결의에 결의를 다졌다.

　그런데 판사 인호가 그렇게 생각하는 것은 본인의 자유지만 지금 현재 전 원장의 심기가 이만저만이 아닌데 그리 쉽게 만나 줄지 모를 일이었다.

　전수찬 원장은 지금 이 현실, 자체를 몹시 짜증, 불쾌하게 느끼는데 그리 호락호락 인호를 만날 마음이 생겨날지 현실성이 없어 보였다.

　만약, 운 좋게 두 사람 간의 만남이 이뤄지더라도 사실 원장도 지금 현재로선 지선에 대해 아는 게 전혀 없었다. 학원에 나오지도 않고 전화와 문자도 안 되는데……. 집은 애당초 모르는 상태라 아무 것도 아는 게 없었다. 그런데도 인호는 단순하게 원장만 만나면 다 되는 줄 알고 있으니 무척 갑갑하고 답답한 판사였다.

이날은 다 제각각 나름의 셈법을 하는 시간으로 채웠다.

카라 카페를 향한 커피 전쟁은 알 수 없는 치열한 흰 구름과 검은 구름들이 이리저리 막 부딪히는 형국이었다.

카라 카페에서 벌어지는 일들은 치열한 커피 전쟁이라 검은빛 안개를 닮아 가고 있었다.

이들에겐 사랑이란 게 무엇인지 모르지만 너무너무 소중한 것이기에 자신들만의 유희, 행복을 누리려고 거침없이 막 내달리고 있었다.

이들에게 숨 막히는 몇 분, 몇 초들이 합쳐져 다음 날이 찾아와 버렸다. 이들은 늘 그랬던 것처럼 시간이 흘러도 또 그렇게 내달릴 게 뻔했다.

일단 판사 조인호가 꼭 제일 먼저였다.

인호는 일어나자마자 전 원장에게 전화를 걸었다. 지선에 대한 어떤 거처를 알아내기 위해서인데 그의 번호가 뜨자 전 원장은 전화를 아예 받지 않았다.

하지만 인호는 지금 전 원장의 속도 모르고 또다시 전화를 넣었지만 전 원장 입장에선 당연히 받을 수가 없었다. 조인호는 악착같이 전 원장의 속도 모르고 문자를 보냈다.

'존경하는 댄스 학원 전수찬 원장님께. 원장님, 왜 그리 제 전화를 받지 않으십니까? 제발 제 전화 좀 받아 주세요. 네에? 판사 조인호 올림.'

이런 내용이었다.

전수찬 원장은 끝내 전화, 문자에 대해 아무런 대꾸를 하지 않았다. 전수찬이 왜 그러는지 조인호가 알 리 만무했다.

상대방의 심리 상태를 알 수 없다. 이 세상에서 가장 어려운 것이 바로 인간의 심리 상태인 것이다.

끝내 인호는 계속되는 전 원장의 무반응에 대해 포기하고 말았다. 선규, 기람, 지덕, 강태는 볼 것도 없이 오후 1시가 넘자 어김없이 카라 카페로 내달렸다. 새로 온 여사장 전리라를 차지하기 위함이었다.

이미 어제 그녀가 퇴근할 때 길에서 안지덕 닥터가 선제 대시를 한 상태였지만 그렇다고 다 끝났다고 볼 수 없었다. 인간의 마음이기에 그랬다.

그녀는 지덕을 무섭고 두려워한 나머지 황급히 도망치고 말았었다. 별 것도 아닌 일이었다.

1시 15분쯤이 되자 한 명씩 한 명씩 들어왔다.

원래는 판사 인호가 제일 먼저 들어오는 포문을 여는 사람이었는데 그는 새로 온 여사장 리라에게 별 관심이 없었고, 무엇보다 지선에 대한 정보를 알아내는 유일한 길이 댄스 학원의 전 원장을 통하는 길이라 판단해 굳이 카라 카페에 갈 필요가 있을 것인가에 대한 회의적인 심리인 것 같았다.

현재 이 시간에 그 카라 카페에 등장하는 남자들은 인호를 제외한 4명이고 목표는 전리라를 차지하기 위함이었다. 안지덕은 어제에 이어 기세를 모아 또다시 대시를 할 태세였으며 다른 3인은 이에 어떤 대책을 세울지 모르겠다.

선규, 기람, 지덕, 강태는 마치 서로 약속이라도 한 듯 차례차례 카페로 들어왔다.

지덕은 어제 제일 먼저 길거리 기습 돌진을 하였기에 다소 여유를 갖고 있었다. 그래 봐야 오십보백보인데 말이다.

지덕이 카페로 들어와 리라를 바라보며 야릇한 미소를 지었지만 그녀는 고개를 옆으로 돌려 버렸다.

"차갑고 시원한 아메리카노 주세요."

"네에, 기다리세요."

지덕이 왠지 여유로운 모습을 보이는 것 같자 다른 3명의 남자들은 긴장하기 시작했다. 혹시 두 사람이 이뤄졌나 하는 공포, 두려움이 밀려와서 그랬다. 하지만, 내심 '아랑곳하지 않으리라!' 굳게 다짐했다. 애정 전투에서 절대 밀리지 않겠다는 선규, 기람, 강태의 결연함과 비장함이 느껴졌다.

그들 3인은 서로가 먼저 기습 돌진을 하려고 잔뜩 벼르고 별렀다. 기습 돌진이란 재빨리 얼른 카운터로 달려가 '내가 당신을 좋아한다!'라고 의사 표시를 하는 것을 뜻했다. 이 시간엔 그들 중 그 누가 제일 먼저 그럴 것인가, 이게 조금 대세를 가를 수도 있는 중요한 변수였다.

지덕이 커피를 마시며 잠시 여유를 부리고 있을 때 제일 먼저 느닷없이 유소년 축구 교실 진강태 원장이 카운터로 달려가 대시를 하며 선제 애정 표시를 감행했다.

"아아아, 너무너무 어여쁜 새로 오신 카라 카페 사장님, 전 그대를 좋아합니다. 전 축구 교실 원장입니다. 이게 바로 그대를 향한 골문 대시입니다. 제가 골인을 넣겠습니다. 와아아아. 슛! 골, 골, 골, 골, 골, 골, 골, 골인~"

"예에, 나한테 골인을 넣겠다고요. 저리 비켜, 비키라고……. 별 이상한 사람 다 보겠네!"

07 _ 내 남자들이 새로운 여자에 대한 질투

김지선과 전리라의 차이점이라면 지선은 카페에 나타난 남자들의 접근에 대해 대체로 침묵을 지키는 쪽이었다. 반면, 리라는 공격적으로 쏘아붙이며 맞짱을 떴다.

진강태의 돌진이 무위로 돌아가자 그는 무척 겸연쩍은 표정을 지으며 제자리로 돌아갔다. 뒤에서 지켜본 지덕, 기람, 선규는 속으로 엄청 달콤해했다.

'어휴, 저 자식 저게 뭐야. 완전 헛발질이잖아! 축구 선수 출신이란 놈이 저게 뭐야. 나보다도 슛을 지를 줄 모르네! 푸하하하. 머저리 같은 놈!'

이젠 어제 지덕에 이어 오늘 강태가 돌진함으로써 돌진 명단엔 2명이 올랐다. 선규, 기람은 아직 망설이는 중이었다. 왜냐면 무조건 돌진만 한다고 해결되는 성질이 아닌 것 같다는 느낌이 강하게 들어서였다.

하여간 이들 4명도 참 대단한 건지, 무모한 건지 모르겠지만 허구한 날 이곳 카라 카페에 들어와 커피 전쟁을 일으키며 접근 돌진을 감행하고 있으니, 결과를 떠나 대단하다고 평가했다.

뭐! 이들은 노총각들이니 이런 돌진이 나쁠 것 없지만 어느 정도 상대방의 입장을 봐 가며 해야 할 텐데, 이건 완전히 이성을 잃은 상태였다.

자신들의 사랑, 애정을 얻기 위한 경쟁이자 커피 전쟁이니 이 세상 그 누가 이런 행동에 대해 돌을 던지랴!

페어플레이를 하고 있는데 말이다. 이들 4명은 서로서로 누군지 몰랐지만 한 명씩 카운터로 달려가 돌진할 때 직업과 이름을 밝힌 덕분에 이들은 경쟁자였지만 자연스레 상대방의 직업과 이름을 알게 됐다. 그녀를 잡기 위해 직업을 과장하여 밝혔는지 아닌지는 확인 불가이긴 했지만 말이다.

접전이 벌어질 땐 인상 쓰고 서로를 노려보았지만 때론 서로서로 쳐다보며 웃기도 했다. 일종의 커피 전쟁의 휴전이라고도 볼 수가 있었다. 그저 자신들의 애정 쟁탈전 커피 전쟁이 웃기다고도 생각했다.

뭐! 사실 웃길 것도 하나도 없다. 원래 인간이란 남녀 간의 애정을 놓고 치열한 접전과 전쟁이 벌어지는 것이 당연하고 자연스러운 현상이기 때문이다.

문제는 결혼까지 한 인간들이 다른 대상을 향하여 애정 쟁탈전, 커피 전쟁을 치른다면 이것은 심각한 사회 문제이고 병폐가 됐다. 가정 파괴가 되기 때문이다.

오후 시간도 점점 깊어만 가는데 이들 4명은 뭐 이렇다 할 접근 포인트, 커피 전쟁의 승기를 잡지 못하고 방황하고 있었다. 기람, 선규는 계속 구경만 하고 있으니 스스로 무척 답답함을 느꼈다.

결국 시간만 흘러 4명은 돌아설 수밖에 없었다. 친구인 리라에게 가게를 맡기고 다른 곳으로 피신 생활을 이어 가던 지선은 저녁이 되면 집으로 돌아왔는데, 전철을 타고 청담역에 내려 투룸으로 걸어갈 때 동서남북을 두리번거렸다. 행여나 그 5인조와 배후 세력을 길에서 마주하지 않을까 하는 공포 때문이었다. 그런 조심스런 발걸음으로 집에 들어갔다. 집에 들어가 보니 리라가 와 있었다.

리라는 앞으로 3개월간 아예 논현동 집으로 가지 않고 이곳 지선의 집 청담동 투룸에 본거지를 틀기로 했다. 친구의 대리인 겸 해결사면서 공격수 역할을 충실히 이행하기 위함이었다.

오늘도 리라는 대리인답게 오늘 카페에서 벌어졌던 일들에 대해 지선에게 소상하게 털어놓았다.
 "야, 지선아, 오늘은 전 원장인가 그 사람은 오지 않았어. 근데 4명이 왔는데 오늘도 한 놈이 내게 좋아한다고 돌직구를 던진 거야! 으으으으. 끔찍."
 "아니, 돌직구라니? 그게 뭐야?"
 "날 좋아한다고 표현하는 직구를 던졌단 것이지! 무슨 유소년 축구 교실 원장이라면서 막 덤비더라고……. 어젠 길에서 의사인가 하는 놈이 덤비더니, 으으윽. 끔찍."
 지선은 어이없단 표정을 지으며 말을 이어 갔다.
 "야, 참 나! 내가 가게에서 일할 때도 무슨 판사니 의사니 축구 교실 원장이니 골프 회원이니 현장 소장이니 뭐니 하면서 들어와 막 떠들어 댄 게 한두 번이 아니었어. 무슨 그것들이 진짜 판사고 의사이겠냐고……. 그냥 막 떠들어 대는 소리지! 분명히 내가 다녔던 삼성동 훽훽 댄스 스포츠 학원 원장과 연결된 깡패 새끼들일 거라고……!"
 "그래, 그건 그렇긴 한데……"
 "야, 리라야, 여기 서울은 너무너무 무서운 곳이야. 엎어지면 눈, 코, 입을 베어 가는 곳이라고……. 그러니 각별히 그놈들을 조심하라고……."
 "그래, 그건 그렇긴 한데……."
 오늘도 그녀들은 청담동 투룸 지선의 집에서 카라 카페에 나타나는 남자들과 훽훽 댄스 스포츠 학원 원장에 대한 삼엄한 경계 태세를 유지하며 긴장의 끈을 놓지 않을 것을 서로가 결의하는 시간으로 꽉 채웠다.
 일단 그녀들은 누군지 모르는 사람들에 대한 깊은 불신과 공포, 두려움이 있었다. 지선 입장에서는 어쩌면 믿을 수 있는 전 원장의 소개가 있었기에 그런 공포들이 사라질 법도 한데 끝까지 위의 심리들이 작용하는 까닭은 이것이었다.

 낯선 5인조가 동일한 시간대에 카라 카페로 며칠간 나타나 심한 커피 전쟁을 치르며 자신에게 추근, 접근한 부분 말이다.

 바로 그 당시, 깊은 공포와 두려움이 강하게 잠재되어 버렸는데 그다음 그 낯선 5인조들을 전 원장이 자신에게 소개를 해 버리는 상황으로 이어지자 그들과 그가 뭔가 악의 고리가 있지 않을까 하는 의심, 오해가 김지선의 가슴에 아주 세게 틀어박혀 버렸다.

 그런 의심과 오해의 강력한 고리가 지금까지 이어져 전 원장의 전화와 문자를 받지 않은 채 가게를 친구인 리라에게 3개월간 맡기고 자신은 밖으로 배회하는 시간을 보내는 것이었다.

 앞으로 어느 정도 시간이 지나면 지선도 무슨 일을 하려고 생각은 했다.

 그저 그렇게 마냥, 배회, 방황하는 시간들로 긴긴 세월을 흘려보낼 수는 없지 않은가! 그녀도 지금 이 시간 뭔가를 구상하고 있었다.

 서초구 반포동 쪽에다가 새로운 카페를 차릴까 생각했다. 원래 성격이 그런 쪽이면 타 직업을 하기가 여간 힘든 게 아니었다.

 "야, 리라야, 난 어느 정도 돈은 있으니까 반포동 쪽에다가 새로운 카페를 차려 볼까 해! 그러면서 상황 봐서 그곳으로 완전 이사를 갈 수도 있어. 현재 청담동 카라 카페는 내놓고 말이야! 난 성격상 카페 같은 일을 해야 적성에 맞잖아."

 "아아, 그런가!"

 리라는 별다른 반응을 보이지 않았다. 그녀의 마음속엔 어제 일을 마치고 오다가 편의점 옆 의자에서 벌떡 일어나 자신에게 말을 걸었던 안지덕 닥터가 눈에 아른거렸다.

 왜냐면 100% 이상형이기 때문이었다. 일단 신경외과 닥터라고 알려져 있긴 했지만 그게 사실인지 아닌지 알 길이 없으니 그녀는 갑갑함과 답답함이 엄습했다. 앞으로 안지덕이란 남자가 카라 카페에 나타나 무슨 행동을 할 것인지에 대해 예의 주시하리라 마음먹었다.

지선이 카라 카페를 내놓고 나가려고 하니 다소 그 예의 주시가 차질을 빚을 수도 있으리라 생각했다. 왜냐하면 아예 볼 수 있는 기회가 사라지기 때문이었다.

리라는 조금 머릿속이 복잡해졌다. 또 한편으론 자신이 이 카페를 인수받을까 하는 생각도 조심스레 하게 되었다. 안지덕이란 남자를 한 번쯤 관찰해 보기 위함이었다. 그저 좋아하는 마음이 앞섰다.

그녀들은 앞으로 펼쳐질 삶에 대한 대응수를 서로 논의하는 시간을 잠시 갖고 내일을 위하여 꿈나라로 고요히 들어갔다.

지선과 리라는 공통점도 있고 차이점도 있었다. 이 세상에 이런 친구 사이만 그런 것이 아니고 사물이든 사람이든 모든 것에 공통점과 차이점이란 존재하기 마련이다.

지선은 누군지 모르는 낯선 사람들에 대한 공포, 두려움, 경계, 방어벽, 빗장 수비가 남달리 세고 강했다. 유난히 예민하고 까다롭다는 것이었다.

리라도 위와 같은 심리가 없다고 볼 수 없었지만 지선처럼 그렇게까지 남달리 세고 강할 정도는 아니었다. 어느 정도 있긴 했지만 너무 그렇게까지 방어벽, 빗장 수비를 강하게 하지 않는다는 것이 차이점이라 할 수 있겠다.

지금 현재 카라 카페에 5명의 남자가 등장했지만 조인호 판사는 오로지 무조건 김지선밖에 모르는 남자이기에 제외하고, 나머지 4명의 커피 전쟁에 대해 리라가 위와 같이 그리 빗장 수비가 세고 철옹성 외벽을 세우는 편이 아니었기에 그들 중 한 명과 극적인 만남, 교제가 이뤄질 수도 있으리라!

안지덕 닥터가 일단 제일 먼저 관심 표명을 한 상태이고 또 전리라도 아직 너무 낯설고 누군지 몰라 두려워하지만 그를 100% 이상형으로 여기고 있었다. 거기에다가 정말 청담동 청솔 신경외과 닥터라는 게 알려지면 여러 가지 고려해 볼 때 직업으로도 꽤 좋은 편이라 그에게 쓰러져 갈 가능성이 농후했다.

김지선도 그들 5명의 남자들 중 3명은 별로라고 느끼고 2명이 조금 눈에 들어왔었는데 대상은 조인호, 진강태였다.

마음만 그렇다는 것이었다.

철옹성 경계 장벽은 여전히 철옹성 빗장이었다.

지선은 그런 성격으로 그들과 연결될 가능성이 전혀 없었고, 리라는 지덕과 어떻게 될지 아직 미지수였다.

주말이 왔는데 여전히 날씨는 무더웠다. 지선은 오늘도 홀로 더위를 식힐 겸, 앞으로의 삶의 구상도 할 겸 한강 고수부지로 갔다. 리라는 여전히 카라 카페로 일하러 갔다.

리라는 내심 마음속에 혹시 오늘 오후도 의사라고 밝힌 안지덕이란 낯선 남자가 들어올까 은근히 기대하는 마음을 좀처럼 가눌 길이 없었다. 생긴 것도 괜찮고 아직 확실하진 않지만 직업도 괜찮다고 여겼다.

그렇다고 만약 그가 들어온다 하더라도 속으론 이럴지 모르나, 겉으로는 아닌 척 인상 쓰고 공포, 두려움으로 버럭버럭 화를 낼 것 같았다.

오후 1시가 넘자 오늘도 어김없이 지덕, 선규, 기람, 강태가 시간차를 두고 차례차례 들어왔다.

어제에 이어 오늘도 인호는 나타나지 않았다. 인호는 오로지 무조건 지선만을 향한 일편단심 해바라기이기 때문이었다.

그가 연이틀 카라 카페에 등장하지 않았다 하더라도 지선을 향하는 마음을 접는 것은 아니었다. 일단 어제 댄스 학원 전 원장에게 그녀의 거처를 알아내려고 연락을 취한 것을 시작으로 앞으로 지속적으로 거처를 알아내려고 부단히 노력할 것으로 보였다.

어제까지 지덕, 강태 두 남자가 리라에게 돌진을 한 상황이었고 이런 경쟁 구도에서 다소 밀려 있었던 선규, 기람이 오늘만큼은 엄청난 무리를 하더라도 리라에게 확실하고 구체적인 뭔가를 보여 줘야 하는 절박감이 감돌 수도 있었다.

그런 위기를 느꼈는지 인근 신축 빌라 현장 감독 장기람이 선제 돌진을 감행했다.

"새로 온 여사장님, 그대와 제가 뜨겁게 사랑을 나누며 마실 수 있는 한여름 날의 무더위 아메리카노 두 잔 부탁합니다. 하하하하."

드디어, 장기람마저 리라에게 돌진함으로써 3명이 됐다. 이에 골프 광팬 최선규도 뒤질세라 돌진하려고 움직이기 시작했다.

"어어, 새로 온 여사장님, 그대는 결국 제 것인데 행인들이 너무 날뛰는군요. 이따가 다른 곳에서 우리 은밀히 만나요. 하 하하하하."

드디어, 장기람마저 리라에게 돌진함으로써 3명이 됐다. 이에 골프 광팬 최선규도 뒤질세라 돌진하려고 움직이기 시작했다.

"어어, 새로 온 여사장님, 그대는 결국 제 것인데 행인들이 너무 날뛰는군요. 이따 다른 곳에서 우리 은밀히 만나요. 하하하하."

이제 드디어 그녀를 향하는 낯선 4명의 남자들 모두 다 자신들만의 애정 의사 표시를 감행하였다. 그런 애정 표시는 다들 자신들의 자유지만 상대방의 마음이 문제였다.

기람과 선규가 돌진하는 순간에 리라는 멀리 떨어져 앉아 냉커피를 마시고 있는 지덕를 야릇한 표정으로 바라봤다.

그녀의 이런 현상은 청담동 청솔 신경외과 안지덕 닥터 쪽으로 마음이 서서히 움직인다고도 볼 수 있었다.

결과라는 것도 마음에서 출발하여 진행되어 종결되는 것이라 가능성은 무척 높아 보였다. 기람, 선규는 그녀가 아무런 말이 없자 머리를 긁적이며 무안한 표정으로 제자리에 돌아갔다. 커피 전쟁의 승리의 깃발을 꽂기가 그리 쉽지 않다는 것을 실감하는 순간이었다.

지덕은 리라가 자신을 야릇한 표정으로 지긋이 바라본 부분에 대해 깊은 생각에 빠져들었다.

'혹시 내게 관심이 생긴 것일까!' 하는 생각을 품게 되었다.

그의 이런 생각을 뒷받침하게 만드는 일이 발생하였다. 그녀가 냉장고 안에서 수박, 참외를 꺼내어 정성스럽게 깎아 그에게만 갖다주고는 다른 3명의 남자 손님들에겐 한 조각도 갖다주지 않았다는 점이었다.

고객에 대한 엄청난 차별 대우 그 자체였다.

"호호호, 한번 드셔 보세요."

"아아아, 뭘 이런 걸 다 갖다주십니까? 너무 고맙습니다. 예에, 잘 먹겠습니다."

지덕은 매우 당황하면서도 황홀했고, 너무 감격하여 즐겁고 행복감에 속으로 아주 크게 환호성을 터뜨렸다.

'야호호! 우와아아아아아……! 결국 내게 버튼을 누르는구나!'

이를 지켜만 볼 수밖에 없었던 3명은 심한 충격 그 자체였다. 아주 세게 바닥에 쓰러질 듯한 어지러움을 느꼈다.

'여사장이 저 인간에게 결국 기우는가!'라고 판단하며 휘청거렸다.

급기야, 그들 중 진강태는 격분이 포화되어 느닷없이 주먹으로 탁자를 아주 세게 꽝꽝 치더니 아주 크게 고함을 확확 질렀다.

"아니, 이게 뭐야! 어떻게 고객에 대한 대우가 이 모양 이 꼴이야? 다 같은 손님인데 나에겐 수박, 참외 한 조각도 없고 저 인간에게만 저렇게 막 몰아 주냐고……! 이게 뭐 하는 짓이야? 이 세상에 이런 카페 사장이 어디에 있어! 이건 뭐, 날 약 올리는 것밖에 안 되잖아! 에잇, 씨팔 것들 에라이 잘 먹고 잘 살아라……!"

그야말로 무식함이 넘쳐흐르는 극언 중의 극언이었다. 얼마나 그녀를 좋아했으면 그랬겠나, 라고 생각할 수도 있겠지만 느닷없이 그녀에게 쌍욕을 퍼부으며 매우 몰지각하다는 이미지만 부각될 뿐이었다.

전적으로 애정 문제의 선택 권한은 그녀에게 달려 있고 선택받지 못하는 사람 입장에선 울화가 치밀어 올라 격분이 포화될 수도 있지만 그것도 어찌 보면 극단적 이기심과 악랄함이 스며 있는 심리였다.

이 세상의 모든 기호, 사람, 사물의 선택이란 고유의 독립된 그 본인이 하는 것이긴 한데 대부분의 인간들은 상대의 판단보단 본인의 욕심을 우선시하는 경우가 많았다. 청담동 유소년 축구 교실 원장 진강태는 부글부글 끓어오르는 격한 감정을 억누르지 못하고 발로 탁자를 아주 세게 한 번 꽝꽝 찬 후 밖으로 뛰어나가 버렸다.

기람, 선규는 몹시 얼떨떨한 표정을 지으며 당황해했다. 기분이 나쁜 것은 이 두 사람도 마찬가지지만 그 사람처럼 그렇게 광기를 부리진 않았다.

그저 속만 태우며 피눈물을 흘릴 뿐이었다. 지덕은 경쟁자 중 한 명이 광기를 부리고 퇴장해 버리자 한편으론 기쁘고 또 다른 한편으론 괜히 신경이 엄청 쓰였다.

하지만 거기까지 생각할 겨를 없이 '커피 전쟁 애정 쟁탈전도 생존 경쟁 못지않게 피 말리고, 피 튀기는 살벌한 게임이라 딴생각 말고 목표로 여긴 그녀가 갖다준 수박과 참외를 아주 맛있게 싹싹 먹어 해치 우리라!'라고 지덕은 생각했다.

　벌써 두 시간이나 지나 오후 3시로 치달았는데 지덕 입장으론 시간이 어떻게 갔는지조차 알 수 없을 정도로 굉장히 빠르게 흘러가 버렸다.

　그녀가 갖다준 뜨거운 과일들을 먹고 있으니 그럴 수밖에 없으리라! 생각되었다. 지덕은 정신없이 먹어 가며 카운터를 계속 사랑스런 눈빛으로 바라보자 기람, 선규는 몹시 침통하고 괴로웠다.

　일단 그 많은 과일을 쟁반에 가득 담아 한 남자에게만 갖다준 것은 그에게 완전 관심이 쏠렸다고밖에 볼 수 없기 때문이었다.

　기람, 선규는 완전 기울어진 운동장에 그저 고개를 떨궜다. 당장은 이렇다 할 특단의 대책이 나오지 않아서였다.

　지덕 쪽으로 급격히 기운 위계에 의해 임시 사장이 된 전리라의 애정 표시는 이들을 궁지로 몰아넣었다.

　심하게 기울어 버린 커피 전쟁 애정 쟁탈전의 대세를 인정하고 씁쓸히 퇴장해 버릴 것인가! 아니면 조금만 더 힘을 내어 집요하게 물고 늘어져 반전을 노릴 것인가이다. 이게 바로 그들의 최대의 갈림길이자 분수령이었다.

　급기야, 그들은 각자가 스스로 판단하여 진일보를 위한 잠시 후퇴를 결정하고 현관문을 열고 나가려고 하다가 잠시 멈추고 뭔가 강한 여운을 남기는 말을 툭툭 던졌다.

　"예쁜 사장님, 나, 인근 신축 빌라 현장 소장 장기람은 물러가지만 완전 물러가는 것은 아닙니다. 그 언젠가는 다시 찾아와 그대와 나의 사랑의 이정표를 찍겠습니다."

　장기람이 한마디 툭툭 던지자 최선규도 뒤질세라 한마디 툭툭 던졌다.

　"섹시한 여사장님, 나, 골프 광팬 최선규는 돌아가지만 완전 돌아가는 것은 아니에요. 그 언젠가는 다시 찾아와 그대와 나의 애정의 하이 샷을

올리겠습니다. 그리고 한 말씀 더 추가하자면 내 차가 볼보, 벤츠, 벤틀리라는 거 기억해 주세요. 밖에 세워져 있습니다. 커피 전쟁은 끝나지 않았습니다. 계속 진행되어 가고 있습니다. 하루만 휴전하겠습니다."

기람, 선규는 지금 이 상황이 자신들에게 매우 좋지 않다는 것을 직감하고 얼른 자리를 떠나며 그래도 아직 포기하지 않았다는 의지를 불태우는 결연함을 보여 줬다.

이에 리라는 속으로 비웃어 버렸다. 금세 한 시간이 더 흘러 오후 4시가 됐다.

이젠 카라 카페에 남은 건, 임시 사장인 전리라와 청담동 청솔 신경외과 안지덕 닥터 뿐이었다. 둘만 남게 됐으니 이젠 뭔가 애정 문제가 급진전될 수도 있었다.

지금 분위기만 놓고 보면 그럴 것 같아 보이긴 했지만 세상살이 특히 남녀 간의 관계 조화란 알다가도 모를 일이기에 뭐라고 속단할 수만은 없었다.

리라는 내심 지덕을 보고 마음이 동요된 건 사실이었지만 일단 그가 정확히 누구라는 것을 모르기 때문에 망설일 뿐이었다.

다른 경쟁자들 3명에겐 과일을 갖다주지 않고 지덕에게만 주었느냐 하는 점, 그에게만 수박과 참외를 쟁반에 가득 담아 듬뿍 줬다는 것은 구체적인 애정 표시가 아니겠는가라고 판단하기 쉽지만 꼭 그렇게 간단히 판단해 버리면 금물이었다.

구체적이 아닌 간접적인, 그러니까 그녀가 관망하며 그에 대해 탐구하는 제스처에 불과한 그냥 그렇다는 여운을 남겼다.

지덕은 그녀가 여자라서 쑥스러워 말로 못 하고 과일을 주는 것으로 대신했다고 판단해 버리는 절정적인 큰 우를 범하고 말았다.

이런 상황을 접하면 지덕 말고도 거의 대부분의 인간들이 그렇다고 판단해 버리는 큰 우를 범할 가능성이 매우 높았다.

그녀의 행동은 이를테면 관심 반, 우려 반 그렇게 반반 합쳐 내린 행동이었다. 그중의 반은 기회나 상황, 실체를 파악해 보겠다는 발로라고 보면 될 듯하다.

과일을 아주 맛있게 다 먹어 해치운 안지덕은 환하게 웃으며 말했다.

"하하하하, 사장님, 사장님이 주시는 거라 아주 맛있게 한 조각도 남기지 않고 깨끗하게 다 먹어 해치워 버렸습니다. 하하하하."

지덕은 완전 신났지만 그녀는 과일만을 제공했을 뿐 그 후 이렇다 하고 말을 이어 가진 않고 침묵만을 유지했다.

그는 엄청 당황하게 됐는데, 과일까지 내게 선물하였다면 슬슬 내가 하는 말에 호응하는 말들이 나와야 함에도 불구하고 나오지 않으니 말이다.

'여자라서 끝까지 내숭 떨며 튕겨 볼 셈인가!'

이런저런 복잡한 상념들이 그의 머릿속을 아주 혼란스럽게 했다. 지덕은 '아아아, 카라 카페 새로 온 사장이 내게 마음은 있으나 누군지 몰라 낯설고 두려워 그러는 것이다. 그렇다면 이 모든 것을 상쇄시킬 수 있는 아이디어가 있다. 얼른 나의 신분을 알릴 수 있는 명함을 한 장 카라 카페 여사장에게 전달함으로써 탄력을 받을 것이다.' 이런 생각을 하며 재빨리 명함을 꺼내어 카운터로 달려가 그녀에게 전달했다.

"하하하하, 사장님, 전 여기 청담동 청솔 신경외과 닥터 안지덕이란 사람입니다. 만약에 어디 몸이 아프시면 저희 병원으로 오십시오. 하하하하."

"아, 네, 그런가요."

이미 그는 엊그제 그녀가 카페 일 끝내고 갈 때 밖의 편의점에서 기다리고 있다가 접근을 하며 자신의 신분이 닥터라는 사실은 밝힌 적이 있었지만 그녀는 두려워 황급히 도망쳐 버렸었다. 오늘 또다시 그 신분을 구체적으로 밝히는 순간이었다. 그녀는 그 명함을 자신의 핸드백 안에다 얼른 넣었다.

"호호호, 그래요. 한번 고려해 볼게요."

"와아! 그럼요. 저에 대해 당연히 고려를 해 보셔야죠. 하하하하."

지덕은 아까부터 계속 크게 웃었다.

리라에게 과일 선물도 받았고 또 그녀에게 명함도 건넸으니 말이다. 거기에다 그녀가 '고려해 보겠다'라는 진일보한 멘트를 날렸으니 그로선 웃음꽃이 활짝 피어날 수밖에 없었다.

그녀가 그를 보고 다른 3명보다 나름대로 괜찮다고 하는 이유는 꼭 의사라는 직업 때문만은 아니었다. 그 직업의 영향을 아예 안 받는다고도 볼 순 없지만 외모나 말하는 느낌 그리고 늘 카페에 들어오면 책을 펴 놓고 보는 자세가 좋아 보여서 그랬다. 사실 직업은 아직 정확히 밝혀진 것은 아니니까 말이다.

지덕은 속으로 '아무리 리라가 미온적이고 반응을 보인 부분은 무척 고무적이지만 그렇다고 하더라도 너무 이곳 카페에서 오래 시간을 끌어 버리면 점잖은 이미지라든가 지적인 이미지가 손상당할 수도 있다.'라는 생각도 조심스레 했다.

이 선에서 얼른 일어나 나가며 점잖게 "다음에 뵙겠습니다." 하며 살짝 웃고 가는 게 앞날 대의를 위하여 바람직스럽다고 판단해 얼른 일어났다.

"하하하. 사장님, 다음에 이곳에 오게 되면 우리 오붓하게 다정한 아메리카노나 한잔하기로 해요. 하하하하."

"네에, 그럴 수도 있겠지요."

"표현은 조금 묘했지만 그렇다는 뜻으로 새기며 물러갑니다. 하하하하. 명함 꼭 확인하시고요. 전 청솔 신경외과 안지덕 닥터입니다."

"……."

오후 4시 20분쯤 되어 지덕이 카페를 나왔다. 아까 그녀가 과일을 듬뿍 갖다줬을 때부터 줄기차게 웃고 또 웃으며 너무 좋아 어쩔 줄을 몰라 했다.

라이벌 3명에겐 과일을 안 주고 자신에게만 줬으니 그럴 법도 했다.

그가 나가자 그녀는 아까 핸드백에다 넣어 뒀던 그 명함을 슬며시 꺼내어 정말 그 약도에 그런 청솔 신경외과가 있는지 검색해 봤다. 그 결과 실제로 있었다.

그녀는 더욱더 궁금해지기 시작했다. 검색 결과로 외과가 있긴 한데 이것으로 완전히 믿긴 조금 그렇고 아까 그 남자 안지덕이란 사람이 정말 하는 곳인지 알고 싶었다.

그래서 내일은 일요일 주말이라 휴진일 것 같아 좀 그렇고, 다음 주 월요일에 실제 확인차 이 약도대로 한번 가 보리라 마음먹었다.

이런저런 상념들이 잠시 스쳐 간 뒤 어느새 저녁 6시가 됐는데 꼭 이 시간이면 일하러 오는 여자 알바생이 오늘도 제시간에 도착하였다.

"안녕하세요. 사장님."

"어어, 그래, 고생 좀 해 줘! 난 간다."

리라는 자신의 일을 마치고 카라 카페를 나와 여느 때와 같이 지선의 집 청담동 투룸으로 향했다. 가까운 거리라 걸어서 금세 들어갔고 조금 지나자 지선이 들어왔다.

전리라는 오늘 카라 카페에서 일어난 안지덕과 벌어진 일에 대해 소상하게 지선에게 말하지 않았다. 명함을 받은 건에 대해서 함구했다. 왜일까! 그것은 아마도 그 남자가 혹시나 제대로 된 닥터이든가 나름대로 괜찮은 남자일 수도 있기 때문이었다.

그렇다면 친구인 지선이 그를 잡으려 마음을 돌려 먹고 다시 카라 카페로 복귀하여 들어올 수도 있기에 나름의 방어벽을 쌓는 포석 차원이었다.

절친 사이라 하더라도 어떤 달콤한 열매를 차지하는 영역에 대해선 조금도 양보와 빈틈은 있을 수 없었다. 이게 바로 인간의 본성이었다.

리라는 자신만의 득실을 따지는 셈법을 뒀다.

또 한편으론 지덕에 대한 공포와 두려움도 수반하면서 말이다. 좋은 경우일 경우엔 자신이 잡고 나쁜 경우일 경우에 대한 우려로 봐야겠다.

사실 그대로 말해 버리면 지선이 이득을 향하여 움직일 수도 있다는 위기감이 팽배하여 침묵했으며 기회를 엿보다가 보기 좋은 떡, 좋은 떡은 자신이 잡겠다는 야심이었다.

그런 이유로 그가 건넨 청솔 신경외과 닥터 명함은 지선에게 보여 주지 않았다.

'아아아, 어렵다. 친구도 그저 친구이지 마음속 깊은 곳까지 친구인가? 아니다. 그래서 외로운 것이다. 인생이 외롭단 것이다. 다 그렇게 느끼지만 서로서로 그런 말을 하지 않는다. 왜냐면 사실 진실대로 표현해 버리면 외골수라는 소리 듣기 딱 좋기에 그렇다. 그래서 겉치레식 형식적 표현만을 하는 것이다. 모든 인간들이 말이다.' 그저 둥글둥글하단 소리 듣는 게 그저 낫다고 생각했다. 둥글둥글이란 기회주의를 뜻했다. '이리저리 눈치 보는 것.'이라고 속으로 생각했다.

리라는 지금 현재 그러고 있는 중이었다.

"야, 지선아, 난 오늘도 불한당 4명이 들어와 날 못살게 굴더라고……. 네가 안 보이니까 이젠 만만한 날 가지고 아주 귀찮게 괴롭히는 것 같아……! 아 시발."

"아! 너무 힘들겠다. 날 위해서 카페 일을 대신 해 준다고……. 으으으윽."

"그 네 놈들 다 건달들이 맞아! 아아아. 개자식들……!"

리라는 네 놈들이 다 건달 자식들이라 욕하면서도 그중 한 놈의 명함을 검색해 보고 그 약도대로 한번 찾아가 보리라 마음먹었다.

지선은 어젯밤 이 주변 환경이 좋지 않아 서초구 반포동 쪽으로 이사도 하고 새로운 카페도 차릴 수도 있음을 내비쳤다. 이 부분에 있어 지선이 실제 그럴지 안 그럴지는 모르겠으나 리라 입장은 어떨지 다소 복잡하고 어려울 수도 있었다.

지금 현재 리라에겐 어떻게 될지 모르지만 가게에 나타나는 안지덕이란 닥터가 있었다. 서로는 미온적이나마 교감이 오고 간 상태라 그가 그녀에게 명함을 건넨 지금 같은 상황에서 지선이 가게를 얼른 내놓고 이사를 가 버리면 리라와 지덕의 만남 장소가 차단될 수가 있었다.

물론 그 전에 두 사람 리라와 지덕의 애정 문제가 급진전되어 버리면 카라 카페란 장소가 아니더라도 얼마든지 다른 장소에서 데이트가 이뤄질 수 있으나 지금 현재 상황에 시간차와 시점이 미묘했다. 자칫 단절될 수도 있었다.

리라가 지덕을 완전 믿는 것은 아니기 때문이었다.

자칫, 두 사람의 애정 전선이 다른 돌발 상황으로 말미암아 제동이 걸릴 수 있었다.

이 부분을 리라도 어느 정도는 인식하고 있어 빠른 시일 내에 다음 주 월요일에 명함대로 청담동 청솔 신경외과 안지덕 닥터가 있는 곳으로 한번 찾아가 보리라 다짐했다.

"야, 지선아, 너 어젯밤, 반포동 쪽으로 이사 갈 수도 있고 또 가게를 내놓을 수도 있다고 말했는데, 그게 사실이니?"

"음, 지금 심정은 그런데……. 나도 확실히 어떻게 해야 할지 모르겠어!"

"음, 그런가?"

08 _ 진리라는 아부지리 열매를 딴다

리라의 셈법은 더욱더 복잡해지면서 고요히 꿈나라로 들어갔다. 지선은 잠이 오지 않아 이리저리 뒤척이다가 홀로 주방으로 나가 냉장고 안의 소주를 한 병 확 마시며 어렵사리 꿈나라로 들어갈 수 있었다.
　일요일은 카라 카페 휴무로 하고 그녀들은 바람도 쐴 겸 용인 에버랜드로 놀러 갔다.
　이윽고 하루가 더 지나 새로운 한 주의 시작을 알리는 월요일이 찾아왔다.
　오늘도 지선은 무엇을 할 것인지 이리저리 돌아다니며 고민했고, 리라는 오전 시간에 잠시 카페 문을 잠가 두고 명함대로 청솔 신경외과를 가 볼 계획이었다.
　리라는 오전 10시 30분쯤 문을 잠그고 그곳 병원으로 향하였다.
　카페에서 걸어 불과 얼마 떨어지지 않은 곳에 건물 간판이 걸린 걸 확인한 그녀는 망설일 것도 없이 그냥 확 들어가 버렸다.
　원무과 직원들이 말했다.
　"네, 어떻게 오셨습니까?"
　"여기 안지덕 의사님을 뵙고 싶어서 왔습니다."
　"아! 어디 몸이 안 좋으세요? 접수하세요."
　"아아, 그게 아니라 그냥 개인적으로 만나고 싶어서요. 저보고 이곳으로 찾아오라며 명함을 주셨거든요."

"아! 그래요. 그럼 안내하겠습니다. 저쪽 오른 편에 있는 곳으로 들어가십시오."

"네. 감사합니다."

리라는 그쪽으로 걸어가 '안지덕 닥터 사무실'이라고 써진 문에 똑똑똑 노크했다.

그러자, "들어오세요."라는 소리가 났다.

문을 열자 정말 카라 카페에 줄기차게 나타나 자신에게 구애 공세를 펼쳤던 남자가 흰 의사복을 입고 앉아 있었다. 그는 그녀가 들어가자 깜짝 놀랐다.

"아아아, 저어, 카라 카페 사장님 아니십니까? 와아 정말 이곳에 찾아오셨군요. 우하하하하하. 너무 기쁩니다. 아니 어제도 제가 그 카페에 갔었습니다. 그런데 휴무라고 써져 있어서 그만……. 보고 싶어도 볼 수가 없었지요. 으하하하하하."

"일요일은 원래 휴무입니다. 아파서 온 게 아니라 명함 내용이 사실인지 확인 차 온 겁니다. 호호호."

그녀는 그가 정말 이곳 닥터라는 걸 확인하는 순간 얼굴이 환하게 피며 속으로 환호성을 터뜨렸다.

두 사람은 무척 화기애애한 분위기를 이어 갔다. 사실, 그녀는 그 명함 내용에 대해 확실하게 확인 안 된 상황에선 그를 어느 정도 의심했던 게 사실이었다.

하지만, 지금 이 순간 이곳 청솔 신경외과 건물로 들어와 그를 완전히 확인하였으니 그 의심이 완전하게 지워졌다. 더군다나 그는 이 병원의 원장이었다.

리라는 카라 카페에서 지덕과 있을 땐 웃음 없이 굉장히 무뚝뚝하였으나 이렇게 된 상황이 오니 막 웃음이 나왔다.

"호호호. 히히히." 이렇게 말이다.

청담동 명품 의류 동네 골목에 위치한 청솔 신경외과는 건물 6층이 전부 병원이었으며 원장은 안지덕이었다.

그렇다면 수입이 어느 정도일 것이란 것이 대충 보였다.

그렇기에 리라는 이토록 웃는 것이었다. 즉, 완전 대박이라고 생각했다. 속으론 '큰 봉 봉 봉 잡았다. 따봉이다. 따따봉.'이라고도 생각했다.

"하하하, 사장님, 저희 병원까지 이렇게 오셨는데 점심은 제가 대접해 드리도록 하겠습니다. 지금 시간이 11시니까 대충 점심식사 시간이 가까이 된 듯하니 함께 나갑시다."

"아, 네. 그래요. 호호호호."

리라는 이렇듯 얼굴에 웃음꽃이 활짝 피었다. 두 사람은 밖으로 나가 점심을 함께하였다. 일단 남녀 사이에 서로 좋은 감정으로 식사를 같이 한 대목은 연인으로 인정해도 될 것 같았다.

결국 카라 카페에 대체 투입된 임시 사장인 전리라와 청담동 청솔 신경외과 안지덕 닥터는 이 시간부로 애인이 됐다.

리라와 지덕은 이날 밤 청담동을 여기저기 돌아다니며 데이트를 즐겼다. 리라는 지덕에게 자신의 이름과 번호를 알려 줬다.

그 뒤 술집에 들어가 술을 먹고 난 뒤 그는 그녀를 데리고 모텔로 직행하려고 안간힘을 다하였으나 리라는 "어떻게 만난 첫날 바로 그럴 수는 없죠."라고 말하며 완강히 뿌리쳤다.

"다음에 만날 땐 충분히 그럴 수도 있지요."라며 앞으로 빨간색 장미꽃을 검정색 장미꽃으로 물들일 시간은 무궁무진하단 것을 충분히 인식시켜 주기에 부족함이 없었다.

이에 지덕은 "우린 이미 카라 카페에서 대면한 게 한두 번도 아니잖아요? 그러니 첫 만남이라고 볼 수도 없습니다. 제가 지금 이러는 이유는 절대 그대를 놓칠 수가 없어서 그렇습니다. 오늘은 백번 양보하여 물러서지만 그럼 다음엔 모텔로 직행해야 합니다."라고 말하고는 아쉬움을 달래려고 느닷없이 자신의 입술을 리라의 입술에 대고 아주 강하게 꾹꾹 꾹 눌러 버렸다.

　이에 리라는 조금도 피하지 않고 속으로 환호성을 터뜨렸다. 그녀는 속으로 '아아아, 이게 정말 웬 떡이냐! 난 그저 친구의 부탁을 받고 카라 카페를 당분간 봐준 것밖에 없는데 어떻게 이런 횡재를 하다니! 6층짜리 건물에 돈 많고 지적으로 생긴 병원장이자 닥터를 만나게 되다니! 완전 봉, 봉을 잡았다. 왕 대박을 터뜨렸다. 초대박까지……!' 이렇게 생각하였다. 이들은 첫 만남인데도 그가 완력으로 그녀를 데리고 모텔로 향하려고도 했으나 키스로 대신하는 기염을 토해 냈다.

　그 후 각자 집으로 향하였다. 리라가 오늘따라 늦게 들어가자 지선은 궁금하단 표정과 목소리로 말했다.

　"야, 리라야, 어떻게 오늘은 좀 늦었네! 어디 볼일이 있었나?"

　"음, 흠흠 아니, 아니야. 너무 더워서 바람 좀 쐬고 들어온 거야! 히히히."

　리라의 헛기침과 다소 부자연스런 몸짓에 대해 지선은 조금 이상하단 생각이 들었지만 '뭐 별 게 있겠는가!'라고 여기고 그냥 누워 버렸다.

　리라가 지덕과 있었던 일들을 그대로 말하지 않는 이유는 이미 정해진 것이었다. 그렇게 되면 행여나 지선이 다시 가게로 돌아올 수도 있단 위기감 때문이었다. 왜냐면 꽤 보기 좋은 떡일 수 있는 목표들이 설정되기에 그랬다. 그리고 또 원래 카라 카페 사장은 지선이라 얼마든지 그럴 테고…….

절친 사이라도 득실이 걸리면 좀처럼 바른 생활은 멀어지고 자꾸 숨기고 가식이 판을 치게 되었다.

늦은 시간으로 기울자 잠자리에 들려고 두 사람은 누웠는데 리라는 속으로 생각했다.

'이젠 안지덕 닥터와 모든 만남이 이뤄졌으니 이 선에서 지선이가 가게를 내놓고 서초구 반포동으로 완전 이사를 가더라도 난 아무런 상관이 없다. 오히려 내겐 더 편하고 좋다. 괜히 이 근처 여기저기 오고 가다가 얘가 그 닥터를 보게 될 수도 있으니까. 그럼 더 큰 문제가 온다. 그 닥터가 돌변해 얘에게 달라붙으면 난 큰일이지. 그와 내가 그냥 연인처럼 다른 데서라도 만나면 그걸로 끝이다.'라고 생각하며 즐거운 한숨을 푹 쉬었다.

또 내일 아침에 일어나면 지덕에게 문자를 넣겠다고 다짐했다.

'이젠 오후에 카라 카페에 오지 말고 다른 데서 만나자고. 우리 둘만의 견고한 사랑과 애정을 위하여…….' 이런 문자를 넣으려고 마음을 먹었다.

이윽고 다음 날 아침에 일어난 리라는 지덕에게 위와 같은 내용의 문자를 넣었다.

그러자 지덕은 '알겠습니다.'라고 답장을 보냈다.

지선은 이런 영문도 모르고 마냥 이 무더운 여름에 앞으로 인생을 어떻게 살 것인가를 생각하며 여기저기 서울 시내를 돌아다녔다. 리라가 지선에게 친구끼리 우정이나 의리를 깨고 못된 짓을 하는 것은 아니었다. 그저 친구인 지선이 스토커들 때문에 스트레스를 받던 차에 리라에게 잠시 봐 달라고 부탁하여 카페 일을 잠시 봐주는 기간에 안지덕이란 닥터가 리라를 보고 반한 나머지 접근해 온 것뿐이었다. 지덕도 한때 지선을 따라다닌 그 스토커에 해당되지만 말이다.

그래서 리라는 직업, 사실 여부를 확인한 뒤 사귀는 단계가 된 것이니 말이다.

아주 미세하게 지선에게 미안할 수도 있는 대목은 아주 짧은 기간이지만 안지덕 닥터가 원래는 지선을 보고 반하여 좋아했었단 부분이었다.

그것도 냉정하게 보면 미안할 것까진 아닐 수도 있는 부분이다. 왜냐면 그 당시 지선은 안지덕의 돌진에 대해 공포, 두려움을 느껴 리라에게 임시로 맡기고 도망친 거나 다름없었으니 말이다.

김지선 본인의 판단 부족 현상이었다. 그 연장선 차원에서 친구 전리라가 어쩌면 어부지리를 얻었다고도 볼 수 있긴 한데…….

어쨌든 조금 어려웠다. 반면 지선이 계속 가게에 있었고 또 안지덕이 닥터란 것을 확실하게 알게 됐다고 하더라도 그녀가 판단할 때 어떤 결정을 내릴지는 모르는 일이었다. 확률은 반반이었다. 닥터란 신분이 확실히 드러났어도 이상형이 아니면 연인으로 발전 안 될 경우도 높았다.

지선은 겉으로 표현은 안했지만 청담동 유소년 축구 교실 원장인 진강태에게 약간 관심과 매력을 조금 느꼈고, 한 명 더 있다면 조인호 판사를 어느 정도는 생각하고 있었다.

하지만 그녀는 인호가 계속 가게에 들어오며 자신이 판사라고 수도 없이 밝혔으나 실제는 아닐 것이라고 판단하였다. 만약 인호가 더 구체적으로 판사라는 것을 밝혔다면 상황은 급반전될 수도 있었는데 그는 그 흐름, 즉 그 신분을 알리는 일이 늦었다. 그러려고 하였으나 그 시점에서 지선이 카페를 친구인 리라에게 맡기고 도망치다시피 나가 버린 후였다.

그 당시는 지선은 휙휙 댄스 스포츠 학원 전수찬 원장과 카페에 나타나는 5인조를 악의 집단으로 간주해 버릴 정도였으니 강태든 인호든 어느 누구든 만남의 계기가 이뤄질 가능성은 제로였다.

오늘도 어김없이 마의 오후 1시가 넘어가고 있었으나 이미 지덕은 오늘 아침에 리라에게 그런 문자(카라 카페 말고 다른 데서 만나자는 내용)를 받았으니 그가 나타날 일은 없었다.

이 사실도 모르고 나머지 경쟁자 3명은 새로운 비장함을 품고 리라를 차지하기 위해 제 시간에 들어왔다. 이미 며칠 전에 리라가 지덕에게만 수박과 참외를 듬뿍 갖다주는 걸 목격한 터라 3명은 일단 패색이 짙어졌단 판단을 했지만 졌다고 생각할 때가 가장 빠른 때라는 스스로의 격언을 떠올리며 분전하리라! 다짐했다.

그들은 카라 카페에 들어올 때 늘 자신들과 치열한 경쟁을 벌이던 한 명이 보이지 않자 감을 잡았다.

'아아! 그놈이 사장과 눈이 제대로 맞아 자연스레 승리 차원의 열외가 됐구나!'라고 판단하기에 이르렀다. 그렇지만 선규, 기람, 강태는 이에 아랑곳하지 않고 이를 악물고 버텼다. 원동력은 자신들이 도로 빼앗을 수도 있단 나름의 자신감을 지니고 있기 때문이었다.

카라 카페 새로 온 여사장에 대한 일종의 패자 부활전이라고 보면 맞을지도 몰랐다.

안지덕 닥터가 이미 승자가 된 상황이니 말이다. 선규, 기람, 강태 3명이 벌이는 치열한 패자 부활전이 벌어졌다. 이게 바로 2018년 7월 14일 화요일 오후 1시부터 카라 카페에서 벌어진 커피 전쟁이었다. 카페에서 전쟁이 벌어진 일이었다.

또다시 시작되었다.

선규부터 시작했다. 이 세상에서 가장 값비싼 골프복을 차려입은 그는 "나이스 샷."이라고 아주 크게 소리를 지르며 카운터로 달려갔다.

"난, 그 닥터인가 무엇인가보다 그리 잘 배우고 가방 끈이 길진 않았지만 내가 내세울 수 있는 건 강인한 체력과 뭐니 뭐니 해도 저기 밖에 세워져 있는 볼보가 있단 것이지요. 볼보였습니다. 저 차를 잘 눈여겨 봐 주세요. 하하하하. 44세 최선규 였습니다."

"……."

리라는 속으로 '야, 이 자식아. 여기 청담동 길거리에 깔리고 깔린 게 볼보다. 볼보!' 하며 비웃었다. 비록 그녀 자신은 그런 차도 없긴 했지만 그가 끊임없이 나타나 그 차종을 피력하는 것은 여간 구역질 나는 게 아니었다.

골프 광팬, 선규는 늘 패턴이 거기서 거기였다. 자신의 승용차를 계속 알리는 전법을 들고 나왔지만 한계가 너무 많았다.

그녀가 아무런 말이 없자 다음은 장기람이었다.

기람은 더욱더 거칠어진 공략법을 들고 나왔다.

"아아, 말이죠. 사장님 그 닥터인가 하는 그놈과 연결된 것 같은데 그놈과 헤어지세요. 그렇지 않으면 내가 그 자식을 가만두지 않을 거요. 왜냐 그대와 난 하늘이 내려 준 인연이기에 그렇습니다. 나 같은 신축 빌라 현장 소장이 없으면 서울 시민들 잠잘 곳도 없다고요. 다 내 덕분에 시민들 편안히 잠자는 줄만 아세요. 결론은 내가 닥터보다 훨씬 더 중차대한 일, 큰일을 하고 있단 거예요. 내가 그 닥터 놈보다 더 몇백, 몇천 배 지식인입니다. 푸하하하하."

그 말에 그녀는 화를 버럭 내며 "아니, 이봐요. 내가 무슨 그 사람과 연결이 됐단 말입니까?"라고 소리를 질렀다.

기람은 주춤했다. 그저 원론 수준의 공략 법에서 벗어나질 못하였다. 마지막으로 강태가 등장했다.

"이봐요. 우린 어차피 그 닥터에게 밀렸는데 이런 수준의 돌진으로 될 것 같아요? 난, 유소년 축구 교실 원장으로서 사장님에게 더 강력한 슛을 지를 거요."

패자 부활전을 치르는 3명의 공략법은 그들이 늘 강조하던 수준에서 크게 벗어나지 못하는 원론 수준으로 빙빙 돌기만 했다. 늘 자신들의 직업을 내세워 그것과 연결시켜 알리는 수준 아니면 승용차를 알리는 정도였다.

그들이 그러고 있을 때 리라는 쥐도 새도 모르게 지덕에게 문자를 보냈다.

그들이 오후 1시에 들어와 치열하게 그녀를 향한 패자 부활전을 치르는 사이 그들이 잠시 지친 틈을 이용하여 그녀는 어제부로 애인이 돼 버린 지덕에게 문자를 보냈다.

'사랑하는 지덕 오빠! 낭군님이 보이지 않자 그 적군들이 나타나 행패를 부리고 있습니다. 이를 어찌하면 좋을까요?'

이런 내용이었다.

그러자 지덕은 리라에게 이렇게 답장을 보냈다.

'사랑하는 리라 씨! 그놈들은 워낙 못 배운 놈들이라 그러는 것이니 리라 씨가 그냥 슬기롭게 헤쳐 나가세요. 더 큰 위기 상황이 오면 얼른 112를 누르시고요.'

이런 답장이었다.

일단 그는 이렇게 훈수를 두긴 하였지만 꽤나 신경이 쓰일 수밖에 없었기에 결국 오늘쯤 만나 리라에게 카페 일을 하지 말라고 해야겠다는 마음이 앞섰다.

 자신이 청담동 청솔 신경외과 원장인데다 돈도 무척 많고 그러니 그녀에게 그런 일을 하게 할 이유가 전혀 없었다. 오늘 오후에 카페에 나타난 패자 부활전을 치르는 3명의 남자들은 뭐 이렇다 할 공략 포인트를 찾지 못하고 그냥 속절없이 돌아서 가 버렸다.

 일을 마친 리라는 어제부로 애인이 돼 버린 지덕에게 전화를 넣어 학동 사거리에서 만나게 됐다.

 "와아! 지덕 오빠, 여기야 여기 오호 오호 오호, 오늘 난 오빠가 엄청나게 보고 싶었지! 크크큭."

 "그래, 나도 그래 우후하하하."

 인근 돈가스집으로 들어간 이들은 돈가스를 먹어 가며 더 많은 다정한 대화를 나누다가 그곳에서 나와 인근 휠글 카페로 들어갔다.

 리라는 현재 자신이 청담역 주변에서 카라 카페 일을 하고 있는데 다른 곳에서 돈가스를 먹고 다른 카페로 들어와 시원한 아메리카노를 마시는 게 묘한 기분도 들기도 하였다.

 "지덕 오빠, 우리 이렇게 다른 카페에 와서 냉커피를 먹으니 기분이 업되는 것 같지? 호호호."

 "아하! 그럼 당연하지, 우리 리라와 함께라면 난 이 세상 뭐든지 다 좋아요. 좋아! 으하하하하."

 이들의 함박웃음은 조금도 그칠 줄을 몰랐다. 냉커피를 어느 정도 먹은 지덕은 본론으로 들어가기 시작하였다.

 "아아, 근데 그게 문제다. 그놈들이 그러다 우리 어여쁜 리라를 괴롭히게 된다면 안 되지! 리라야, 그 가게를 내놓고 그냥 집에서 쉬어! 내가 널 다 책임질게."

"그래, 그럼 그렇게 해!"

안지덕과 전리라는 어제부로 애인이 돼 버렸는데 그의 나이 40세, 그녀의 나이 32세로 차이가 많은 편이었지만 벌써부터 달아오르는 것은 전혀 문제가 없었으며 하루가 지나 말도 매우 스스럼없이 막 편하게 했다.

그의 입장으론 가장 핵심 사항인 그녀가 카라 카페를 관두는 일에 대해 일사천리로 합의가 나 버렸고 이들은 밖으로 나와 더 망설일 것도 없이 인근 모텔로 들어갔다. 그런데 리라는 여자라서 최후 마지막 자존심이 작렬하고 말았다.

그곳에 들어가긴 하였는데 몸을 이리저리 비틀며 거부하는 듯 몸부림을 치기도 하면서 주가를 좀 더 올려보겠단 마지막 발악을 떨었다.

"아니, 리라야, 어제 내가 그랬잖아. 다음엔 모텔로 직행해야 한다고. 그 말 벌써 잊었어? 여기까지 들어와서 너무 그러면 안 되는 거라는 걸 알라고!"

"그래, 그건 그렇긴 한데……. 너무 쪽팔려서 그래."

리라는 그러면서 속으로 쾌재를 부르며 살며시 미소 지었다. 그 뒤 이들은 그야말로 빨간색 장미꽃을 검정색 장미꽃으로 아주 검붉게 물들이고 또 물들였다. 안지덕과 전리라의 최초의 진한 애정 첫 섹스가 벌어지면서 매우 뜨거워지는 신호탄이 되었다.

7월 14일 저녁, 무더위가 극으로 올라가는 시기에 에어컨을 강하게 틀어 놓았지만 검정색 장미꽃은 더욱 진하게 붉어지는 바람에 이들은 몸에서 소나기가 내리듯 엄청난 땀을 흘렸다.

이들은 그 모텔에서 꽉 끌어안고 아침까지 머물다가 다음 날 볼 일을 향해 나갔다.

한편, 어젯밤 지선의 집 청담동 투룸에 친구 리라가 들어오지 않자 지선은 몹시 걱정도 되고 궁금하기도 하였다.

지선은 밤 10시부터 리라에게 무려 전화를 10통 넘게 하였으나 받지 않았다.

리라는 다음 날 수요일 아침에 그 모텔에서 나와 지덕과 헤어진 뒤 핸드폰을 보니 지선에게서 많은 부재중 수신이 온 걸 확인하고 전화를 넣었다.

뚜르르르르. 신호가 가고 지선이 받았다.

"야, 리라야, 너 어젯밤에 어디에 갔었니? 왜 집엔 안 들어오고……?"

"음, 난 조금 중요한 일이 생겨서 어딜 갔었지! 오늘 오전 10시엔 카페에 가서 일을 할 거니까 너무 걱정은 하지 마라. 이따가 저녁때 보자고……"

"음, 그래. 그럼 이따가 들어와."

통화가 끝나고 지선은 그리 대수롭게 여기지 않았다. 리라는 사실 그 카라 카페가 자신이 경영하는 것도 아니고 본주인은 친구 지선의 것이라 가게를 내놓고 어쩌고 할 것도 없이 그냥 관둬 버리면 끝이었다.

그녀는 카라 카페에서 일하는 게 지선의 부탁을 받고 잠시 봐준다는 사실을 지덕에게 철저히 감췄다. 자신이 지선과 절친 사이란 게 드러나면 행여나 그가 다시 변심하여 지선에게로 달려들 수도 있기 때문이었다.

왜냐면 지덕을 포함한 5명의 남자들이 불과 일주일 전만 해도 지선을 향해 카라 카페에 나타나 진을 칠 정도로 열성적이었던 것을 생각하면 많은 경계를 늦춰선 안 된다고 리라는 판단했기 때문이었다.

만약 정말 지선의 거처를 알게 되어 지덕이 달려들게 된다면 리라 입장에선 다 된 밥에 재 뿌려 버리는 형국을 맞이하게 된 것이었다.

지금 현재 리라는 지덕에게 자신이 지선의 친구라는 부분과 그녀에게서 부탁받고 카라 카페 임시 사장 역할을 한단 느낌을 조금이라도 주지 않으려고 부단히 애를 썼다.

리라는 한편으로 안지덕이란 닥터를 만나 기쁘기고 하고 다른 한편으론 다소 긴장 초조 불안한 측면도 있었다.

지덕이 청담동 이 동네를 여기저기 돌아다닌다거나 아니면 그가 카라 카페를 내놓으라고 하였기에 만약 그렇게 되면 다시 원래대로 지선이 카페 사장으로 돌아오게 됐다. 그 뒤 행여나 지덕이 어쩌다 카라 카페에 들어오게 된다면 지선에 대한 옛 감정 즉, 얼마 전 좋아했던 그 감정이 다시 싹터 회귀해 버리는 사태를 맞을 수도 있었다.

이런 복잡하고 혼란스런 부분들이 리라로선 남아 있었는데 어차피 자신의 인생이라 극복해야 하고 자신의 사랑을 차지해야 하는 것이기에 본인 스스로 각고의 연구와 탐구가 이어질 것으로 보였다.

정말 안지덕이 지선이란 여자가 지금 시점에 나타났다고 바로 그녀에게 확 기울어져 버릴지는 알 수 없었다. 반반인 것 같다. 정말 알다가도 모를 일이 인생이고 남녀 관계인 것 같다.

인생도 이리저리 튀는 럭비공 같고 남녀 관계도 이리저리 튀는 럭비공 같았다.

그 누가 말했던가! 삶은 럭비공 같고 때론 야구공, 테니스공, 탁구공 같다고…….

리라는 걷고 걸어 카라 카페로 일하러 들어갔다. 벽시계를 보니 오전 10시가 됐다. 대충대충 정리를 하고 거울을 보며 얼굴을 손질했다.

그러면서 리라는 어젯밤 그 모텔에서 지덕 오빠가 한 그 말에 대해서 떠올려 봤다.

'카라 카페를 내놓고 집에 들어가 쉬라는 말, 그놈들이 괴롭힐지도 모른다. 내가 널 책임지겠다.'

그녀는 결국 이 카라 카페에서 더 일할 수 없다고 친구인 지선에게 말을 안 할 수 없었다. 만약, 그렇게 하지 않는다면 지덕으로부터 또 다른 오해를 일으킬 수 있어서였다. 자신이 카페에 남아 그 3명의 남자들 중 한 명과 교제하려고 그런다고 오해할 수도 있었다.

그런 불필요한 오해를 불식시키는 의미에서라도 리라는 불가피하게 이따가 카페 일을 마치고 집에 들어가면 지선에게 더 이상 이 가게 일을 할 수 없게 됐다고 말하여야만 했다. 그렇게 되면 여러 가지 부작용도 있긴 했지만 어쩔 수 없는 상황이었다.

이런저런 상념들이 오고 갈 때 어느새 돌고 돌아 마의 시간인 오후 1시가 됐다.

어제처럼 오늘도 선규, 기람, 강태는 패자 부활전을 치르고자 또다시 카라 카페에 입장하고 있었다.

리라는 속으로 '저들이 오늘 어떤 말을 건네 오더라도 절대로 대꾸도 하지 않으리라!' 이렇게 생각했다. 아무튼 예상대로 그들은 한 명씩 한 명씩 그녀에게 말을 걸기 시작하였다.

늘 그랬던 것처럼 자신들의 직업, 승용차 이런 종류들을 알리는 데 주력하였으나 결과는 아무것도 없었다.

이미 리라는 가슴속 깊이 안지덕 닥터를 향한 사랑의 애틋한 화살들이 끊임없이 날아가고 있으니 말이다.

3명의 남자들은 오늘도 뭐 이렇다 할 접근 포인트를 잡지 못하고 물러서며 완전히 돌아가자 리라는 번개같이 지덕에게 전화를 걸어 "그 녀석들에게 침묵으로 일관해 가며 완전히 따돌려 버렸어."라고 말하였다.

지덕은 "너무너무 잘했다. 역시 우리 어여쁜 리라 씨."라고 화답하였다.

퇴장한 3명의 남자들은 각자 돌아서 간 뒤 '아아아, 그 안지덕이란 닥터와 연결되긴 됐구나!' 이렇게 생각했다.

이를 뒷받침하는 유력한 증거로 안지덕 닥터가 연이틀 카라 카페에 나타나지 않는다는 것이었다. 완전 연결이 됐으니 그가 오지 않았다고 파악했다.

퇴장한 3명의 남자들은 이제 이 선에서 패배를 인정하고 완전 물러설 것인가, 아니면 너 죽고 나 죽고식의 무한 이전투구를 감행할 것인가, 그들이 판단할 문제였다.

드디어 오후 6시가 되어 리라의 업무 할당 시간이 끝났다. 여대생 알바가 오자 그녀에게 인계하고 현관문을 나서 지선의 집으로 갔다.

얼마 시간이 흐르자 지선이 들어왔다. 지선도 이젠 구체적인 자신의 진로를 결정하여야 할 순간이 온 것이다.

"야, 지선아, 너 얼마 전 반포동 쪽으로 이사 계획이 있다고 말했는데 어떻게 할 거야?"

"아니, 글쎄 그 부분에 대해 생각을 많이 하는 중이야!"

리라는 잠시 생각에 잠겼다. 결국엔 지선에게 카페 일을 더 이상 대신할 수 없게 되었다고 말해야 하는 상황으로 몰렸다. 그래야만 지덕과의 교제가 원활해질 수 있기 때문이었다.

리라는 급기야 핵심 사항을 말하기 시작하였다.

"그래, 지선아, 근데 난 내일부터 네 대신 카페 일을 하지 못할 것 같다. 내가 다른 곳으로 갈 곳이 있어서 그만……."

"어어, 그래. 아니, 리라야, 그, 그, 그렇긴 한데 근데 어쩌지? 난 거길 갈 수 없는 상황인데 말이야! 내가 일하러 가게 되면 또 그 5인조

건달 새끼들이 달라붙을 것 아니겠어? 참 나, 하여간 참 큰일이다. 그럼 하는 수없이 오전 오후에 할 수 있는 알바를 하나 더 구해야 될 것 같은데 빨리 구할 수 있을까?"

"……."

리라는 핵심 사항을 말하였기에 그 뒤 잠시 침묵으로 일관하다가 다시 입을 열었다.

"그래서 난 어쩔 수 없이 오늘 짐을 챙겨서 논현동 집으로 가야 할 것 같아!"

"그래, 그럼 그렇게 해야지 뭐! 그래도 9일간이나 일을 했는데 내가 수고료는 줘야지. 자아, 백만 원이야, 받아 둬."

"어, 어어, 아니, 아니야! 뭐 우리 사이에 이런 돈이야, 아니야. 난 이걸 받을 수가 없어! 아아아, 됐다, 됐어. 네가 그 5인조 깡패 새끼들 때문에 시달려 내가 널 도와준 거지, 무슨 이런 돈을 받으려고 그런 게 아니란 말이야! 음음."

리라는 지선이 주는 백만 원을 완강히 받지 않았다. 계속 리라가 거부하자 지선은 포기했다. 그 뒤 리라는 짐을 챙겼다. 그러자 지선은 리라에게 "밥이나 먹고 가."라고 말을 했다.

그러자 리라는 "그래, 알겠어."라고 말했다.

지선은 주방으로 달려가 리라와 먹을 저녁을 준비하다가 "밖에 나가 외식하는 게 어때?" 하고 다시 물었다. 그러자 리라는 "그냥 여기서 먹어도 돼."라고 말하였다.

사실 지선도 내심 외식을 조금 꺼리는 이유는 괜히 청담동 동네를 돌아다니다가 마의 5인조를 부딪치게 될까 봐 무척 신경이 예민해져서 그러는 것이었다.

그 뒤 함께 저녁 식사를 하였다.

저녁을 먹고 난 후 지선은 리라를 데리고 그간 카페 일을 봐준 고마움의 의미로 노래방에 가려고 했다.

그런데 문제는 지난 7일, 8일 그 노래방을 나오다가 카페에 나타나 접근하는 건달 5인조를 중 2명과 부딪쳤던 일이 있어 몹시 신경이 쓰였다. 그 노래방 말고 어느 정도 떨어진 다른 노래방으로 가려고 생각했다.

지선은 리라가 끈끈한 친구 사이라 돈 백만 원은 받지 않더라도 최소한 노래방 가서 신나게 놀며 스트레스를 풀 기분 전환 차원의 선물은 주고 싶어서 다른 노래방을 찾아 들어갔다. 지난번에 그녀들이 갔다가 악몽의 5인조 중 2명과 부딪쳤던 노래방은 YP 노래방이었다면 오늘 이 시간에 찾아 들어가는 노래방은 HB 노래방이었다.

정각 8시에 들어가 그녀들은 정신없이 노래를 불렀다. 오늘만큼은 다른 노래방으로 왔기에 예전처럼 그들과 그렇게 부딪치는 일은 없으리라고 생각하고 있었으나 장소를 바꿨다고 이게 사람의 마음대로 그리 쉽게 될 수 있을지 모르겠다.

그녀들이 그곳에서 나오는 시점 9시 반쯤 이번엔 한동안 지선을 볼 수 없어 우울하고 침통한 시간을 보냈던 댄스 학원 전 원장이 학원생 6명과 함께 HB 노래방 현관문을 열고 들어오고 있었다. 만약 이 순간에 지선이 그들과 부딪치게 된다면 꽤 오랜만에 부딪치게 되는 것이었다. 얼마 전까지만 하더라도 같은 학원의 일원들이었기에 말이다.

지선은 순간 움찔하며 심장이 쿵 해 쓰고 있던 모자를 재빨리 더 푹 내려 썼다.

리라도 직감하고 더 빨리 몸을 움직이면서 무사히 빠져나갈 수 있었다. 그녀들은 천만다행이었다. 특히 지선은 전 원장을 마주했다면 몹시 난처한 상황으로 몰릴 뻔했다.

  7월 초 그가 그녀에게 남자들을 소개한 뒤 그녀가 전화를 받지 않고 학원에도 나오지 않자 당황한 나머지 카라 카페로 찾아갔었으나 그녀는 보이지 않고 다른 여자가 와 있었다.

09 _ 그녀는 독 안에 든 쥐가 될 뻔했다

바로 그 다른 여자가 지금 이 순간 이 HB 노래방 현관문을 통해 쏜살같이 빠져나간 리라였다.

전 원장과 일행들은 그녀들을 알아보지 못하고 큰 방으로 들어가 노래를 불렀다. 황급히 빠져나간 그녀들은 깊은 한숨을 "어휴~ 휴우~" 푹푹 내쉬며 한순간 상당히 큰 긴장감이 감돈 것을 매우 아찔하게 느꼈다.

그녀들은 YP 노래방 말고 HB 노래방이면 다른 곳이라 부딪치는 문제가 없을 거라고 여겼지만 이번 일을 통해 이 세상일은 무척 좁고 까다롭단 것을 절실히 실감하게 됐다.

리라는 집에 들어가자마자 "논현동 집으로 간다."라고 말하고 짐을 들고 나가 택시를 잡아타고 떠나 버렸다. 그 후 지선은 지금 당장 눈앞에 닥친 바로 내일 오전부터 카라 카페에서 일할 사람이 없다는 문제에 대해 큰 고민거리에 휩싸였다. 자신이 할 수도 없지 않은가. 자신이 엄청날 정도로 두려워하는 존재들인 5인조에 이은 그 뒤 배후자로 의심되는 전 원장까지 6인 연합 세력의 집요한 공격이 예상되기에 그랬다.

그중 1명은 아까 HB 노래방을 빠져나오다가 부딪칠 뻔했던 위인이기도 했다.

리라가 카페 일을 봐 주다 5인조 중의 1명과 서로 눈이 맞아 애인이 된 남자가 다른 4인조를 경계하는 부분과, 리라 자신도 그 애인이 된 지덕에게 잘 보이려고 지선에게 '내가 할 일이 생겨서 다른 데로 갈 일 있다.'라고 속이고 달아난 깊은 속을 지선은 알 길이 묘연했다.

지선 입장에선 내일 당장 카라 카페에 일할 사람이 없어서 큰 걱정이었다. 내일 하루는 그냥 휴무를 하며 일할 사람을 알아볼 계획이었다. 그녀는 5인조 플러스 1인조가 무시무시할 정도로 공포이자 두려움 그 자체였다.

리라는 이날 밤 애인이 된 지덕에게 전화하여 "카라 카페 일을 관뒀어."라고 말했다. 이에 지덕은 너무 기뻐 "와우우우우. 잘 관뒀어요."라며 환호성을 터뜨렸다.

날이 밝자 전리라를 향한 패자 부활전을 치르는 3명은 이런 사실도 모르고 또다시 오후 1시가 되자 카라 카페로 돌진하였으나 가게 문은 꽁꽁 잠겨 있었다. 그 3명도 정말 대단한 사람들이었다. 여자가 별 반응을 보이지 않는데도 끊임없이 돌진하는 자세가 각자 개인적인 끈기 차원에선 대단하긴 했지만 상대에겐 정신적 피해가 엄청났다.

정신력만 놓고 보면 패자 부활전을 치르는 3명은 절대 포기할 것 같지 않지만 대상이 사라졌단 사실을 확인하게 된다면 포기 아닌 단념으로 들어갈 것으로 보였다.

리라와 지덕은 오늘 그녀의 집에 간다는 얘기가 오고 간 상태였다. 제대로 만난 지 이틀 만에 두 사람은 몸과 몸을 완전히 하나로 만들어 하나의 꽃을 활짝 피어오르게 하였으니 그녀의 논현동 집에 가는 것은 아무것도 아닌 일이었다.

그녀는 현재 논현동에서 혼자 살고 있었다.

부모가 사는 집도 논현동에 있는데 리라가 부모에게 이런 남자를 만나게 됐다고 말하고 지덕을 집에 데리고 가 인사를 드리게 된다면 아마 거의 100% 좋아서 펄쩍펄쩍 뛸 게 확실했다.

그녀도 벌써 이걸 구상하고 있긴 했지만 오늘은 자신이 혼자 사는 집으로 초대한다는 계획으로 리라와 지덕과의 관계는 엄청날 정도로 빠른 급물살을 타고 있었다. 만약 앞으로 이 두 사람의 만남이 아름다운 결실을 맺는다면 한 여자의 공포심, 두려움, 편협함으로 다른 한 친구가 어부지리를 챙기는 형국이 되었다.

최종적인 결말은 좀 더 봐야겠지만 지금까지 나타나는 커피 전쟁의 서막은 이렇게 흘러갔다.

지선은 복잡한 생각만 하며 여기저기 돌아다니는 중인데 정말 가게를 내놓고 서초구 반포동 쪽으로 완전 이사할지 모르겠다. 악착같이 오로지 한 여자 지선만을 따라다닌 판사 조인호는 약 일주일간이나 카라 카페에 나타나지 않았다. 오로지 자신의 좋아하는 대상인 김지선이 사라졌기 때문이었다.

다른 4명처럼 전리라를 목표로 하는 것도 아니고 오로지 무조건 김지선이라서 그랬다.

그녀의 거처를 알아내기 위하여 댄스 학원의 전 원장에게 수차례 전화를 넣어도 받지 않아 인호는 계속 더워지는 날씨만큼이나 기분, 정신도 무척 불쾌하고 짜증을 느꼈다. 오늘은 왠지 그곳에 가 보면 그녀가 다시 돌아와 카운터에 앉아 있을 것만 같은 묘한 기분과 로맨틱한 상상을 했다. 그런 실낱같은 기대 심리가 작용하여 오후 4시쯤 무작정 카라 카페로 향하는 조인호 판사였다.

도착한 결과는 그런 기대 심리를 송두리째 허망하게 할 만큼 카운터에 앉아 있을 것만 같다는 상상은 먼지만도 못할 만큼이나 존재치 않았다. 아예 가게 문이 잠겨 있었다.

그는 몹시 허탈한 표정을 지어 가며 돌아설 수밖에 없는 상황이라

뚜벅뚜벅 뒤돌아서서 발길을 돌렸다. 그가 뒤돌아서서 약 10미터쯤을 걸어갔을 무렵 지선은 반대 방향 골목에서 가게 문을 열기 위하여 걸어오고 있었다. 그녀는 그의 뒷모습을 보고 그라는 것을 직감하였다. 깜짝 놀라 재빨리 뒤돌아서서 막 앞만 보고 도망쳤다.

막 달려가는 구둣발 소리가 요란하게 진동하자 그는 확 뒤를 돌아다봤다. 순간 조금 아쉽게도 그녀가 커브로 꺾이는 골목 끝자락 지점의 장면을 아주 짧게 1초 정도 보게 됐다.

왠지 느낌상으론 그녀인 듯한 모습 지울 길이 없긴 한데 굉장히 짧은 순간이라 그런 듯 아닌 듯 헷갈렸다. 그는 '그 뒤를 한번 따라가 보겠다.' 마음먹고 그 뒤를 전력 질주로 달려갔다. 짧게 보였던 찰나의 순간을 확인하기 위하여 커브로 꺾이는 골목 끝자락 지점을 향하여……. 그런데 그곳에 도착하여 끝 장면으로 연결된 골목을 바라보자 아무 것도 보이지 않았다.

이미 그녀는 또 다른 골목으로 꺾은 후였기에 이리저리 동서남북으로 뛰어다니며 둘러봐도 끝내 보이지 않았다. 그냥 되돌아가는 판사 조인호……. 확인할 길이 차단된 눈물의 청담 골목 뒷길…….

그로선 불행이었을까! 그가 카페에 조금만 늦게 도착하였다면 그녀와 정면으로 마주할 수도 있었으리라 판단되었다. 아쉽게도 조금 일찍 도착한 게 패착으로 남았다.

조금 일찍 왔다가 문이 잠겨 있어 뒤돌아선 뒤 그녀가 뒤편에서 오다가 보고 도망치는 바람에 불운의 쓴맛을 보게 된 일이었다.

그녀로선 가슴 철렁한 순간이었고 찰나의 위기를 넘겼다고 생각하며 가슴을 쓸어내렸다.

'아니, 저 자식이 지금쯤이면 포기하고 더 이상 나타나지 않을 법도 한데 어떻게 또 왔지! 그것도 내가 오늘 여기 가게에 온단 것을 어떻게 알고 말이야!'라고 생각했다.

'7일부터 어제 15일까지 내 대신 리라가 맡아 일을 했기에 저 놈이 단념할 만도 한데 이게 무슨 병고인가!'

그와 그녀는 같은 사건을 놓고도 느끼는 감정이 판이하게 달랐다.

이제 지선은 더욱더 공포와 두려움의 강도가 날로 증폭되어 갈 게 확실했고 가게를 완전히 내놓고 다른 곳으로 이사한다는 쪽으로 굳어졌다.

급기야 그녀는 며칠 뒤 카라 카페를 완전 내놓고 나가 버렸다.

이젠 김지선은 악의 굴레에서 완벽히 탈출하였다고 판단하며 무척 홀가분함을 느꼈다. 그녀의 계획 그대로 서초구 반포동 쪽으로 완전히 이사를 떠나 버렸다.

인호는 잘하면 지선과 부딪칠 수도 있었던 날 이후로 계속 카라 카페에 찾아왔건만 계속 문은 잠겨 있었다.

그로선 그날 그때 그녀를 볼 수도 있는 결정적인 기회가 무산됨으로써 그 순간 그것으로 끝났다.

이처럼 기회란 한 번 놓치면 다시 잡기가 영영 어려워지기도 했다. 2018년 7월 1일 지독한 여름날의 무더위와 함께 청담역 주변에 위치한 카라 카페에서 벌어진 커피 전쟁은 5명의 남자 손님들의 여사장 김지선과 위장된 사장 전리라를 두고 격돌하면서 같은 달 20일 어느 정도 1차 종결이 됐다.

결국은 그 카페의 원래 주인이었던 김지선이 관두고 나갔으며 그녀의 부탁을 받고 며칠간 대신 일하였던 전리라는 이미 그 전에 나갔다.

5명의 남자 손님들 중 안지덕 닥터만 전리라와 좋은 열매를 맺었고 다른 4명은 무더위에 치른 커피 전쟁에 지쳐 고생만 하고 말았다. 한 명 더 있다면 그들 5명의 남자들과 지인으로 지내며 자신의 댄스 학원의 수강생인 지선을 그들에게 소개한 뒤로 빠졌던 전 원장도 무더위와 함께 그녀를 잃어버리는 쓴잔을 마셨다.

날씨는 더욱더 광폭으로 더워져 카라 카페에서 일전을 벌였던 모든 이들은 여름휴가 내지 홀로 다른 휴식을 취하며 하루하루 그렇게 지내고 있었다.

이번 여름휴가를 맞이하여 전리라, 안지덕 커플은 해운대로 2박 3일 여행을 계획했다.

"야, 리라야, 너와 나의 더 후끈 달아오를 시원한 여름 여행을 해운대로 어때?"

"호호호, 근데 표현이 좀 그렇다. 시원하게 더위를 쫓는 피서인데, 더 후끈 달아오르면 그런 여행 하나마나 아냐? 크크크큭."

"야, 뭘 다 알면서 말을 이리저리 빙빙 돌리는 거야! 하하하하."

두 사람은 만난 후 늘 웃음꽃이 가득했다.

하지만 리라는 한편으로 짜릿하고 좋았지만 또 다른 한편으론 늘 신경이 쓰이기도 했다.

바로 지선 때문이었다. 만약 리라가 5인조 중 1명과 진한 로맨스가 진행 중이란 걸 지선이 알게 된다면 뭐 빼앗고 빼앗기는 것은 아니니까 큰 문젯거리까진 아닌지 몰라도 친구 리라가 카페 일을 관두고 나간 까닭이 그런 것이었단 증거가 되어 좀 그랬다. 악의 아닌 악의인 것 같은 그런 모양새였다.

리라는 늘 마음이 피곤했다.

하지만 리라는 자신이 지선에게 특별히 무엇을 잘못한 건 아니기에 평온해지려고 부단히 애를 썼다. 리라는 이번 해운대 여행에서 지덕에게 '지덕 오빠, 우리 얼른 결혼식을 올려 버리자.' 이런 말을 하려고 계획했다. 리라는 사나이의 여자로서 당당히 먼저 그런 의사 표시를 하겠다고 각오했다.

그녀는 사나이는 남자가 아니라 여자를 뜻한다는 새로운 신이론 그 자체인 것이었다. 카페에 나타나 리라를 좋아했던 기람, 강태, 선규는 각자 자신들이 알아서 여름휴가 계획을 짜고 있었다.

인호는 여름휴가고 뭐고 다 짜증 나고 귀찮아 그런 휴가 계획을 포기해 버렸다.

조인호 판사는 오로지 무조건 김지선일 뿐이었다.

지선은 반포동으로 이사한 뒤 청담역 주변에서 하던 일 그대로 카페를 운영하게 됐다. 다른 일은 몸에 맞지 않았다.

서초구 반포동 반포역 주변에 새로운 카페를 차린 김지선은 자신이 '카라'라는 이름을 무척 좋아하기에 이곳에서도 카페 이름을 카라 카페라고 지었다.

그녀 역시 여름휴가고 뭐고 다 짜증 나고 귀찮아서 그런 휴가 계획을 포기해 버렸다. 오로지 무조건 자신만의 안정과 평화와 휴식을 추구할 뿐이었다.

완벽한 교제도 확실하게 아는 사람이 아니면 절대 거들떠보지 않았고 누군지 모르는 사람과는 절대 말하려 하지 않았다. 반포역 주변에 새로 만든 카라 카페도 실내 분위기를 더욱더 안정과 평화를 느낄 수 있도록 인테리어에 엄청나게 신경을 썼다.

20일 청담역 주변 카라 카페에서 이삿짐을 싸서 반포동으로 이사한 뒤 오늘 27일에서야 반포역 주변 카라 카페에다 이삿짐을 풀고 일을 시작했다.

그녀는 그곳에서 아주 먼 이곳으로 이동하였기에 그때와 같은 5인조 플러스 1인의 협공은 전혀 없으리라고 안도의 한숨을 푹 쉬었다.

다른 지역, 다른 장소에서 새롭게 시작하는 즐겁고 활기찬 마음으로 경쾌한 록 음악을 틀었다. 음악이 나오자 그녀는 혼자서 몸을 이리저리 흔들며 행복감에 젖어 들었다.

어떤 해방감 내지 만족감이 동시에 몰려들자 기분이 완전 업되어 반포역 새로운 카라 카페가 떠나갈 듯이 아주 크게 "와아아아, 청담역 구 카라 카페는 물러가라! 반포역 신 카라 카페여 어서 오라! 와사사사사!"라고 소리를 질렀다.

그녀가 이토록 애절할 정도로 가게 문을 여는 순간에 홀로 이런 구호를 외친단 것은 그만큼 청담동에 살 때, 청담역 주변 카라 카페에 끊임없이 나타났던 남자들의 지독한 굴레가 고통스러웠다는 것을 나타내었다.

그녀가 그토록 좋아하던 댄스 스포츠도 당분간 휴식에 들어갔다. 잠원동, 반포동 주변에 댄스 학원을 알아볼까 하는 생각도 조금 들었지만 조금 더 안정된 시간을 보내리라! 마음먹었다.

그런데 참 기이하게도 그녀는 청담역 구 카라 카페에 나타나 추근거렸던 5인조 중 그래도 늘 유소년 축구 교실 원장이라고 말하던 진강태가 은근히 떠올랐다.

누군지 몰라 두렵지만 그저 끌리는 마음은 어쩔 수 없는 본능이었다. 또 한 명 더 있다면 늘 판사라고 외쳤던 조인호가 아련히 떠오르기도 했다.

'정말 그가 판사라면 너무너무 좋기도 할 텐데 말이야!!! 낯설고 누군지 모르는 남자라 왠지 씁쓸하기만 하다.'

강태라는 남자보단 이왕이면 인호라는 남자가 조금 더 마음속에 와닿았다.

리라를 향한 패자 부활전에서 참패를 당한 뒤 여름휴가를 계획했던 기람, 선규, 강태 3명도 피서를 떠날 기분이 나지 않았다. 자신들이 리라에게 높은 점수를 받지 못한 부분, 경쟁자들 중 한 명인 지덕에게 승리를 안겨 준 부분, 이 모든 것이 몹시 못마땅하고 불쾌함이 하늘을 찔렀다.

이들도 모두 귀찮고 짜증 나 휴가를 포기했다. 3명의 남자들은 각자가 알아서 7월 말 무더위를 넘기고 있었다. 리라와 지덕, 두 사람만이 뜨거운 애인 사이가 되어 한 여름날에 뜨거운 휴가를 떠났다.

청담역 주변 카라 카페와 조금이라도 관련된 인물들 중엔 위의 두 사람만 잘 풀렸다.

진강태는 자신이 운영하는 청담동 유소년 축구 교실을 잠시 문 닫고 옛 대학교 시절 함께 축구 선수 생활을 했던 친구인 방찬희에게 전화를 걸었다.

"야, 찬희야, 너 지금 뭐 하니? 오랜만에 만나서 소주라도 한잔해야 할 것 아니겠어?"

"음음, 그래 그거 좋은 생각이다. 언제 만날까?"

"음, 7월의 마지막 날 30일에 만나자고……."

방금 전 진강태와 전화 통화가 오고 간 방찬희는 서울 서초구에 위치한 서웅대학교에서 함께 축구 선수 생활을 했던 친구였으며 나이는 35세로 똑같았다.

지금 현재 방찬희는 서초구 양재동에서 유소년 축구 교실을 운영하며 강태와 하는 일도 똑같았다.

드디어 7월의 마지막 밤을 지내기 위하여 강태는 찬희에게 연락하여 만남의 약속 장소인 양재역으로 갔다.

양재역에서 저녁 6시에 만나는 두 사람…….

"어어어, 여기야, 강태야, 오랜만이다. 하하하."

"어! 그래, 찬희. 크크크. 너무 반갑다. 하하하."

두 사람은 서로 악수를 나누고 인근 숯불갈빗집으로 들어가 소주와 삼겹살을 먹어 가며 이야기를 나눴다. 아무래도 이들의 주제가 될 만한 대화는 뭐니 뭐니 해도 단연 축구 교실에 대한 이야기가 되었다. 일종의 직업병이었다.

"어떻게 축구 교실은 운영이 잘 되나?"

"뭐, 다 그렇지 뭐! 하하하. 그래 넌 잘 되냐?"

"그냥 그냥 돼!"

강태는 '그냥 그냥 된다.'라고 말하였으나 그의 머릿속은 이런 직업적인 주제보단 자신이 최근 겪었던 청담역 주변 카라 카페에서 벌어진 커피 전쟁에 대한 것을 친구인 찬희에게 말하고 싶었다. 그래 봤자 소용은 없겠지만······.

소주잔이 계속 비워져만 갔다.

어느새 두 사람이 마신 소주가 4병째가 되어 가는 중 급기야 강태는 최근에 자신이 겪은 카페에서 벌어진 커피 전쟁에 대해 토로하기 시작하였다. 이에 정황을 다 들은 찬희는 "원래 살다 보면 다 그런 거야."라고 말하고 덧붙여 또 "용기를 잃지 말아."라고 위로하였다.

무척 형식적인 위로의 말인데도 이 정도 위로라도 강태 입장에선 아예 안 듣는 것보다 조금은 낫다고 생각했다. 그들은 몇 병 더 소주를 마신 후 나왔다.

그 뒤 두 사람은 노래방에 들어가 있는 노래 없는 노래 노래란 노래는 닥치는 대로 마구 불러 대고 나오자 시곗바늘은 밤 10시를 가리키고 있었다.

찬희는 이것으로 부족했는지 인근 호프집에 들어가 "생맥주 한잔 더 하자."라고 제의했다. 강태는 "너무 좋다."라고 화답한 뒤 호프를 찾아 들어갔다.

찬희는 "우리 서초구에 유소년 축구 교실 운영자들끼리 8월 초 하계

수련회를 가는데 함께하자."라고 친구인 강태의 스트레스를 풀어 주기 위한 말을 했다.

"어어, 너무 좋아! 찬희야, 우리 강남구도 그런 수련회가 있긴 한데……. 너희 서초구에 축구 교실 운영자들끼리 하는 모임도 재밌을 것 같다. 내가 생각해도 엄청 새로울 것 같고……. 뭐 사실 다 같은 축구 교실 운영자들 간의 만남이니 서로 잘 통하고 재밌겠지 뭐! 하하하하. 그래 갈게."

유소년 축구 교실이란 거대한 조직 속에 돌고 돌다 보면 결국 알게 되었다.

찬희는 고개를 위아래로 끄덕였다. 생맥주집에서 한 잔씩 더 마신 이들은 밖으로 나와 흩어졌다.

지금 찬희가 제안한 내용은 다음 달 2일에 실시하는 서초구 유소년 축구 교실 연합회가 주최하는 한 여름 밤의 축제에 강태를 초대하는 것이었다.

하루 더 지나 바로 8월 2일 토요일이 찾아왔다.

찬희는 엊그제 말한 대로 "서초구 양재동 꽃시장 허산 뷔페로 저녁 6시까지 올래?"라고 전화를 넣었다. 강태는 호탕하게 웃으며 "알았어. 우하하하하."라고 대답하였다.

그는 제 시간에 맞춰 도착하여 허산 뷔페로 들어가 여기저기 둘러봤다. 모르는 사람들도 있지만 예전에 서웅대학에서 선수 시절 그리고 프로팀에 있을 때 알고 지내던 선후배들이 많이 보여 매우 반갑단 마음이 들었다.

그들도 그를 알아보자 서로서로 반갑다며 악수를 하고 환한 미소를 지었다.

정각이 되자 한 여름 밤의 서초구 유소년 축구 교실 연합회 축제 행사가 거행되었다.

오늘의 사회는 진강태의 친구인 방찬희가 맡았다.

"아아, 오늘의 사회를 맡게 된 방찬희라고 합니다. 너무 반갑습니다. 오늘은 무엇보다 제 친구이자 지금 현재 강남구 유소년 축구 교실 연합회 소속이면서 원장으로 있는 진강태 씨가 이 자리를 빛내 주시기 위해 오셨습니다. 환영의 박수를 보내 주세요."

"와아아아, 짝짝짝, 짝짝. 오호 오호 오호."

여기저기에서 그를 환영하는 우레와 같은 박수와 함성 소리들…….

식전 행사는 간략하게 끝이 났고 그 뒤 이곳 양재동 꽃시장 허산 뷔페에서 파티가 시작되었다.

뷔페이니 만큼 맛있는 음식과 술들이 엄청 많았다.

이곳에 모인 모든 이들은 다섯 여섯 명씩 한 테이블에 앉아 먹기 시작하였는데 이 자리에 모인 모든 회원들은 축구 교실을 운영하는 이들이라 공감대가 형성되어 있어서 말 몇 마디만 해도 금세 가까워지는데 어려움이 없었다.

때마침 강태의 바로 옆 탁자에서 음식을 먹고 있는 이들에게 강태가 한 말들이 다 들렸다.

강태는 엊그제 양재역에서 친구인 찬희를 만났을 때도 그랬지만 갑갑함과 답답함을 토로하는 하소연의 시간으로 채워졌다. 어쩌면 찬희는 원래 타인 간의 대화란 부작용도 꽹장히 많긴 했지만 그렇게라도 하여 강태가 스트레스를 풀 수 있는 기회를 만들어 주고 싶어서 이런 자리를 만들었던 것이다.

그런 기회가 자연스레 형성된 자리기에 강태는 조금도 머뭇거리지 않고 그간의 청담역 주변 카라 카페에서 벌어진 일들에 대해 막 쏟아붓기 시작하였다.

그런데 이게 무슨 일인지 이 내용에 대해 주변에서 식사하던 회원들의 눈이 번쩍 뜨였다.

그가 그 위치, 상호를 말하며 토로하면서 하소연을 이어 가자 바로 옆 탁자에서 음식을 먹던 한 회원이 깜짝 놀라며 눈을 휘둥그레 떴다.

"어어, 아니, 저어, 그, 그 청담역 주변에 있는 카라 카페에 대해 잘 아세요?"

"아, 예, 그렇습니다. 방금 제가 말한 대로 제가 그 카라 카페 사장을 좋아했지만 끝내 선택을 받지 못했고 그 여잔 어디로 갔는지 도무지 알 길이 없어요. 이름은 김지선이었지요. 전 정말 그 여잘 어마어마하게 좋아했었고 또 그 여자도 절 바라보는 눈빛으론 좋아하는 눈치였으나 어떻게 하다 보니까 그 후로 7월 6일에 가게를 내놓고 나가 버렸습니다. 지금도 그걸 생각하면 가슴이 아픕니다. 으으으으으."

"아아아, 그, 그, 그런 일이 있었군요."

하지만 강태는 위에 말한 처음 카라 카페 여사장에 대한 즉 김지선에 대해 장황하게 늘어놓았으나 그 뒤 새로운 여사장인 전리라를 보고 반하여 자신과 기람, 선규와 지덕 4명이 커피 전쟁을 치르며 다퉜고 끝내 지덕의 승리로 끝난 것은 절대 말하지 않았다.

그 부분을 밝히지 않는 까닭은 여러 가지로 해석될 수 있으나 그렇게까지 다 말해 버리면 자신이 다소 실없는 난봉꾼이자 여자 사냥꾼으로 비춰질 수도 있어서였다.

하나 더 있다면 꿩 대신 닭으로 그 후 리라를 좋아하긴 했지만 될 수 있으면 그래도 지선에 대한 아쉬움이 더 강하게 마음을 지배했기 때문이었다.

아무튼 지금 이 순간 그가 토로하며 하소연하는 목표 대상은 전리라가 아니라 김지선이었다.

허산 뷔페에서 그의 하소연에 대해 옆 탁자에 앉아 깜짝 놀라며 눈을 휘둥그레 뜬 이는 그 카라 카페 사장이었던 김지선을 아는 사람이라 그런 것이었다.

이 남자는 서초구 내곡동 유소년 축구 교실 원장이고 지선의 친오빠의 친구가 되었다.

이름은 박영일이고 나이는 너무 공교롭게도 강태와 35세 똑같았다.

지선의 친오빠는 내곡동에서 카센터를 운영하고 있다. 박영일은 내곡동에서 축구 교실을 운영하며 김지선의 친오빠인 김지철과 고교 동창이었다. 영일은 지선이 청담역 주변 카라 카페 사장이란 얘길 들어 익히 잘 알고 있었다. 옆 탁자에서 강태가 그런 내용을 토로하며 하소연하자 깜짝 놀랄 수밖에 없었다.

강태의 이런 토로가 영일에겐 무척 새롭기도 하고 의외의 일일 수밖에 없었는데 그렇기 때문에 영일은 강태에게 그와 관련하여 이런저런 질문을 던지는 것이었다.

영일이 자리에서 일어나 강태가 앉아 있는 옆 테이블로 이동했다.

"아, 네. 반갑습니다. 우리 같은 유소년 축구 교실 운영하는 같은 축구인들 끼리 이렇게 만나게 된 것도 굉장히 좋은 인연 아니겠습니까? 강남구, 서초구, 이런 차이만 있을 뿐이지, 뭐 다 같은 축구를 사랑하는 하나 된 가족들이지요. 그럼 통성명을 하겠습니다. 저는 박영일이라고 합니다. 현재 내곡동에서 유소년 축구 교실을 운영하고 있습니다. 나이는 35세이고요."

"저도 매우 반갑습니다. 저는 강남구 청담동에서 유소년 축구 교실을 운영하는 진강태라고 합니다. 나이는 35세입니다."

"어어, 나이가 같으니 더욱 반갑군요. 우린 서로 다른 축구 단체에서 활동해서 잘 모르는 것 같아요. 저는 대학 1학년 때 큰 부상을 입고 선수 생활을 접었거든요."

하지만 박영일은 지금 이 장소에서 진강태의 그런 사생활적인 문제를 너무 자세하게 말하기엔 다소 모양새가 안 좋다고도 판단하여 말을 극도로 아끼고 아꼈다.

"저어, 잠시 저쪽 밖으로 갑시다. 제가 할 말이 있어서요."

"아아, 네에, 알겠습니다."

영일은 강태를 데리고 허산 뷔페 밖 휴게실로 갔다. 강태는 그가 왜 그러는지 매우 궁금했다.

"저어, 조금 실례합니다만 그 청담역 주변 카라 카페 여사장님을 어떻게 아세요? 사실 저도 그 여사장님을 어느 정도 조금은 알고 있습니다만……"

그가 이렇게 나오자 이번엔 강태가 깜짝 놀라며 눈을 휘둥그레 떴다.

"아아아, 네에? 그 여사장님을 알고 계시다고요?"

"네, 그렇습니다. 알고 있습니다. 제 친구의 동생인데……. 그건 그렇고 어떻게 아시게 됐나요? 아까 말씀하신 내용은 잘 안됐다고 하신 것 같은데요."

"아, 예. 사실은 지난달 초 우연히 지나가다가 그곳을 보고 들어가게 되었지요. 그때 보고 맘에 들어 말을 걸게 되었는데 저 말고도 그런 남자들이 4명이나 더 있었습니다. 그들 다 실패하였습니다. 전 그들과 엄청나게 경쟁하였으나 승리하진 못했지요. 그러는 사이 그 여잔 가게를 관두고 홀연히 어디론가 떠나 버렸습니다."

"아아아, 그런 일이 있었군요. 아하! 참 세상이 너무 좁군요. 근데 여기서 이렇게 만나게 되다니요."

박영일은 진강태를 만나기 전엔 서울이라는 곳이 무척 넓고 복잡하고 꽤 멀고 먼 곳이라 생각했지만 의외로 일치되는 부분도 종종 벌어진다는 것을 새삼스레 느꼈다. 결국 매우 좁다는 걸 느낀 것이다. 순간 강태는 속으로 쾌재를 부르며 환호성을 터뜨렸다. 그를 통해 그녀의 거처를 알아낼 수도 있어서 함박 미소가 끊길 줄 몰랐다.

"하하하하, 우리 박영일 회원님, 이 행사 끝나고 우리 오붓하게 다른 장소에 가서 한잔 더 어떻겠습니까?"

박영일은 그의 말에 대해 이미 눈치챘다. 자신에게 지선의 거처를 알아내기 위함이란 것을 말이다. 그런데도 같은 유소년 축구 교실을 운영하는 거대한 공감대가 우뚝 서 있기에 그런 것일까! 흔쾌히 "좋아요."라고 대답해 주었다.

서초구 양재꽃시장 허산 뷔페에서 열린 서초구 유소년 축구 교실 연합회 축제 행사는 두 시간여 만에 끝나 두 사람은 아까 말한 대로 한잔 더 하러 호프집으로 갔다.

강태는 그 예상 그대로 그 멘트를 쏟아붓기 시작했다.

"제가 박영일 회원님에게 이렇게 별도로 만나 오붓하게 한잔하자고 한 것은 다름이 아니라 청담역 카라 카페 사장이었던 김지선 씨에 대해서입니다."

"예에, 예상하고 있었습니다. 말씀하세요."

영일의 반응도 꽤 협조적인 느낌이 들었다.

"그 여자 분이 갑자기 가게를 관두고 나가셔서 제가 그분을 만나고 싶은데도 만날 수가 없습니다. 어떻게 우연한 기회라도 만날 수 있을까요? 다리 역할을 좀 부탁드립니다. 친구분의 여동생이라고 하셨으니까요. 제발 꼭 한 번만 도와주십시오."

10 _ 과거 축구 선수의 거친 맹폭

강태가 엄청 애절하고 떨리는 소리로 말하자 영일은 끄덕였다. "네, 협조할 수 있을 것 같습니다."

역시 같은 유소년 축구 교실을 운영하는 사람들이라 굉장히 빨리 교감이 오고 갔다.

"제가 제 친구에게 연락하여 이런 사실을 알리겠습니다. 하하하하."

"아아, 너무너무 감사합니다. 꼭 그 친구분에게 말하여 여동생을 한 번이라도 제대로 만나게 해 달라고 전해 주세요. 그 여동생도 제가 누군지 몰라서 그렇지 친오빠를 통하여 만나게 된다면 좋은 반응을 보일 가능성이 엄청 높다고 봅니다. 사실 카라 카페에서도 저를 보는 눈빛이 예사롭지 않았거든요."

"네에, 노력해 보도록 하겠습니다. 얼마나 제 친구의 여동생을 좋아했으면 진강태 님이 그러시겠습니까? 꼭 만날 수 있게 적극 돕겠습니다."

"잘만 되면 그렇게 된 후 제가 박영일 회원님께 한턱 크게 쏘겠습니다."

"그거 좋죠. 으하하하하."

이들은 행사 뒤 별도로 만나 박영일이 친구인 김지철에게 알려 친여동생인 김지선을 진강태와 만날 수 있게 하는 것을 핵심 골자로 계획을 세웠다.

이들이 구상하는 대로 그렇게 한다고 과연 그녀가 그리 쉽게 그에게로 올 것인가가 앞으로 중요한 일인 것 같았다. 이들은 그런 굳건한 약속을 한 뒤 서로 명함을 주고받고 헤어졌다.

날이 밝자마자 영일은 어젯밤 강태와의 약속 그대로 지철에게 전화를 넣었다.

"지철아 너무 반갑다. 어떻게 잘 지냈어?"

"그래, 넌 하는 일은 잘 되고……?"

"음, 그렇지. 오늘 일요일인데 시간되면 만나서 점심이나 같이 할까?"

"몇 시에 어디에서……?"

"신논현역에서 만나자. 5번 출구에서 12시에 기다릴게."

"알겠다."

영일은 일사천리로 진행하기 위해 전화상으로 하는 것보다 직접 만나 말하는 편이 더 낫겠다고 판단하여 이윽고 그 시간에 그곳에서 만남을 이뤘다.

둘은 고교 동창이면서 그 후로도 친하게 지내며 살아온 사이였다. 만나자마자 반갑단 악수가 오가며 곧바로 대중식당으로 들어가 식사를 마친 후 카페 빈으로 들어갔다. 이제부터 핵심 골자가 진행될 것으로 보였다.

영일은 생각한 대로 말하기 시작하였다.

"야, 지철아, 잘 지냈겠지? 하하하. 내가 널 만나자고 한 이유는 네 동생에 대한 일 때문이야!"

지철은 별안간 여동생에 대한 말이 나오자 조금 놀라는 표정으로 말했다.

"어! 내 동생이 왜……? 그게 무슨 일인데?"

"내가 아는 지인이 있는데 우연히 카라 카페에 가서 네 동생, 지선이를 보고 좋아하게 됐다고 하더라고. 근데 접근을 했지만 네 동생이 그가 누군지 몰라서인지 왜 그러는지 모르지만 피했다고 하더라고…….
그래서 말인데 네가 네 동생에게 잘 말해서 어떻게 한 번만이라도 만나게 할 수 없을까 해서 말이야."

 이 말을 듣자 지철은 약간 웃어 가며 조금은 호기심이 생긴 듯한 표정을 지었다.

 "아니, 그런 일이 있었단 말이야? 그래 네가 알고 있는 그 사람과 어떤 사인데?"

 "음, 그 사람은 내 친구는 아니고 얼마 전에 알게 된 사람인데…….
그 남잔 청담동에서 유소년 축구 교실을 운영하는 사람이야. 내가 너와 친구라고 밝히자 그 사람이 날 잡고 늘어진 거야. 나이는 우리와 같고 내가 볼 때 생긴 건 꽤 매력적으로 생긴 것 같아! 같은 남자가 볼 때도 그래! 그 모임에 나와 답답해서 그랬는지 이 사람 저 사람에게 그런 말을 하더라고. 그래서 내가 이상하다 생각되어 그를 데리고 다른 데로 가서 자세한 얘길 물어봤지. 내게 네 동생을 한 번만이라도 만나게 해 달라고 떼를 쓰는 거야! 사실 어제 우리 서초구 유소년 축구 교실 연합회 모임에 갔다가 알게 된 거야. 그 자리에서 이런저런 얘길 나누다가 그렇게 됐어. 어떻게 한번 신경 좀 써 봐!"

 "그래, 알겠다. 뭐, 서로 만나서 맘에 들면 되고 안 들면 마는 거지 뭐! 내가 친오빠로서 그 정도는 할 수 있다. 으하하하하."

 김지선의 친오빠 김지철은 흔쾌히 약속하고 흩어진 뒤 지철은 곧바로 지선에게 전화를 넣어 위와 같은 말을 했다.

 친오빠의 체면과 위신을 고려하여 한때 카라 카페에 그 남자가 나타나 접근한 대목은 감췄다. 어차피 친동생과 그 남자가 만남이 이뤄지면 그 후론 서로가 알아서 할 문제라고 판단했기 때문이었다. 어쩌면 친오빠인 지철은 다각도로 생각하는 측면이 강했다.

지철은 친동생 지선에게 전화하여 "내가 아는 사람이 청담동 유소년 축구 교실 원장이니 만나 볼래?"라고 말하는 것까지가 전부였다. 지선은 정확한 영문을 모르니 그저 호기심이 발동하여 "알겠어."라고 대답하였다.

그녀가 더 생각할 것도 없이 곧바로 '알겠다.'라고 대답한 이유는 다른 이도 아닌 친오빠가 아는 사람이라고 하니 더 망설일 이유가 없다고 생각했기 때문이었다.

조금 지나 지철이 영일에게 여동생의 번호를 알려 주자 영일은 곧바로 강태에게 그녀의 번호를 알려 줬다.

강태는 그녀의 번호를 받자마자 너무 기뻐 펄쩍펄쩍 뛰며 곧바로 지선에게 전화를 넣었다. 그는 통화상으로 자신의 이름을 밝히지 않고 "지선 씨의 친오빠의 소개로 전화드리는 사람입니다. 오늘 빨리 만나야 하니 시간을 정하세요." 하며 서둘렀다.

결국 오늘 당장 강남역 10번 출구에서 오매불망하던 만남이 이뤄질 순간이 찾아왔다. 진강태와 김지선은 정말 신기할 정도로 극적인 만남을 이뤘다. 한때 그가 그녀의 가게에 줄기차게 나타나 접근하였지만 그녀가 가게를 내놓고 나가 버렸기에 사실상 이 두 사람이 또다시 이렇게 만남이 이뤄진다는 것은 현실적으로 완전히 불가능이었다. 그런데 어떤 기묘한 운이 작용하여 강태는 찬희에게 슬픔을 토로하는 과정에서 여기까지 연결되어 엄청난 행운으로 꿈에 그리던 지선을 만나게 되는 순간을 맞이했다. 오후 2시가 두 사람이 만나는 시간이었는데 강태는 1시 40분에 조금 일찍 나가 가슴 설레며 기다렸고 지선은 정각 2시에 그곳에 도착했다.

도착한 지선이 그에게 전화를 하며 두리번거리자 강태는 슬슬 웃어 가며 다가갔다.

"제가 지선 씨 오빠에게서 소개를 받고 나온 남자 진강태라고 합니다."라고 말하자 지선은 깜짝 놀라 온몸이 벌벌 떨렸고 얼굴이 완전 굳어지며 아연실색해 버렸다.

몹시 충격을 받은 모습으로 변해 가고 있었다.

"어 어어, 이게, 이, 이, 이게 어떻게 된 일이지. 아니, 이, 이럴 수가……. 이런 경우도 있단 게. 으으으."

너무 놀라 어쩔 줄 몰라 하며 쓰러질 듯한 그녀에게 안정을 주기 위해 그는 계속 미소를 지으며 부드럽게 말했다.

"오오오, 지선 씨, 너무 놀라지 마세요. 전 원래 지선 씨 오빠 되시는 분과 잘 알고 지낸 사이입니다. 지선 씨가 카라 카페에 계실 땐 제가 그런 사실을 잘 몰랐습니다. 그런데 어떤 모임을 하다 보니 알게 되어 이렇게 되었습니다. 너무 자세한 얘긴 다 하긴 좀 그렇고 우리 이제 어디 가서 시원한 아메리카노라도 한잔하실까요?"

"……."

잠시 멍하니 말을 잃은 지선은 속으로 생각했다.

'그래도 우리 오빠의 소개로 만나게 되는 사람이니 만나는 방향으로 하리라!'

이 남자가 카라 카페에 나타나 자신과 여러 가지 실랑이가 있었던 인물이란 게 너무너무 이상했지만 친오빠의 소개란 것은 그걸 상쇄시킬 수 있는 강력한 믿음 그 자체라 정말 괴상한 일이 아닐 수 없다고 생각했다.

그녀는 침묵을 깨고 "네에, 그래요. 갑시다. 어쨌든 기이한 만남이군요. 어떻게 우리 오빠와 연결이 됐는지는 모르겠지만…….”이라고 말하며 카페가 있는 골목 쪽으로 걸어갔다. 그러자 강태는 얼굴이 확 피며 겉으로 마치 축구 경기에서 다 지고 있다가 극적으로 동점골을 넣은 것과 같은 환호성을 터뜨렸다.

"우아아아아! 와와와와! 싸아아와와와!"

천천히 카페가 있는 골목 쪽으로 걸어간 두 사람은 MA 카페로 들어갔다.

그는 한때 카라 카페에서 바로 앞에 앉아 있는 지선을 향해 돌진하였으나 직장 동료, 소개, 각종 모임 회원이 아닌 이유로 번번이 실패했었다. 하지만 극적인 운이 그를 도와 이렇게 그녀와 마주하게 되니 만감이 교차하며 눈물까지 나려고 하였다. 그는 이를 악물어 참고, 참고 또 참았다.

"지선 씨, 눈물이 나려고 합니다. 그렇지만 참고 참고 또 참습니다. 사나이가 눈물을 보여서 되겠습니까? 절대 그래선 안 되지요! 푸하하하하. 그냥 웃어 버리겠습니다."

"아, 네, 그렇습니까? 진강태 씨. 그런데 웃고 있네요."

바로 이 말, '아, 네, 그렇습니까? 진강태 씨.'라고 말한 것만으로도 엄청난 발전이었다.

그 무엇보다 그녀의 친오빠가 소개하는 것이기에 이럴 수 있는 여유가 있었다.

이런저런 대화가 오고 가더니 서서히 허물이 벗겨지기 시작하였고 어느덧 시간은 흐르고 흘러 오후 4시가 가까이 왔다.

그러더니 이젠 지선은 "저어, 사실은 강태 씨가 그때 저희 가게 카라 카페에 오셨을 때 누군지 몰라 피하긴 했지만 마음으로 제 이상형이었어요.”라고까지 무척 진일보한 관심 표명을 하며 야릇한 미소까지 선사했다.

이 말을 듣자 강태는 기쁨의 흥분과 감격의 흥분이 포화되어 몸을 가누질 못하고 들썩들썩 거리며 주체하지 못하였다.

그녀가 위와 같은 말을 할 정도면 이젠 애인이 된 것이나 다름없다. 지난달 7월 1일부터 그가 끊임없이 카라 카페로 들어가 돌진했을 때는 단지 낯설고 누군지 모를 남자라 도망 다니다가 급기야 카페를 관두는 사태까지 이르렀으나 이번 달 8월 2일, 바로 오늘 친오빠로부터 이러이러한 남잘 만나라는 말 한마디가 떨어지기가 무섭게 지금 이 순간 아메리카노 한잔 마시며 애인이 되어 버렸다.

글쎄, 뭐라 표현해야 할까! 등잔 밑이 어둡다. 사람 관계란 즉, 운명적 만남의 장은 백지 한 장 차이였다. 아느냐 모르느냐, 아는 사람이 중간에 존재하느냐 존재하지 않느냐 두 가지로 표현될 듯했다.

어떤 각도인가 약간의 차이가 결정적인 차이가 되어 버렸다. 오십보 백보란 표현도 적합할지는 모르겠다. 미묘한 시간차, 인적 공간적 시간적 차 여러 가지다.

그만큼 누가 관련이 됐느냐, 아니냐가 관건이었다.

그래서 오늘부로 이들 두 사람은 애인이 되었다.

“머나먼 길을 이리저리 돌고 돌아 결국 만나게 되는군요. 너무 기분이 좋고 행복합니다. 지선 씨, 사랑합니다.”

“그래요. 강태 씨, 그때 예전에 그대를 몰라봐서 미안합니다. 사랑하겠습니다.”

“푸하하하하.”

“이히히히히.”

두 사람은 서로 마주보며 아주 호탕하게 웃었다.

다시 밖으로 나온 이들은 여기저기 돌아다녔다. 강태는 과거 축구 선수였지만 오늘은 꿈에 그리던 지선을 만나 데이트하게 됨에 따라 조금 더 분위기 있는 경기, 꼭 그런 건 아니지만 시간을 더 확보할 수 있는 야구 경기를 관람하기 위하여 그녀를 데리고 잠실 야구장으로 직행했다. 보통 이 경기는 타 경기에 비해 시간이 최소 3시간가량 끌 수가 있어서였다.

저녁 6시에 열리는 경기라 무더워도 조금 괜찮았다. 이들은 야구장에서 바로 옆 자리에 앉아 애정을 나눴다.

하여간 이들은 감회가 무척 새로웠고 기이한 만남의 끈질김인 것이었다.

경기가 다 끝난 시간은 밤 9시였다.

그녀의 집 반포동까지 바래다주고 다시 돌아가는 강태는 청담동으로 돌아간 뒤 너무 기쁜 나머지 흥분을 가라앉히지 못하고 홀로 호프집에 들어가 생맥주를 마셨다. 지선도 반포동 집에서 밖으로 나와 예전에 카라 카페에 나타났던 비록 두려운 낯선 남자였지만 그 당시 내심 이상형이었던 그를 돌고 돌아 또 만나게 됐다는 게 믿어지지 않을 만큼 행복한 나머지 흥분을 가라앉히지 못했다. 그렇게 홀로 갈빗집으로 들어가 소주를 마셨다.

8월 첫 주말 일요일은 두 사람의 마음이 하나로 일치되는 장이었다. 그러니까 예전의 청담역 주변 카라 카페에 나타난 5인조 중 이미 지덕은 리라를 만나 교제 중이고 한 명 더 강태는 우여곡절 끝에 오늘부로 지선을 만나 교제에 들어갔다. 인호, 기람, 선규 세 남자는 아무런 열매를 얻지 못하고 허공의 뜬구름 잡는 격이었다.

강태는 자신의 소원을 이룬 것이나 다름없었다. 2018년 여름이 다 가기 전에 여름휴가를 지선과 단둘이 떠날 계획을 세울 공산이 컸다.

그는 바로 다음 날 오전에 휴가에 대해 그녀에게 말했다. 제대로 만난 뒤 바로 다음 날 그런 말을 하는 것은 엄청 성급했지만 그는 그럴 겨를이 없었다.

얼른 자기 것으로 만들어야 한다는 강박 관념이 지배해 다급히 서둘렀다.

"네에, 지선 씨. 제가 이런 말한다고 조금 그렇다고 생각지 말고 제 마음을 헤아려 주세요. 이번 여름이 다가기 전에 빨리빨리 여름휴가를 떠납시다. 서둘러야겠습니다."

"예에, 그것도 너무 좋은 생각입니다. 강태 씨, 날짜만 정하세요. 그럼 서둘러서 따라갈게요. 호호호."

그녀는 조금도 망설임이 없었다. 이미 예전에 카라 카페에 그가 들어왔을 때부터 관심은 있었던 터라 뭐 그리 뜸들일 것도 없단 판단인 것이었다.

강태는 전화를 끊고 휴가 날짜에 대해 이런저런 생각을 거듭했다.

8월 중순쯤 되면 더위가 꺾일 수 있어서 그러기 전에 서둘러 가야겠다는 생각이었지만 그보단 강태의 욕망이 멈출 줄 모르기 때문이었다.

약 5분간 숙고 끝에 더 뜸 들일 것도 없이 바로 내일 당장 여행을 떠난다는 계획을 세우게 되었다. 그는 예전에 축구 선수 시절에도 굉장히 서두르는 스타일이었다.

선수 시절 경기할 때 자신의 마인드 컨트롤을 못해 상대에게 너무 과격한 백 태클도 서슴없이 자행했던 인물이었기에 그 스타일이 그대로 드러나는 대목이었다.

곧장 그녀에게 다시 전화를 걸었다.

굉장히 숨을 헐떡거리며 "지선 씨, 약 5분간 세운 최종 계획은 바로 내일 당장 여름휴가를 떠나는 겁니다. 내일 5일 화요일에 갔다가 10일 일요일에 돌아오는 것을 골자로 합시다. 휴가 장소는 해운대입니다. 용산역에서 오후 12시에 만납시다. 열차 여행입니다. 하하하하." 하며 이젠 서서히 숨쉬기를 했다.

"호호호, 나도 그 전화를 5분이나 너무 오래 기다리느라 무척 짜증났습니다. 내일 얼른 일어나 그 시간에 용산역으로 직행하렵니다."

강태, 지선은 어제 맞선 보고 오늘 전화 통화로 내일 여름휴가를 떠난다는 약속하기에 이르렀다. 그야말로 일사천리의 러브 스토리가 아닐 수 없었다.

바람직한 것인지 아닌지는 아무도 몰랐다. 이럴 수도 저럴 수도 있기 때문이었다.

강태는 청담동 유소년 축구 교실에 공지를 띄웠다.

8월 5일부터 8월 10일까지 휴무라는 내용이었다.

그런 후 내일 그녀와 함께 여름휴가를 떠날 상상의 나래를 펴며 만반의 준비를 위해 백화점에 들러 여행에 필요한 여러 가지 준비물들을 모두 구입하였다. 그 뒤 유쾌 상쾌 통쾌한 기분으로 청담동 자신의 집 인근 사우나로 가서 몸을 푹 녹였다. 그는 너무 들떠 있었고 또 얼른 얼른 시간이 번개처럼, 화살처럼 휙휙 날아가길 학수고대했다.

"1분 1초라도 빨리 지나가다오!"

이렇게 혼잣말로 고성을 질렀다.

그가 그토록 "제발 시간 좀 빨리 지나가다오!"라고 빌고 빌었더니 정말 그의 바람대로 시간이 번개 화살같이 휙휙 지나 여행 떠날 날이 확

밝았다.

얼마나 그가 그녀와 여름휴가를 얼른 떠나고 싶어 안달 났으면 위와 같은 염원이 그렇게 빨리 이뤄져 눈 깜짝할 사이에 그날이 찾아왔는지 모르겠다.

2018년 8월 5일 용산발 오후 12시 부산행 열차는 강태와 지선을 태우고 지칠 줄 모르고 적토마처럼 막 달려갔다.

한 번도 쉬지 않고 그렇게 막 달려간 열차는 드디어 그곳에 도착하였고 이들은 곧바로 택시를 잡아타 해운대로 이동하였다.

이제 여행까지 함께 왔단 것은 입체적 애인이라 볼 수 있었다. 설마 여행까지 와서 각방을 쓰진 않을 것으로 사료되었다.

그런 차원에서 둘은 해운대 모텔로 들어가 시원한 음료를 마시며 조금 쉬었다가 빨간색 장미꽃을 검정색 장미꽃으로 아주 검붉게 물들였다.

한참 동안 그렇게 유지하다가 끝난 후 밖으로 나와 진하고 독한 술을 막 들이부으며 만취한 둘은 주변 노래방으로 들어가 있는 노래 없는 노래 그냥 닥치는 대로 부르고 또 불렀다. 그러다 목이 쉬어 버렸다. 그래서 더 이상 부르지 못하고 나와서 다시 모텔로 들어갔다.

아까처럼 또 그렇게 이번엔 빨간색 철쭉꽃을 검정색 철쭉꽃으로 아주 검붉게 물들여 버렸고 물들인 채 그대로 깊은 붉은 별나라로 빠져들었다.

이날은 두 사람에게 인생에서 가장 화려한 날이었고 이 여행이 끝나는 앞으로 5일간 계속 그렇게 화려할 것으로 예상되었다.

그 예상 그대로 그렇게 화려하고 뜨거웠다. 두 사람의 사이는 무척 견고해질 수밖에 없었고 철옹성 같은 애정의 꽃이 활짝 피어나 버렸다.

올 여름 들어 청담역 주변 카라 카페에서 벌어진 남녀 간의 애정 쟁탈전이자 치열한 커피 전쟁의 사랑 줄다리기는 결국 두 쌍이 탄생하게 됐다.

한 쌍은 전리라, 안지덕이며 다른 한 쌍은 김지선, 진강태이다. 결국 지선의 친오빠인 지철의 교량적 역할이 결정타가 됐다.

그가 지난달 줄기차게 그녀를 향하여 카라 카페에 찾아왔을 땐 도망치고 거들떠보지도 않았던 남자였으나, 그녀의 친오빠가 어떤 기이한 운으로 개입되니 바로 단 하루 만에 그가 애인으로 바뀐 역사였다.

애정 쟁탈전이자 사랑 줄다리기란 깊게 따져 보면 쟁탈전이나 줄다리기란 표현보다 그 중간에 누가 개입되었는가가 승부의 열쇠를 쥐고 있는 현실이었다.

그렇게 됐다 하더라도 또 다른 돌발 변수로 말미암아 또다시 변화를 일으키기도 하는 게 인생 스토리가 될 수가 있었다. 인생 스토리란 계속 돌고 돌았다.

오늘 내 것이 영원한 내 것이 아니고 이리저리 변화의 물결을 일으켰다.

그 물결은 대체로 악의 물결들이 많았다.

선의 물결은 그리 요란스럽게 변화를 일으키지 않고 고요한 반면 악의 물결은 물고 물리며 요란하고 괴이했다.

하지만 그것에 적응하면서 나아가기도 했다. 적응하는 과정에 자연스레 힘들단 것을 알지만 표현은 기피하려 했다. 그런 표현이 궁극적 해결책이 아님을 직시해서다.

고단하게 흘러가는 사랑 스토리가 아닐 수 없다.

전리라 안지덕 커플, 김지선 진강태 커플의 앞날에 서광이 비칠지 어떨지 모르겠다. 전리라는 안지덕 닥터와 교제하면서 행여나 친구인 김지선이 이 사실을 알게 될까 봐 전전긍긍하는 중이었다.

자신이 무슨 잘못이라도 저지른 것만 같은 죄책감 비슷한 것 말이다.

자신이 친구인 지선 대신 카라 카페 일을 봐주다가 어부지리로 굴러 들어온 안 닥터를 만나 횡재했으니까 그렇게 생각했다. 까닭은 이런 일이 없었다면 안 닥터는 끊임없이 친구 지선을 좋아하며 따라다녔을 것이기 때문이었다.

그런 까닭으로 7월 15일부로 리라는 지선과 연락이 두절되어 버렸다. 굳이 그럴 필요도 없는데 사실 지선은 아직은 리라와 연결된 안 닥터에게 별 다른 관심은 없었다.

리라는 공연히 도둑도 아닌데 도둑 같은 심정으로 안지덕을 만나며 불안한 교제를 이어 갔다.

리라는 저 자신이 그냥 그렇게 안절부절못하고 힘들어 하기도 하면서 또 다른 한편으론 안 닥터와의 교제에 대해 흥분의 도가니 속에 빠져 있었다.

보이지 않는 그 무엇으로 두 여인은 사이가 벌어지고 말았다.

지선은 그 후로 간간이 리라에게 전화를 해도 받지 않았다. 이에 지선은 리라가 끝까지 자기의 일을 봐주지 않고 그냥 나간 이유로 조금은 미안한 감정 때문에 그러는가 보다 짐작하고 있었다.

사람과 사람의 관계란 사실은 그 이유가 아닌데도 그 이유로 판단해 버리는 경우가 많고 그로 인한 오해와 불신과 죄책감이 싹텄다.

전리라 안지덕 커플은 지난달 여름휴가를 갔다 온 뒤 무척 뜨거워지는 사이로 발전해 나가고 있는 중이었다.

청담역 주변 카라 카페에서 커피 전쟁이 일어난 일들 5명의 남자들 중 지덕, 강태 두 남자만이 여잘 만나는 기염을 토해 냈는 데 비해 기람, 인호, 선규는 밀려 버렸다.

리라를 차지하기 위한 공방전에서 지덕에게 완패를 당하여 낙담 상태인 데다가 패자 부활전을 치르고자 지난달 중순에서 말까지 계속 그 카페를 찾아갔으나 현관문은 잠겨 있었고 더욱더 충격적인 일은 '임대 문의'라고 종이 한 장이 딱 붙어 있어서 완전 망연자실 그 자체였다.

위의 패배한 3명 중, 기람, 선규는 처음엔 지선이었으나 후엔 리라로 완전 바뀐 상태였고 인호만 시종일관 지선만을 찾고 있는 중이었다.

그러던 어느 날 최선규에게로 어디선가 전화가 걸려 왔다. 쳐다보니 예전에 골프 파트너 중, 친하게 지냈던 한 사람이었다. 이태정이었다. 태정은 "너무 오랜만인데 왜 연락을 주지 않았냐?"라고 물었다.

선규는 "개인적으로 골치 아픈 일이 있어서 그랬습니다."라고 대답하였다.

"선규 씨, 한번 만납시다. 기흥 골프장으로 가서 골프 좀 해야지. 하하하하."

"아, 네, 형님. 제가 시간 되는 대로 연락드리겠습니다."

통화한 사람은 선규처럼 골프 광팬인 태정인데 나이는 58세이고 선규보다 14살 위라 형님이라고 불렀다. 선규도 모처럼 추억의 기흥 골프장에 가 골프를 칠 생각을 했다. 그는 차가운 아메리카노를 한 잔 마시더니 방금 전 전화를 걸어 온 그 사람에게 통화 버튼을 눌렀다.

"내일이라도 시간되시면 골프를 치러 가기로 해요. 형님."

"그래, 선규 씨. 하하하, 기흥 골프장에서 오후 1시에 만납시다."

이들의 골프 약속은 전광석화 같았고 이태정, 최선규는 다음 날 오후 1시에 그곳에서 만나게 되어 간단히 인근 식당에서 밥을 먹고 시원한 아메리카노를 한잔한 후 본격적으로 골프를 치러 들어갔다.

이태정은 자신의 절친이자 골프 동기인 김영후를 데리고 왔다. 영후는 태정과 나이가 같았다.

그래서 스스럼없이 친구로 지냈다.

태정은 영후에게 선규를 소개했다.

"아아, 여기 이 동생은 내가 예전에 골프할 때 함께한 후배야! 서로 인사 나누라고……."

"그래, 하하하, 전 김영후라고 합니다. 이태정과는 *끈끈한* 친구이지요."

"아 예, 전 최선규라고 합니다. 이태정 형님에게서 최고급의 골프수련을 많이 받은 사람입니다. 하하하하."

선규는 분위기를 봐서 영후에게 "저보다 훨씬 연장자이시니 말씀을 낮추십시오."라고 말하며 예의를 표하였다. 이에 영후는 "아니, 아닙니다."라고 하였으나 선규가 계속 반복적으로 "그냥 그렇게 하세요."라고 극진히 예의를 표하자 결국 그렇게 됐다.

"그래, 우리 선규 씨는 골프 실력이 좀 어떤가?"

"아, 네, 너무 뛰어난 편입니다. 하하하."

"음, 그래 우리 선규 씨하고 나하고 한판 하면 완전 호각을 이룰 것 같은데……."

이런저런 대화를 나누며 골프장으로 들어간 최선규, 이태정, 김영후는 다른 파트너들과 팀을 이루었다.

게임을 다 마친 이들은 밖으로 나와 저녁 식사 하기 위해 식당으로 들어가 소주와 삼겹살을 먹으면서 더 많은 이런저런 대화를 했다.

영후가 말했다.

"음, 우리 선규 씨는 너무 잘생겨서 여자들이 줄줄줄 따를 것 같아!"

"아닙니다. 전 지금 현재 홀로 괴롭습니다. 얼마 전 제가 짝사랑하던 여자가 가게를 관두고 나가 버렸거든요."

"어! 짝사랑하던 여자가 가게를 관두고 나가……? 거기가 어딘데?"

"네에, 청담역 카라 카페이지요."

김영후가 순간 깜짝 놀랄 수밖에 없던 이유는 자신의 조카인 지선이 그곳에서 카라 카페를 운영한단 소리 들은 적이 있어서였다.

"아니, 아니, 선규 씨, 확실하게 그 짝사랑하던 여자의 가게가 청담역 카라 카페가 맞아?"

"네에, 그렇지요."

영후는 무척 당황스러운 표정으로 굳어지면서 자신의 조카란 얘길 할까 말까 고민하다가 결국 말을 꺼냈다.

"난 내 조카를 요즘 만난 적이 없어서 지금은 잘 모르겠지만…… 방금 자네가 말한 그곳이 우리 조카가 가게를 하는 곳인데……!"

"네에? 선생님의 조카가 그 청담역에서 카라 카페를 한단 겁니까?"

선규는 눈이 번쩍 뜨이며 놀라워했다. 무척 반가운 소식이 아닐 수 없었다.

"아니, 선생님, 그게, 그 말씀이 사실이에요? 사실입니까?"

그가 매우 흥분된 소리로 말했다.

"그렇긴 한데……. 음음음."

선규는 땅이 쩍쩍 갈라지는 극심한 가뭄에 메마른 땅을 촉촉이 적셔 주는 단비와 같은 소식을 접했다.

"그럼 선생님과 어떻게 되시는 건가요? 그 여자 분과……."

"내가 그 애의 작은아버지가 되는 거지."

선규는 그의 말에 속으로 쾌재를 부르며 환호성을 터뜨렸다. 그러나 순간 갑자기 머릿속이 복잡해지기도 했다. 왜냐면 그 카라 카페의 전에 있었던 사장인지, 후에 온 사장인지 그것이 문제였다. 선규의 지금 현재 관심 대상은 후에 온 사장이었다. 즉, 전리라 말이다.

전에 있던 사장인 지선을 좋아한 적도 있긴 했지만 지금 현재가 더

더욱 중요했다. 그렇기에 그 부분에 대한 구체적인 질문이 뒤따라야 할 것으로 보였다.

"아니, 근데 선생님 그 말씀하신 내용 중에 그 카페의 사장님이 7월 초에 하신 분이 있고, 중순쯤에 한 번 바뀌었는데 어느 분인지 매우 궁금하군요? 혹시 그 여사장님의 성함이라든가…… 인상착의 같은 것은……?"

"음, 내 조카는 이름이 김지선이지……."

김지선이라고 이름을 밝히자 선규는 더욱더 깜짝 놀라며 눈을 휘둥그레 떴다.

그러면서 다소 아쉬워하는 표정을 지었다. 지금 현재는 자신이 찾고 찾는 대상은 후에 온 사장이었다.

뭐, 그렇다고 전에 있던 사장인 김지선에 대해 관심에 없는 것은 아니지만…….

그는 후에 온 사장인 전리라의 이름을 몰랐다. 전에 있던 사장인 김지선의 이름은 알았다.

아는 이유는 지난달 4일에 삼성동 휙휙 댄스 스포츠 학원장으로부터 지선을 소개받았었기에 알았다. 그 당시 그랬지만 다음 날 제대로 만남이 이뤄지진 않았었다.

그녀가 맞선 장소로 들어오다가 쏜살같이 도망쳐 버렸기 때문이었다.

그 후 지선은 자신의 맞선 상대 남들이 가게에 나타나 추근거렸던 사람들이었고 그 배후에 댄스 학원장이 개입됨을 확인한 뒤 공포, 두려움으로 카페를 관두게 되었다.

11 _ 골프회원들이 돌고 도는 만남으로

또 수레바퀴처럼 돌고 돌아 그녀의 작은아버지가 그 당시 추근거린 인물들 중 한 명, 골프 광팬인 최선규와 대화를 하는 정말 특이한 상황을 맞았다.

최선규는 기이한 사연으로 김지선이란 이름을 알고 있었다.

선규는 사실 리라를 찾는 마음이 더 강했지만 그렇다고 지선을 향한 마음도 그리 약하진 않았다.

"선규 씨가 짝사랑하던 여자 이름이 우리 조카 김지선이 맞나?"

그러자 기회를 엿본 선규는 리라에 대한 얘긴 쏙 빼 버렸다.

'오로지 지선 씨를 향한 일편단심 민들레였다고 말해야 작은아버지가 힘을 실어 주지 않겠는가!'라고 생각했다.

"네에, 김지선 씨 그 이름이 맞습니다. 전 오로지 카라 카페 사장이었던 김지선 씨를 어마어마하게 좋아했었습니다. 근데 제가 그분께 좋아한단 의사 표시를 매일매일 했는데 제가 낯설고 누군지 몰라 피해 버리고 급기야 가게마저 내놓고 나가셨지요. 한 번만 도와주세요. 그분을 진정으로 사랑합니다. 제가 그분과 만날 수 있도록 협조 부탁드립니다. 네에……? 선생님?"

"아이! 그래 선규 씨는 워낙 골프도 잘하고 매력남이라 내가 조카에게 잘만 이야기하면 잘될 거야! 하하하하."

"와아! 너무너무 감사합니다. 선생님 그렇게 꼭 만날 수 있게 도와주십시오."

"기다려 보도록 해. 내가 내일 중에 조카에게 연락을 취해 볼게."

김지선의 작은아버지인 김영후는 이런 약속을 하고 다음 날이 밝자마자 그녀에게 전화를 걸었다.

"얘, 지선아, 너 혹시 교제하는 남자라도 있는 거니?"

"네에, 작은아버지 있긴 있어요."

"어어! 있다고……? 뭐 하는 사람인데……?"

"네에, 청담동에서 유소년 축구 교실을 운영하는 사람이에요."

"어느 정도 사귄 건데?"

"네에, 어느 정도는……."

"어쨌든 우리 골프 회원 중에 건실하고 매력남이 한 명 있다. 일단 우리가 또 골프하는 내일 오후 1시에 여기 기흥 골프장으로 한번 와서 밥이나 같이 먹자! 네가 마음에 안 들면 말고……. 원래 이리저리 남잘 잘 골라야 돼! 잘못 만나면 평생 후회하고 패가망신 당한다."

"네에, 그럴게요."

이 대목에서 지선은 어마어마한 실책을 저지르고 말았다. 최근 진강태와 애인이 되어 부산 해운대로 뜨거운 여행까지 갔다 왔으면서 방금 전 작은아버지의 소개에 흔들려 버렸다.

정말 너무너무 실없는 여자가 아닐 수 없으며 들쭉날쭉 철새 같은 기회주의자였다.

이윽고 그날 그 시간이 오자 지선은 작은아버지의 말대로 오후 1시에 기흥 골프장에 도착한 뒤 작은아버지에게 전화를 넣고 만나게 됐다.

그녀의 작은아버지인 영후는 엊그제 이곳에서 골프를 쳤던 멤버들인 태정, 선규에게 그 시간에 오라고 한 상태였다. 영후와 지선이 식당 앞에서 무슨 얘길 하는 도중, 태정, 선규는 도착하고 있다. 그들은 차에서 내려 식당 쪽으로 걸어왔다.

지금 이 순간, 지선과 선규는 두 눈이 마주쳤다. 그 순간 그녀는 완전 소름이 돋을 지경이었고 아연실색해 버렸다.

"아아아, 이, 이, 이 남잔 카페에 나타나 행패 부렸던 그 사람……!"

그녀로선 당혹, 충격 그 자체였다.

조카가 이렇게 놀라며 충격을 받자 작은아버지 영후도 지금 이 상황에 대해서 어느 정도는 감을 잡고 있었다.

엊그제 이미 선규로부터 대충 그 당시 그 상황을 전해 들어서인데 그래도 영후는 선규의 입장과 심경을 최대한 이해하고 편드는 마음이 앞섰다. 그만큼 같은 골프 광팬으로서 이심전심이 작용해서였다.

"하하하. 얘, 지선아, 그렇게 놀라지 말고 여기 이 남자와 한번 대화를 나눠 봐라! 우리 같은 골프 회원이니까. 자아 일단 들어가서 밥이나 먹고 골프장으로 들어가자고……."

영후는 부드러운 분위기를 만든 뒤 앞의 식당으로 들어가자 선규, 태정도 따라 들어가고 있었지만 지선은 따라 들어가지 않고 그냥 밖에 우두커니 서 있었다.

작은아버지 영후는 밖으로 나와 "얘, 지선아 왜 안 들어오는 거니? 좋은 사람이니까 들어와라 괜찮아, 괜찮다!"라고 말하며 들어오라는 손짓을 했다.

그녀는 작은아버지의 계속되는 손짓에 흔들려 결국 식당으로 들어가고 말았다.

그녀가 결국 들어오자 선규는 속으로 쾌재를 부르며 환호성을 터뜨렸다.

이젠 다 됐다는 감이 들어서다.

"얘, 지선아, 이 남자의 말을 대충 들었는데 네가 하는 그 카라 카페에 가서 네게 프러포즈를 했었다고 하더라고 물론 넌 이 남자가 누군지 모르니 당연히 피했겠지! 하지만 이 남잔 사실 우리 골프 회원이었어. 이쯤 됐으면 뭐 더 이상 두려워할 것 없이 한번 제대로 교제를 해 봐! 음? 하하하하."

"……."

지선은 말없이 식당으로 들어와 앉긴 했지만 침묵을 지키며 몹시 얼떨떨한 심정을 느끼는 것 같고 계속 당황스러운 표정을 이어 가자 이번엔 선규가 나섰다.

"지선 씨, 너무 그렇게 당황스러워하진 마세요. 이게 다 그대와 제가 애인으로 발전하라는 하늘의 뜻이자 인연이라 하는 것입니다. 하하하. 저, 최선규입니다. 제 외제차 볼보라는 건 예전에 많이 들으셨죠? 집에 가면 벤츠도 있어요."

"……."

지선은 그래도 말없이 침묵을 지켰다. 작은아버지에 이어 장본인 선규까지 나서지만 그녀의 당혹감은 좀처럼 진정되지 않았다.

그만큼 괴상하고 정신적으로도 굉장히 힘들고 이번 건 말고도 지난번에 친오빠로부터 진강태를 만나게 된 것도 괴이한 경우였는데 또다시 비슷한 일이 밀려오니 더욱더 황당했다.

이런 기분을 차치하더라도 또 다른 한 가지 까다롭고 힘든 부분은 지금 현재 강태와 교제 중이었다. 그렇긴 한데 강태와 선규를 비교하여 조금 더 마음에 드는 남잘 만나 버리면 되긴 한데 그 부분은 강태 쪽으로 기울었다.

'그렇다면 조금도 고민할 것도 없이 바로 앞에 앉아 있는 남잘 내쳐 버리면 된다.'

그녀는 마음속으로 이런 정리를 했다.

지선이 계속 침묵에 침묵을 유지하자 영후, 태정, 선규는 생각했다.

'선규를 보고 별로 마음에 안 들어 하는 구나!'이런 생각을 거듭하며 몹시 시무룩해지는 사이 선규는 문득 아이디어를 떠올리고 있었는데 바로 술에 의지하는 것이었다.

"원래 골프란 술을 조금 먹어야 더 잘된단 말이 있습니다. 다 함께 술이나 한 잔씩 하고 골프장으로 직행하는 게 어떻겠습니까?"

"그래 그것 너무 좋은 생각이야! 선규 씨 식후 한 잔씩 하자고……"

문제는 그가 술에 의지한단 의미가 도대체 그 무엇인지 모를 일이고 우선 생각해 볼 수 있는 것은 이성에 대한 용기를 낸다는 담력을 뜻하는 듯했다.

다음으론 무척 안 좋은 측면이지만 그 용기 담력을 이용하다 보면 무력적인 행동 같은 자칫 악용되는 수도 있었다.

그는 알코올에 의지한단 아이디어를 떠올린 상태였다.

그는 카운터를 바라보며 "소주와 맥주를 주세요."라고 소리를 지르자 그 술이 나오고 그는 그들에게 한 잔씩 권했다. 그들은 "좋아요."라고 말하며 술을 받았다.

하지만 그녀는 "아니에요."라고 말하며 안 받았다.

이번엔 작은아버지 영후가 "얘, 지선아, 웬만하면 한 잔 정도는 받아라."라고 말했다.

그녀는 이번엔 망설이는 표정을 짓자 작은아버지 영후가 다시 반복했다.

"야, 그러지 말고 한 잔만 해라!"

작은아버지의 제안에 흔들린 그녀는 "네에, 그럴게요." 하며 흔들렸다.

선규는 때는 이때다 싶어 얼른 소주병을 들고 지선에게 따라 줬다.
"자아, 지선 씨, 한 잔 시원하게 쭉 마셔요. 하하하하."

그녀는 엉겁결에 그렇게 한 잔을 마시더니 묘하게 술맛이 좋았는지 "한 잔 더 주세요."라고 말했다.

"우아아, 우리 지선 씨가 술을 막 마시니 제 기분이 너무 좋습니다. 하하하하."

지금 이 순간이 그녀의 최대의 실책이 되는 순간일 수도 있는 게 원래 이성을 완전히 마비시켜 버리는 작용을 하는 주범이 각종 술이다.

더 웃긴 건 그가 그녀에게 소주를 따라 주자 이번엔 작은아버지 영후도 가세했다.

"야, 지선아, 내가 따라 주는 소주도 좀 받아라! 자아, 받으라고⋯⋯ 자자 받아 받아."

이런 상황의 모든 원인은 영후도 선규를 너무 좋게 봤기 때문이기도 했다. 이처럼 사람을 너무 좋게 보다 보면 너무 지나치게 믿고 무한신뢰가 된다는 게 때론 문제가 될 수도 있다. 모든 역사는 실수로 인하여 성공적으로 이뤄지기도 하고 반대로 그것으로 인해 무너지기도 한다는 게 문제가 되었다.

이런 분위기를 띄우고자 선규, 영후, 태정도 덩달아 소주 맥주를 막 마셨다. 오후 1시 식당에 들어와 마신 소주 맥주인데 벌써 2시가 다 되어 갔다.

이들은 모두 알딸딸해졌다.

"야, 우리 이렇게 술 먹고 골프 칠 수 있겠어? 오늘은 그냥 포기하자고⋯⋯."

막 마신 술에 취했는지 영후가 "오늘은 게임을 하지 맙시다."라고 말하며 손사래를 쳤다.

선규, 태정도 "네에, 그러는 게 낫겠어요."라고 대답했다. 지선은 이도저도 아니고 지금 현재 알딸딸한 상태였다.

결국 4명 다 골프장으로 입장하는 것을 포기하게 되는데 지금 이 시간부터 그녀의 대실수가 시작되는 순간을 맞이했다. 작은아버지 영후가 먼저 말했다.

"아아아, 우리 이런 상태론 운동 같은 것은 못하는 거니까, 저쪽 실개천 산책로나 여기저기 돌아다니자고…… 그러다 보면 술도 좀 깰 테고 말이야! 하하하."

"그래그래, 친구 그게 좋은 거라고. 푸하하하하하."

친구인 태정이 환하게 화답하여 실개천 산책로로 4명 다 그곳으로 내려가게 됐고 이리저리 돌아다녔다. 아직은 8월 15일 중순이라 무척 더웠지만 그래도 술을 깨는 데는 나름대로 괜찮았다. 영후는 태정에게 귓속말로 "우리는 이 선에서 빠지고 청춘 남녀 간의 시간을 주자고."라고 말했다.

태정은 "알았다."라고 대답하고 고개를 끄덕이자 영후가 다시 귀띔하듯 말했다.

"우리 친구는 나하고 잠시 할 말이 있으니 저쪽으로 가서 얘길 좀 하자고……."

"음, 음 그래……."

그들은 그러더니 쏜살같이 다른 곳으로 달아나 버리자 선규는 눈치를 챘고 지선은 당황하였다. 그러나 어느새 그들은 사라져 보이지 않았다.

이젠 남은 건 선규 지선뿐이었다. 그녀는 자신도 어디론가 가려고 움직이지만 그녀를 가지 못하도록 막았다. "아아아, 잠시, 잠시만요. 지선 씨, 조금 더 할 말이 있는데……."

"아니, 아닙니다. 전 가야 돼요."

그녀는 빠져나가려고 몸부림을 쳤지만 그의 강력한 완력에 의해 좀처럼 빠져나가질 못하였다.

작은아버지 영후가 이런 화근의 빌미를 제공해 버린 것이다. "저, 그렇게 자꾸 앞길을 막으면 소리를 질러 버릴 겁니다. 비켜 주세요."

"지선 씨, 이젠 그대가 그렇게 소릴 질러 봐야 아무 소용없습니다. 제가 지난달에 카라 카페에 계속 찾아갔을 때 제 차가 볼보라고 밖에 세워져 있다고 말했지요. 지금 그 승용차 볼보가 이 실개천 산책로 바로 위에 세워져 있습니다. 그것도 아주 진하게 선팅까지 되어 있습니다. 그리고 지금 날씨가 꽤 무더운데 저 진하게 선팅된 볼보 안에는 아주 차가운 에어컨 바람이 나옵니다. 함께 가셔서 시원하게 데이트를 합시다. 어때요? 지선 씨?" 하며 고함을 쳤다.

그녀는 이 말에 순간 위기감을 느꼈다. 이젠 더 이상 안 되겠다 싶어 무조건 도망쳐야겠다고 생각했다.

그래서 있는 힘껏 앞만 보고 내달렸다. 확확 앞으로 뛰어나갔지만 그가 있는 힘껏 쫓아와 잡힐 위기에 처하자 그녀는 더 이상 안 되겠다 싶어 아주 크게 "사람 살려 주세요!"라고 비명을 질렀으나 그래 봐야 아무런 소용이 없었다. 그가 강제로 허리춤을 움켜잡고 산책로 위 도로로 끌고 올라갔다. 그녀는 그의 완력을 이겨 낼 수가 없었고 강제로 그 차 뒷문으로 끌려 들어갔다. 가뜩이나 차가 유난히 진하게 된 선팅이라 밖에서 안을 바라보면 아예 보이지 않을 정도였다.

그녀는 그의 차 뒷자리에서 강제로 몸을 빼앗기고 말았다. 이때 시간이 오후 3시 반쯤 이었는데 그녀는 침통하고 비통하였다. 자신의 작은아버지 영후의 실책으로 이런 불미스런 일이 터진 것이다.

그래서 흐느껴 울었다. 그렇게 우는 그녀에게 그는 "미안합니다. 지선 씨, 너무너무 사랑하다 보니 그럴 수밖에 없었습니다."라고 말하며 위로를 하였다.

"……."

그녀는 괴로움의 침묵을 지키자 그는 감미로운 발라드 음악을 틀었다. 그 음악이 은은히 울려 퍼지자 그녀는 조금씩, 조금씩 이성을 되찾기 시작하였다.

선규는 도로변으로 나가 차문을 연 채 무릎을 꿇고 반성문을 읊었다. "지선 씨, 너무너무 송구스럽습니다. 그대의 몸을 빼앗아서……. 그러나 전 그게 저희 진정한 사랑임을 확신하는 바입니다. 이렇게 되었으니 지금 이 시간부로 저와 명실상부한 애인이 되는 것입니다. 그렇게 해 주시길 바랍니다. 지금 제 승용차 볼보 안에 그대가 들어 있습니다. 이 차는 저를 닮아서 기품이 있습니다."

일단 송구스럽단 표현은 반성문이지만 뒤에는 늘 그의 핵심 강조점 자신의 차종이 볼보라는 부분을 다시 한번 강조하는 장이었다.

마땅히 직업이 없으니 늘 그놈의 볼보를 알리며 물고 늘어졌다.

그녀는 몸을 빼앗긴 뒤 도리어 그의 진심 어린 반성과 예전에 볼 때 그리 싫은 것도 아닌 것 같았다. 매력으로 다가와서인지 아니면 늘 그가 강조한 볼보 때문인지, 차 안에서 울려 퍼지는 감미로운 발라드 음악 때문인지, 그 어떤 원인인지는 모르겠으나 점점 마음이 흔들리고 있었다.

그런 기분에서 그녀는 그를 바라보며 손짓하며 미소를 짓고 말했다. "그렇게 무릎을 꿇고 있지 말고 차 안으로 들어오세요. 우리 드라이브를 해요. 히히히."

그는 눈이 번쩍 뜨여 서서히 일어나 차 안으로 들어왔다.

"지선 씨, 드라이브를 하고 싶으세요? 드라이브를 하고 싶단 표현은 저를 용서해 주신단 표현으로 새깁니다. 그럼 우리 멋진 볼보 드라이브 여행을 떠나 볼까요?"

"……."

그녀는 침묵을 지키며 고개만 끄덕였는데 고개를 끄덕였단 의미는 그래도 된다는 의미로 새겼다. 오후 4시가 되자 그는 액셀을 아주 세게 밟았다.

수원 쪽으로 내달리다가 서울 쪽으로 올라가 자신의 집이 있는 청담동으로 가 도착한 후 차를 세워 두고 둘은 레스토랑으로 들어갔다.

"미안합니다. 지선 씨, 너무 무례한 짓을 해서 그만……."
"아니, 아닙니다. 뭐! 저를 사랑하다 보면 그럴 수도 있지요. 뭐?"

그는 속으로 '아! 이젠 확실히 애인이 되었구나!'라고 생각했다.

지금 이 시간부터 먹는 돈가스는 정말 그에겐 꿀맛 같은 꿀 돈가스 같다. 꿀맛 같은 돈가스를 먹고 나가 또다시 생맥주를 먹으러 호프집을 향하여 들어갔다. 지선은 굉장히 위험한 사랑 이야기를 써 내려갔다. 며칠 전, 친오빠 지철의 친구로부터 소개받아 알게 된 남자도 지난달 카라 카페에 나타났던 사람 중 한 명인데 오늘 또 알게 된 남자도 같은 시기에 카라 카페에 나타난 사람 중 한 명이란 엄청난 공교로움 속으로 빠져들었다. 마치 덫에 걸린 듯 예민해지기도 하였으나 또 나름 괜찮다는 마음도 존재했다.

그녀가 지난달, 청담역 주변 카라 카페를 운영할 때 나타나 접근해왔던 5인방 중 2명 진강태, 최선규와 교제하게 되는 기이한 일이다.

강태는 친오빠를 통하여 만나게 됐고, 선규는 작은아버지를 통하여 만나게 됐다.

그때 그 당시엔 불한당들이라 의심하면서 피하다가 급기야 가게마저 내놓고 도망친 그녀인데 이렇듯 돌고 돌아 가족, 친척의 연결 고리로 인하여 그 당시 격렬한 커피 전쟁을 일으켰던 장본인들이라 몹시 두려웠고 불한당이라 느꼈던 남자들을 사귀게 되는 정말 알다가도 모를 인생 이야기 사랑 이야기였다.

그녀는 8월 3일 강태와 애인이 됐고 같은 달 15일 선규와 애인이 됐다. 남자들을 중복적으로 만나다 보면 커피 전쟁보다 더 무시무시한 더 큰 심각한 전쟁이 올 수도 있었다.

서울이란 곳은 무척 넓기도 하지만 엄청 좁기도 했다. 돌고 돌아 다시 보게 되어 애인이 되어 교제하게 되니 말이다.

오늘 이 시간까지 청담동 카라 카페에서 벌어졌던 인물들 중에 연인으로 연결된 사람들은 가장 안정적으로 연인으로 안착한 쌍은 전리라와 안지덕 닥터였다. 단 둘만의 견고함이기 때문이다.

지선은 불안했다. 리라를 좋아했던 남자들이 두 명이나 이탈하여 지선과 연인이 되어 버렸으니 불안정한 교제가 아닐 수 없었다.

이젠 그 카페와 관련된 인물들 중에 아직 연인으로 연결이 안 되고 있는 사람은 기람, 인호 둘 뿐이었다.

둘의 차이점은 기람은 지선을 좋아하다가 리라로 바뀐 상태이고 인호는 오로지 무조건 지선뿐이었다.

지선의 작은아버지 영후는 아까 선규와 조카에게 무한한 기회를 주고자 친구 태정과 함께 번개 같이 도망쳤다.

조카가 선규에게 그렇게 성폭행을 당한 사실을 알게 되면 과연 어떤 생각이 들지 모르겠다. 그 후론 애인이 되어 진하게 선팅된 볼보를 타고 드라이브를 하는 부분은 기쁘게 생각하겠지만 말이다.

조카가 그렇게 당하긴 하였지만 결과적으론 선규와 연인으로 발전하였으니 특별히 뭐라고 생각할 여지가 없을 것 같기도 했다.

뭐든지 결과 중심적인 사회이니까 말이다. 그 결과를 초래하는 과정에서 좋지 않은 잡음이 있었다든가, 그 결과로 인하여 또 다른 안 좋은 결과를 초래할 수도 있다면 현실적인 결과 중심적이란 것은 재고의 여지가 있으나 누가 거기까지 생각하려 하진 않았다.

지선은 물론 어차피 선규와 연인으로 발전한 마당에 그런 불미스러웠던 일을 작은아버지에게 알리지 않을 것은 기정사실화되었다.

7월 달에 청담역 주변 카라 카페에서 벌어졌던 남녀 간의 커피 전쟁이자 애정 쟁탈전의 주자들은 위와 같은 구도로 형성되어 가고 있었다.

지선은 그야말로 이중 사랑을 진행해 나가는 위험천만한 살얼음판을 걷는 아슬아슬한 사랑 이야기를 펼쳐 나갔다. 그녀는 왜 이리 허튼 사랑에 빠진 건지 모르겠다. 제 아무리 주의력을 갖고 나간다 하더라도 그 언젠가는 알려질 수밖에 없는 일이었다.

알려져도 괜찮다고 판단해서 그런지 그녀만의 가치관일 것으로 보였다. 그러면서 점점 하루하루 시간은 흐르고 흘러 8월 말로 치닫고 있었다.

작은아버지 김영후는 예전에 신축 빌라를 구입하기 위하여 이런저런 정보를 알아보려고 청담동의 한 부동산 컨설팅 사무실에 들른 적이 있었는데 그 당시 이런저런 대화가 오고 가던 중 때마침 그 자리에 인근 신축 빌라 현장 소장으로 있던 장기람을 알게 된 것이었다.

영후는 기람과도 가끔 연락을 취하면서 지내고 있었는데 8월 말이 되자 그와 술이라도 한잔하려고 전화를 넣었다.

"기람 씨, 한번 만납시다. 잘 지냈지요? 술이라도 한잔해야지요."

"아, 예. 그럽시다. 알겠습니다. 제가 이따가 다시 전화드리지요."

기람은 오후에 바쁜 일이 있는지 없는지 점검한 뒤 영후에게 전화를 걸었다.

"김 사장님, 이따 오후에 시간됩니다. 몇 시에 만날까요?"

"학동 사거리에서 4시에 만납시다."

이윽고 그 시간이 되어 두 사람은 그곳에서 만나자마자 "반갑습니다."라고 말하며 술을 먹기 시작하였다.

"대낮부터 술을 먹는 것도 꽤 맛이 좋군요."

"아 예, 그렇습니다. 하하하."

지선의 작은아버지 김영후는 너무너무 특이하고 기이한 인연 관계를 이루고 있었다.

조카가 경영했던 청담역 카라 카페에 나타났던 5명의 남자들 중 무려 2명이나 대인 관계를 이루고 있었으니 말이다.

그 덕분인지, 그 씨앗의 불행인지 모르겠지만 오늘 지금 이 시간에 만나 대낮 술을 먹는 상대방에게도 덕분일 수 있고, 불행일 수 있는 시점이 점점 다가오고 있었다.

기람은 아직까진 별 생각이 없었다. 영후가 따라 주는 소주를 마구 마실 뿐이었다.

"아! 형님, 형님이 따라 주시는 술이라 그런지 맛이 너무나 좋군요."

"그래요. 나도 기람 씨와 술을 같이 먹으니 너무 기분이 좋아요."

이들은 이런저런 인생살이에 대해 대화를 계속 이어 가고 있었다. 이야기에 심취된 시간이 잠시 흐르자 어느새 한 시간이 훌쩍 지나가 버려 오후 5시였다.

영후는 어느 정도 술에 취해 힘없이 창문 밖을 바라보자 기람도 창문 밖을 바라봤다.

술에 취한 몸이라 창문 밖 인도에 좌우로 걸어 다니는 사람들이 희뿌옇게 보이고 그 옆 차도에 좌우로 달리는 수많은 차들도 그렇게 보였다.

알코올은 사람이든 사물이든 모두 다 그런 빛깔로 만드는 원인의 물질이었다.

그러던 중 둘은 눈이 번쩍 뜨이는 광경을 목격하게 되었다.

지선이 진강태와 팔짱을 끼고 인도를 지나가고 있었다. 이 장면은 지선의 작은아버지 김영후 입장도 그렇고 또 장기람도 한때 카라 카페에서 그 여자를 차지하기 위한 경쟁 구도를 이뤘던 라이벌이 그녀와 연결되어 다정하게 지나가는 모습이 괴로웠다. 그렇고 무척 당황스럽고 적잖은 충격이 아닐 수 없었다.

영후는 자신이 얼마 전에 조카인 지선을 선규에게 소개하여 교제가 잘되는 걸로 아는데 지금 창밖에 보이는 장면은 도저히 이해가 되질 않았다.

기람도 심정은 마찬가지였다. 기람도 한때 지선을 좋아했었고 그녀가 가게를 관두고 나가 버리는 바람에 그 뒤 새로 온 리라를 좋아하게 됐지만 그래도 지선에 대한 마음의 잔재는 여전했다.

두 사람 중, 더욱더 당황하는 사람은 단연 작은아버지 김영후였다.

왜냐면 자신이 얼마 전 소개한 선규를 생각하니 그랬다. 물론 영후 자신의 직접적인 문제는 아니라 괜찮을 수도 있지만 그래도 왠지 신경 쓰였다.

영후는 속으로 '선규와 잘 안됐나, 그런데 어떻게 저렇게 빨리 다른 남잘 만나 데이트를 할까!' 생각했다.

영후가 그 장면을 보고 충격적인 표정을 짓자 기람은 이상하다고 생각했다. 그가 그녀와 무슨 관련이 있어서 그런가! 하는 것이다.

영후와 지선의 관계를 말이다. 급기야 기람은 그 부분에 대해 질문을 던졌다.

"아니, 형님. 혹시 저들을 잘 압니까? 놀라시는 모습이 조금……."

"아니, 아닙니다. 기람 씨."

김영후 나이 58세, 장기람 나이 48세라 형님이라고 불렀다. 영후가 '아닙니다'라고 말했지만 기람은 그래도 이상하단 생각을 좀처럼 지울 길이 없었다.

하나 더 기이하고 오묘할 수도 있는 것은 영후도 기람이 카라 카페에 나타나 조카인 지선을 따라다녔던 사실은 전혀 몰랐다.

영후, 기람 두 사람 다 묘한 사각지대에 빠져 있었다.

기람은 속으로 '도대체, 왜, 김영후 형님이 창밖에 팔짱을 끼고 데이트하는 지선, 강태를 보고 엄청 놀라는 것일까! 아, 엄청나게 궁금하다. 그렇다면 이 궁금증을 해결하는 유일한 방법이라면 내가 인도로 벌떡 뛰쳐나가 저들 사이에 끼어들어 난리를 쳐 버리면 정답은 나오리라! 그럼 영후 형님이 보이는 반응이 답이다.'라고 생각하기에 이르렀다.

그렇다고 강한 판단을 내려 버린 기람은 마시던 소주잔을 탁자에 아주 세게 '탁' 하며 크게 소리를 내며 내려놓고 밖으로 뛰쳐나갔다.

"빠 챠 샤 사 사사 아 아 아아아……."

그러자 김영후는 깜작 놀라며 당황하며 충격적인 상황으로 변했다.

"아니, 이봐요. 기람 씨, 갑자기 왜 그러는 거요? 왜 그래요? 예에……? 어 어 어 어 어어."

기람은 현관문을 거칠게 열고 뛰어나가 인도 이쪽저쪽을 이리저리 훑어봤다.

그들은 한참을 걸어간 상태였는데 기람이 그 방향으로 이를 악물고 달려가려는 순간 영후도 밖으로 뛰쳐나온 상태였다.

손님 두 명이 계산도 안하고 그냥 뛰쳐나가자 식당 주인은 돈 안 내고 도망치는 사람이라 판단하여 쫓아나갔다.

"아니, 이봐요. 계산은 하고 가야지! 거기 서! 서란 말이야! 아니 이 사람들이 정말……."

주인도 나갔지만 이미 두 사람은 다른 곳으로 황급히 달려간 뒤였다. 주인은 안 되겠다 싶어 얼른 핸드폰을 꺼내어 경찰에 신고해 버렸다.

기람은 지선, 강태 쪽으로 전력 질주로 달려가 말했다.

"여기 봐요. 지선 씨, 너무 반갑습니다. 제가 지선 씨를 얼마나 찾았는지 아세요. 정말 보고 싶었습니다. 사랑합니다."

그를 뒤따라 온 김영후는 엄청 어리둥절해 했다.

"어어! 기람 씨가 우리 지선이 알고 있었단 말이야? 우리 지선이를 좋아했었단 말이야!"

팔짱을 끼고 데이트를 즐기던 지선, 강태는 기람이 나타나 소리 지르자 너무 놀라 그저 멍하니 그를 바라볼 뿐이었다. 강태는 기람을 보고 너무 놀라 어쩔 줄을 몰라 했다. 카라 카페에 나타나 커피 전쟁을 치렀던 적군을 여기서 또 보게 되니까 그랬다.

지선도 그 순간 너무 놀란 건 작은아버지 영후가 그 뒤에 서 있는 것이었다.

지선은 작은아버지를 보자 몸이 굳어지며 어디론가 숨고 싶은 심정이었다. 왜냐면 얼마 전 작은아버지가 최선규 골프 회원을 자신에게 소개시켜 줬고 그 후 결과를 묻자 "지금 현재 교제 중이예요."라고 대답했었기 때문이다.

"얘, 지선아? 너 지금 이게 어떻게 된 거야? 내가 지난번에 소개 해준 최선규 씨와 만난다고 그랬잖아! 근데 이 옆에 있는 남잔 또 뭐야?"

지선은 몹시 떨리는 목소리로 당황하며 말했다.

"아아, 네네, 작은아버지 그, 그, 그게 어어 어떻게 하다가 그만 그렇게 된 거예요."

여기서 지선은 더 괴상하고 무서운 느낌은 어떻게 작은아버지가 청담동 카라 카페에 나타나 추근거린 남잘 2명이나 알고 있단 부분이다.

장기람과 최선규 말이다. 물론 그렇다고 우리 작은아버지가 자신을 함정에 빠뜨리려고 협공하리라 생각하진 않았다.

이들이 이런 얘기가 오고가자 기람은 회심의 미소를 지었다. 아까 식당 안에서 영후가 밖을 보고 놀라는 모습이 어쩐지 이상하다 했는데 이런 관계 구조였단 것을 완전히 파악하는 순간을 맞이했다. 그는 속으로 생각했다.

'김영후 형님과 김지선이 작은아버지와 조카 관계였구나! 그런데 그 카라 카페에 나타났던 적군 중 최선규란 남잘 지선에게 소개했던 거구나! 너무너무 신기하고 오묘하게 얽히고설키는 관계란 것이구나! 김영후 형님과 숙적 최선규가 아는 사이였다는 거네! 참 세상 너무 좁다.'

12 _ 원수는 학동 사거리에서 만난다

돌고 돌고 돌아 이곳에서 다시 부딪치는 진강태와 장기람. 이들은 서로 날카롭게 노려보고 있었다.

지난달 초중순에 걸쳐 지선을 또 다른 한때는 리라를 차지하기 위하여 치열한 접전을 치렀던 적군들은 원수는 청담동 학동 사거리에서 만난다는 말도 있듯이 질기고 끈질긴 커피 전쟁 애정 쟁탈전을 치르는 남자들 간의 눈싸움이다.

그러는 사이 강태는 지금 이 순간이 매우 좋지 않은 상황임을 인식하고 "지선 씨, 얼른 다른 곳으로 피합시다. 빨리 도망쳐요."라고 외쳤다.

지선은 "그래요."라고 말하고 번개같이 도망치기 시작하였다. 둘은 손을 잡고 골목 쪽으로 전력 질주로 달려가 버렸다.

이 광경을 바라보는 기람과 영후는 온 몸에 힘이 다 빠져나가는 기분이었다.

뒤쪽에서 식당 주인과 경찰 두 명이 다가와 말했다.

"이봐요. 왜 식당에서 밥 먹고 술 먹고 돈을 지불하지 않고 그냥 갑니까? 같이 파출소로 좀 갑시다."

"아아아, 아아 저희가 깜빡했습니다. 네네 죄송합니다. 아까 밖을 보니 저희에게 굉장히 중요한 사람들이 지나가기에 그랬던 겁니다. 돈 안내고 그냥 도망칠 생각은 절대 아니지요. 자아, 드리겠습니다. 받으십시오. 너무 급한 상황이라서 그만……."

이들이 자세히 양해를 구하자 식당 주인과 경찰도 그 대목을 충분히 이해하고 돈만 받고 그냥 돌아갔다. 김영후, 장기람은 길 건너 다른 식당으로 또 갔다. 또 술을 먹기 위함이다.

"기람 씨, 저쪽에 가서 한잔 더 합시다."

"그래요. 형님."

길 건너 mm 호프로 갔다.

"기람 씨, 식당 말고 간단히 호프로 가자고……."

이젠 두 사람 간의 여러 가지 상황들이 다 공개된 상황이었다.

"아니, 기람 씨, 기람 씨가 아까 길에서 말하는 걸 보니 우리 지선일 좋아했었나?"

"네, 그렇긴 한데 형님이 어떻게 지선 씨 작은아버지라는 게 너무 이상하고 믿어지지 않습니다. 그거 참나, 세상은 너무 좁은 것 같아요. 흐흐흐흐."

기람은 그 후, 지난달 카라 카페에 나타난 5인 남자들의 그때 그 당시 상황들을 소상하게 설명하자 영후는 고개를 끄덕였다.

"그때 청담동 카라 카페에서 그런 일이 있었습니다."

"음음음, 그게 그랬었군! 참나 정말 알다가도 모를 일이네 흠흠흠."

기람은 여기서 더 엄청난 초강력 무리수를 둘 것인가, 그냥 포기하고 후퇴할 것인가이다.

"아아, 형님, 제가 술은 얼마든지 사 드릴 텐데, 그거 뭐 원래 형님과 난 정말 끈끈하고 이 세상에서 가장 친한 사이 아닙니까? 허허허허."

"그래요. 기람 씨, 우리같이 친한 사이는 드물지! 하하하하."

"형님이 어쩌다가 그 최선규란 사람을 알아 조카에게 소개했는지는 잘 모르겠으나 우리 이쯤에서 결단을 내립시다. 매우 외람된 말씀이지만 조카는 지금 제대로 갈피를 못 잡고 있는 것 같아요. 형님이 소개했단 최선규란 남자와 교제하는 것도 아니고 아까 보셨지만 얼토당토 않은 진강태란 놈과 그렇게 뜨겁게 데이트하고 다니지 않습니까? 뭐! 이렇다 하게 딱 마음을 정하질 못한 것 같습니다. 그러니 이쯤에서 형님이 조카에게 잘 이야기해서 개인적으로 만나자고 한 뒤 저를 그 조카와 만나게 해 주세요. 제가 조카님을 진정으로 사랑하고 있습니다. 솔직히 제가 나이차는 많이 나지만 원래 진정한 사랑이란 나이를 따지는 게 아닙니다."

이 말을 듣자 김영후는 고개를 갸웃거리기 시작했다.

15일 조카를 선규에게 연결해 주었는데 다른 남잘 만나고 다닌다는 부분과 여기서 기람의 자세한 얘길 들어 보니 조카가 진강태란 사람과도 제대로 연결된 사이는 아닌 걸로 추측했다.

그렇다면 이 선에서 조카를 새롭게 장기람에게 소개하여 만남이 이뤄지게 할까! 하는 고민에 휩싸였다. 기람을 한번 확실하게 밀어줘 버릴 것인가이다.

김영후 입장에선 누가 조카와 연결되더라도 행복하게 해 주기만 하면 되는 것이라고 판단하고 있다. 일단 친구를 통해 선규를 소개하였지만 오리무중이라 그랬다.

특이하면서 흥미로운 점은 지선의 작은아버지인 김영후와 장기람이 지금 이 시간, 학동 사거리 길 건너 mm 호프에서 맥주를 마시며 앞으로 장기람의 사랑 전선에 걸림돌로 작용하는 진강태, 최선규를 제거하는 밀약이 오가고 있었다.

그 제거 대상 중 한 명은 결국 지선의 친오빠인 지철이 소개한 것이나 다름없는 것이다.

결국 김영후의 조카 지선의 친오빠인 지철이 개입된 부분이다. 정리하자면 계속 얽히고설켜 버리는 구조라고 보면 되었다.

7월 달 초중순에 카라 카페에 나타나며 지선에게 접근했던 5인 남자들 중 무려 3인이나 그녀의 작은아버지와 연결된 남자가 2명이고, 친오빠와 연결된 남자가 1명이다. 전자는 선규, 기람이고, 후자는 강태이다. 그런 얽히고설킨 고리로 만남이 이뤄진 것이다.

　기람은 아직은 아니지만 그도 앞으로 작은아버지 영후의 도움으로 만나게 되면 포함되었다. 기람이 작은아버지 영후와 손을 잡고 밀어붙이다 보면 친오빠 지철이 소개한 강태는 밀릴 수도 있었다. 좀 더 지켜봐야 알겠지만 자칫 집안싸움으로 번질 공산도 무척 컸다.

　작은아버지 영후는 위와 같은 복잡하게 얽힌 관계 구조를 전혀 몰랐다. 반대로 조카인 지철도 위와 같은 얽힌 관계 구조를 알 길은 묘연했다.

　앞으로 계속 시간이 흐르다 보면 자연스레 알게 됐을 때 작은아버지 영후와 조카인 지철 간의 대립으로도 나타날 수도 있는 현실이었다. 그 무엇보다 사랑의 최종 선택권을 쥐고 있는 김영후의 조카인 김지선의 마음으로 판가름 날 것으로 내다봤다.

　아까 강태와 지선이 팔짱 끼고 데이트한 부분에 대해선 영후로선 절대 선규에겐 알리지 않을 것을 다짐했다.

　그럼 자신이 그에게 소개한 게 무용지물이 되어 버리기 때문이다. 그녀의 작은아버지 영후는 결국은 선규, 기람 중 한 사람을 선택하여 확실하게 밀어줘야 할 상황으로 치닫는 것 같았다.

　장기람이 김영후에게 적극 공세를 펴니 말이다.

　"형님, 그 선규란 놈 몰래 제게 조카를 소개시켜 주세요. 그럼 제가 세 턱 크게 쏘겠습니다. 하하하하. 저는 여기 서울 시내에 모든 부동산 정보를 다 알고 있는 사람입니다. 제가 형님에게 경제적 이득이 올 수 있게끔 적극 협조하겠습니다. 크크크크크."

"기람 씨, 그래요. 일단 기람 씨의 마음은 충분히 알 것 같습니다. 조금만 더 생각 좀 해 보고 내가 연락드리지요."

작은아버지 김영후는 진일보한 의사 표시를 하였다. 영후가 만약 기람의 간청을 받아 주어 조카인 지선을 소개한다면 얼마 전 선규를 소개한 대목은 자연스레 백지화가 되었다.

그녀가 자연스레 선규를 피하는 수순을 밟게 될 것이다. 또 선규가 영후에게 그녀와 연락 두절이란 이유로 거처, 연락처를 알려 달라고 쇄도하여 들어온다 하더라도 그 역시도 영후가 자연스레 피하는 수순을 밟게 될 것이다.

그런 피하는 과정을 밟는다면 결과적으론 지선의 작은아버지가 지원하는 장기람과, 지선의 친오빠가 지원하는 진강태가 김지선을 차지하기 위하여 치열한 공방전이 벌어질 공산이 컸다.

지금 현재 그녀의 마음이 그래도 많이 쏠려 있는 쪽은 진강태였다. 그래서인지 그녀는 선규에게 15일에 강제로 당했지만 그 후 묘한 감정에 휘말려 그의 차 볼보를 타고 드라이브도 하고 레스토랑에 들어가 돈가스도 먹고 호프에 들어가 생맥주도 먹으며 그에게 "애인이 되겠어요."라고 말해 놓고 그 후 그의 전화를 잘 받지 않았다.

대략 10일간이나 그랬다. 이에 선규는 이상하단 생각이 들었지만 그녀가 애인이 되겠다던 그 말을 철썩같이 믿고 있었기에 그리 큰 의심은 하지 않았다.

하지만 그도 계속되는 연락 두절로 인한 의심은 조금씩 조금씩 싹트기 시작했기에 그는 더 이상 안 되겠다고 판단하고 지선을 찾아 나선단 생각을 하게 됐다. 하지만 구체적인 거처를 알진 못했다. 그녀의 작은아버지 영후에게 찾아가 물고 늘어지는 수밖에 없으리라 판단했다.

8월의 마지막 불금 날을 맞이하여 선규는 영후에게 골프 모임을 갖자고 말하려고 핸드폰 버튼을 눌렀으나 영후는 전화를 받지 않았다. 계속 그 번호로 통화를 시도하지만 끝내 받지 않았다.

불과 며칠 사이에 김영후는 조카인 김지선에게 적합한 인물로 최선규보단 장기람이 낫다고 최종 판단을 내려 버린 상태였다. 지선 나이 32세, 선규 나이 44세, 기람 나이 48세, 사실상 두 남자 다 그녀와 맞는 나이는 아니었다.

작은아버지 김영후는 연령을 떠나서 남녀 간의 사랑은 진정성이 있어야 된다고 판단하고 조카 지선과 기람이 나이차가 무려 16년 차가 나는데도 불구하고 소개하려는 야심을 드러냈다.

선규보단 기람이 더 믿음직스럽다고 생각한 모양이었다.

선규는 골프 회원이란 공감대는 있지만 가진 돈만 믿고 어떤 특정 일을 안 하고 매일매일 놀러 다니기만 하니까 그랬다.

기람은 강남구 신축 빌라 현장 소장으로서 우직한 편이고 성실한 느낌을 심어 주어서다. 급기야 선규는 지선의 현재 거처, 연락처를 알아내지 못하고 몸부림을 치다가 결국엔 좌절 포기하고 말았다.

진강태의 독주로 끝날지 봐야 할 것 같았다.

그런 독주를 허물어뜨릴 연합군이 형성되는 게 영후와 기람이라 보면 되었다.

영후는 조카인 지선에게 무슨 계기를 만들어 목표대로 기람을 소개할 것인지 깊은 숙고 끝에 며칠 뒤, 작은아버지 영후는 지선에게 전화를 걸었다.

지선은 받긴 했지만 무척 조심스러웠다. 작은아버지가 혹시 기람과 연결 고리가 있다고 의심하는 마음이 작용하기 때문이었다.

왜냐면 며칠 전 학동 사거리 쪽으로 강태와 팔짱을 끼고 데이트를 하던 도중 느닷없이 기람이 나타났고 그 뒤 곧바로 작은아버지가 나타났었기 때문이다.

"아, 네. 작은아버지 무슨 일로 전화를 하셨어요?"

"그래, 우리 언제 시간 내어 밥이라도 같이 먹자고……?"

"글쎄요. 요즘 제가 좀 바쁜 일이 있어서요."

"음, 그럼 안 바쁠 때 한번 만나자고……?"

"그래요."

조카는 작은아버지의 만남 제의를 형식적인 말로 그러겠다고만 했을 뿐 구체적인 약속은 없이 따돌려 버렸다. 작은아버지가 기람의 뒤에서 지원하는 느낌을 좀처럼 지울 길이 없어서 미연에 차단하는 포석이었다.

지선은 머릿속이 무척 심란했다. 작은아버지가 선규에 이어 기람까지 알게 되어 자신에게 소개가 들어오니 도저히 이해가 되지 않았다.

그것도 한결같이 카라 카페에 나타나 온갖 커피 전쟁을 일으켰던 남자들이니 더욱더 그랬다. 지금 현재 강태 쪽으로 많이 기울어져 있긴 했지만 그 역시도 카라 카페에 나타났던 남자 명단에 있었다.

그녀는 엄청난 혼돈과 불안 속에서 한때 일종의 스토커였던 남자들과 새롭게 만나게 되면서 가족, 친지와 얽히고설키며 도대체 가 뭐가 뭔지 모를 이상한 사랑 이야기를 써 내려가는 중이었다.

이런 혼돈 속에서도 그녀는 정신을 바짝 차리려고 부단히 애를 썼다. 정말 알다가도 모를 깊은 검은색 안개 숲을 걷는 심경이었다. 그러나 일단 분명 그런 문제일 거라고 판단하기에 '앞으론 작은아버지의 전화도 받지 않으리라.' 다짐하기에 이르렀다.

기람의 계속되는 그녀를 차지하기 위한 작은아버지 영후에 대한 줄기찬 구애 작전의 끈질긴 쇠밧줄 같은 사랑 노선은 조금도 흔들림 없이 시곗바늘은 돌고 돌아 9월을 맞이하고 있었다.

9월 첫날 기람, 영후는 만나 사랑 전선에 대한 심도 있는 이야기를 진행하여 나갔다. "아아, 형님, 형님은 지선 씨 작은아버지이시니까 잘 연구하여 어떻게든 저를 꼭 한번 조카와 만나게 해 주십시오. 제발 부탁입니다."

"그렇습니다. 내가 생각해도 기람 씨가 믿음직스럽습니다. 많은 연구를 거듭하고 있죠. 조금만 기다려 보세요. 이것저것 마땅치 않으면 내가 지선이 아버지를 만나서 어떻게 한번 시도해 보겠습니다. 우리 친형이니까 직접 허심탄회하게 털어놓고 대화해 보겠습니다. 하하하하. 그러니 기대하세요."

"아이고, 그렇게까지 신경 써 주셔서 너무너무 고맙고 감사드립니다. 허허허."

이들은 좀 더 구체적인 대응 방안이자 전략을 구상하기에 이르렀다. 이 시간 후로 김영후는 곧장 자신의 친형이자 지선의 아버지인 김영석에게 전화를 걸었다.

"아아, 형님 오늘 이따가 저녁때 시간되면 만납시다. 식사라도 같이 하지요?"

"어어, 그럴까, 오랜만에 그런 것도 괜찮지! 어디서 만날까?"

"신논현역 5번 출구 앞에서 저녁 6시 반에 만나죠?"

"음, 그래!"

김영후가 속전속결로 나가자 기람은 쾌재를 부르며 환호성을 터뜨렸다.

"아! 정말 우리 영후 형님 화끈하십니다. 우하하하하."

"기람 씨, 이따가 저녁때 내가 우리 형님 만날 때 옆에 함께하라고······."

"아, 네. 그럼요. 고맙습니다. 형님."

기람의 부탁을 받고 자신의 친형이자 지선의 아버지를 만나려고 하는 영후는 쓰디쓴 시원한 아메리카노 한 잔을 확 들이켰다. 뭔가 확실한 복안이 있는가 싶었다.

이들은 시곗바늘을 계속 바라봤다. 그 바늘이 번개같이 빠르게 지나가길 바랄 뿐이었다. 그 시곗바늘은 이들의 심경을 어떻게 알았는지 눈 깜짝할 사이에 오후 5시로 기울어져 지선의 아버지와 만나는 시간이 가까이 다가왔다.

이들은 그 방향으로 움직이기 시작하였고 어느새 그곳에 도착하였다.

약속 시간은 약 30분가량 남았고 6시 반, 신논현역 5번 출구였다. 이윽고 그 시간이 되자 영후의 친형 영석이 나타났다.

"형님, 여깁니다. 하하하하."

"아아, 그래 알았어!"

"여기 이분은 내가 아는 분입니다."

장기람과 김영석도 서로 인사를 했다.

"아, 네. 반갑습니다. 하하하하."

"그래요."

3명은 인근의 숯불갈빗집에 들어가 소주, 맥주, 갈비를 먹고 나와 카페로 들어갔다. 뜨거운 아메리카노를 한 잔씩 하면서 본론으로 들어가 결국 영후는 친형 영석에게 "지선에게 알맞은 남자가 바로 옆에 있는 사람이죠."라고 말했다. 이에 영석은 "그렇게 보이는 것 같은데."라고 대답했다.

"아아, 형님 이 사람은 우리 지선이와 나이 차이는 많지만 진실성 하나는 완벽합니다."

여기서 3명은 일사천리로 장기람을 조카인 김지선에게 정식으로 소개한단 것에 완전한 합의가 이뤄졌다.

"그러니까 내일 저녁 6시 반에 오늘 만난 그 장소에서 만나기로 합시다. 그때 내가 우리 딸 지선이를 데리고 오겠습니다."

그야말로 전광석화 같았다.

그녀의 아버지 영석과, 작은아버지 영후가 적극성을 띠는 까닭은 일단은 기람은 봤을 때 나이 차이는 상당히 많아 단점이지만 우직하다고 판단했기 때문이고 하나 더 있다면 그가 강남구에 신축 빌라 현장 소장으로서 여러 가지 경제적인 정보를 많이 확보하고 있어 부동산 경제에 많은 도움이 되는 부분도 조금은 있었다.

또 그가 경제 관련된 전문가들을 많이 알고 있단 것도 한몫했다.

김영석과 김영후는 혹시 지선에게 기람에 대한 정확한 정보를 흘리면 나오지 않을 수도 있단 생각도 했다. 딸의 의사는 제쳐 두고 오로지 경제적 이득만 생각하는 아버지이다.

"형님, 지선이는 솔직히 지금 이성 교제에 있어 딱히 뭐라고 정해진 게 없어요. 조금 우왕좌왕 갈팡질팡합니다. 그러니 우리끼리 얘긴데 여기 기람 씨에 대한 세세한 부분은 말하지 않는 게 좋습니다. 아셨죠?"

"알았어!"

이 대목에서 영후는 영석에게 기람이 한때 지선이 운영했던 청담역 카라 카페에 나타나 돌진하였으나 거부당한 사실까지도 알렸다. 이에 영석은 "그거야 뭐 다 그럴 수도 있지 뭐!"라는 반응을 보였다.

그야말로 철저하게 조카를 기람에게 소개하려는 것이고 이에 그녀의 아버지인 영석도 박자를 척척 맞추는 것이었다.

지선의 아버지인 김영석은 속으로 '그대로 말하지 않고 강남구에 최고 부자를 네게 소개할 테니, 만나러 나가 보자.' 이렇게 말하여 내일 그 시간에 함께 나오려고 생각했다. 그래야 흔들릴 수 있을 거라고 판단했다.

그러면서 3명은 흩어졌다. 아버지는 집으로 들어가 딸에게 전화를 넣었다.

"야, 지선아. 너 내일 강남구에 최고 부자를 네게 소개할 테니 한번 만나러 나가 보자? 하하하하."

"강남구의 최고 부자라고요? 와우! 네에, 알겠어요. 호호호호."

"내일 점심때 여기 집으로 좀 와라! 기다릴게."

오로지 명품을 좋아하는 그녀로선 아버지가 강남구 최고 부자를 소개한단 말에 완전 흔들려 주체를 못했다.

지금 현재 서초구 반포동, 반포역 주변에서 카라 카페를 운영하는 김지선이다. 7월에 청담역 주변에서 카페를 할 때도 이름을 '카라'라고 지었었는데 그 상호명이 너무 좋았는지 이사한 후로도 동일한 상호를 쓰고 있는 그녀였다.

지금 현재 친오빠인 지철의 소개로 교제 중인 진강태를 제쳐 두고 아버지가 강남구 최고 부자를 소개한단 말에 솔깃하여 내일 또 새로운 남잘 만나러 가려고 마음먹었다. 무슨 남녀 이성 교제가 어디 편의점에 들어가 음료수 하나 사 먹는 수준이 되어 버렸다.

그녀는 이날 그 소식을 접한 뒤 밤에 반포동 집에서 잠을 이루지 못하고 무척 들떠 버렸다.

'아! 내가 강남구에 최고 황태자를 만난다니 이건 최고의 행복이다.'

그러다가 그만 꿈을 꾸게 되는데 내용은 내일 아버지를 따라 나가 만난 남자가 정말 어마어마한 강남구 최고 부자였고 외모도 매력남이고 나이 차이도 2살밖에 나지 않았다.

일단 그녀가 무척 부푼 생각을 하다가 이런 부푼 꿈을 꾸게 되는데 내일 그 시간에 만나는 남자가 꿈의 내용과 그대로 일치될지 아닐지 나가 봐야 알았다.

드디어 날이 밝아 아침이 되니 어디선가 전화가 걸려 와 바라보자 진강태였다. 이젠, 강태가 눈에 들어오지 않고 오로지 강남구 최고 부자에게 함몰되어 버린 상태였다.

그래서 전화를 받지 않았다. 온통 머릿속은 저녁때 아버지를 따라가 만날 그 남자만 떠올랐다.

그걸 대비하는 차원에서 재빨리 인근 미용실로 가서 헤어에 만반의 신경을 다 쓴 뒤 아버지가 사는 집 강남구 역삼동으로 번개같이 달려갔다.

아버지와 점심때 만나기로 했으니 말이다. 금세 도착하였다.

"어서 와라! 지선아, 널 기다리고 있었다."

"네에, 아빠, 어떻게 강남 최고 부자를 알게 됐어요?"

"뭐, 그렇게 됐다. 이따가 가 보면 알게 될 거다."

아버지와 딸은 역삼동 집에서 여유로움의 시원한 녹차를 한 잔 마시다가 벽시계를 바라보자 시곗바늘은 조금씩 조금씩 흘러 약속 시간으로 가까이 다가갔다.

둘은 갈 채비를 하고 길을 나섰다. 작은아버지 영후도 제시간에 맞게 가려고 길을 나서며 생각했다.

'조카가 작은아버지 말은 안 들어도 아버지 말은 믿을 것이다.' 이런 생각을 하며 약속 장소로 갔다. 이미 그 전에 기람에겐 약속 장소 시간에 대해 통보한 상태였다.

이윽고, 그 시간이 되어 영석, 영후, 지선이 그 장소에 서 있었다. 불과 1분 뒤 기람이 나타나면서 결국 지선과 기람은 또 부딪치게 되었다.

"아! 이게 어떻게 된 거야! 으으윽."

그녀는 놀라 소릴 지르며 온몸이 완전 굳어져 버렸다.

며칠 전 강태와 학동 사거리 쪽으로 데이트하던 중 작은아버지와 기람이 나타났었는데 오늘은 아버지까지 연결되어 나타났다. 그러니 아무리 딸이라지만 놀란 가슴이 좀처럼 진정되지 않았다.

"아빠, 이게 어떻게 된 일이예요? 어떻게 이 아저씨를 알게 된 건가요? 카페에 나타난 스토커 중 늙은 스토커였는데……."

딸이 놀란 표정과 떨리는 목소리를 내자 아버지 김영석은 딸을 안정시켰다.

"야아, 지선아, 너무 그렇게 놀라지 마라! 내가 어느 정도 들어서 알긴 하지만 이 남잔 꽤 좋은 사람이고 뭐니 뭐니 해도 강남구에 최고부자라는 게 핵심이란다. 나이 차이는 재물로 얼마든지 허물어뜨릴 수가 있다."

"……."

그녀는 며칠 전 학동 사거리에서 작은아버지와 기람이 나타났을 땐 믿질 못하고 그때 함께 데이트하던 강태와 쏜살같이 도망쳤지만 지금은 경우가 다른 듯했다.

그것은 다른 이도 아닌 바로 자신의 아버지가 포함되어 있으니 말이다.

'설마 아버지가 그들과 협공하여 딸을 망가뜨리려고 하지 않을 거다.'라고 생각한다.

그래서 그때와 같은 그런 경계심과 두려움은 현저히 감소되어 가는 것이었다.

"근데 난 지금 사귀는 남자가 있어서 그만……. 아빠 이런 만남은 힘들 것 같아."

"야아, 지선아, 내가 볼 땐 네가 지금 교제하는 상대들은 다 그렇고 그래! 도저히 걷잡을 수가 없어. 그러니 내 말 듣고 일단 어디로 가서 식사라도 해라! 다시 반복하지만 나이 차이는 다 소용없는 거다. 왜냐 재물로 이겨 낼 수가 있다."

"……."

그녀는 잠시 침묵을 지켰지만 마음속은 점점 흔들리고 있었다. 친아버지의 말이기에 그렇다. 아버지가 하는 말의 진정성을 절대 신뢰하기 때문이다.

특히, 강남구 최고 부자란 말에 완전 흔들거리기 시작한 것이었다.

"그래, 지선아, 더 이상 생각만 하지 말고 어서 밥 먹으러 가자! 이 남자가 나이는 조금 차이나도 다시 한번 강조하지만 강남구 최고 부자다. 그럼 더 뭘 설명할 게 있냐? 안 그러냐?"

"네에, 그렇긴 한데……."

그녀는 잠시 망설였지만 결국 뒤따라가게 되었다. 그런데 이 대목에서 핵심 사항이라면 며칠 전, 학동 사거리에서 강태와 둘이서 데이트하는 배경, 즉 그런 만남의 계기가 친오빠에게서 소개받은 남자라는 사실은 이들 다 아무도 몰랐다.

특이한 점이라면 기람은 강태와 7월 초중순에 카라 카페에 나타나 커피 전쟁을 일으키며 심하게 격돌하며 지선을 향한 사랑 쟁탈전을 펼쳤지만 강태를 뒤에서 밀어주는 이가 친오빠라는 것도 당연히 알 길이 묘연했다.

결국 알게 되면 또 다른 어떤 문제들이 발생할지 사뭇 궁금하기도 했다.

이 모든 가족들끼리 얽힌 사연은 그녀만이 알고 있었다. 어느 정도 예상될 수도 있는 경우들을 그녀는 예상했다.

그러나 그것은 개의치 않았다. 왜냐면 강남구 최고 부자이기 때문이었다. 그 최고 부자란 말에 직업이고 나이고 외모고 뭐고 강태가 친오빠와 연결 고리가 있든 말든 오로지 돈만 보고 흔들흔들 흔들려 버렸다.

아버지 영석, 작은아버지 영후, 기람, 지선은 신논현역 주변 고급 레스토랑으로 들어갔는데 조명이 아주 멋지고 화려한 레스토랑이었다.

4명은 화기애애한 분위기하에서 기람과 지선이 교제할 수 있는 분위기를 만드는 데 최대한 노력을 기울였다. 그 결과 두 사람은 정식으로 사귄단 것에 대해 합의하기에 이르렀다.

그런 분위기가 완성되자 그녀의 아버지인 김영석, 작은아버지인 김영후는 슬며시 자리에서 일어나 빠져나갔다. 이제 남은 건 기람, 지선 두 사람 뿐이었다.

너무너무 기이하고 신기한 일이 아닐 수 없었다. 한때 지선을 향한 커피 전쟁 사랑 쟁탈전의 후보로 명함을 내밀었지만 나이 차이도 타 경쟁자들에 비해 많았고 게다가 그 경쟁자들 중, 판사, 의사, 유소년 축구 교실 원장, 골프 광팬들이 포진된 상황에서 그는 신축 빌라 공사장 감독이라 제대로 주장을 펴질 못하고 속절없이 밀렸었다.

그 뒤 그 카페 주인이 바뀌면서 새로 온 여사장 전리라를 향한 4명의 남자들의 치열한 공방전에서도 밀려 이도저도 아닌 정말 보잘 것 없는 존재였는데 너무너무 기이하고 신기한 연결 고리를 틈타 지금 이 순간 신논현역 주변 화려한 레스토랑에서 돈가스를 함께 먹었다.

사랑 이야기도 새옹지마를 닮아 가기도 하고 고진감래를 닮아 갈 수도 있고 아님 그저 알다가도 모를 일이 사랑 이야기일 수 있다.

그녀와 그가 한참 그곳에서 다정한 연인이 될 수 있는 이야기를 나누는 중 그녀에게 어디선가 전화가 오는데 바라보니 강태였다. 받지 않았다.

이젠 강태의 전화를 안 받을 정도이면 지금 이 시간 바로 눈앞에 보이는 기람에게 완전 함몰되어 간단 뜻이기도 했다.

강태는 불안감에 휩싸였다.

왜, 지선이 전화를 받지 않을까, 하는 의심이 싹트기 시작하였다. 그런 의심을 가득 품고 또다시 핸드폰 버튼을 누르자 또 안 받았다.

그녀는 이 시간 충분한 대화를 나눈 뒤 밖으로 나와 이 길 저 길 돌아다니다가 카페로 들어갔다. 아까 처음에 만남 장소에서 부딪혔을 때와는 전혀 다르게 그녀는 야릇한 미소도 보내고 얘깃거리를 계속 이어 갔다.

"앞으로 계속 만나기로 해요. 기람 오빠?"

"그래요, 지선 씨. 7월에 카라 카페에서 내가 그놈들과 경쟁할 땐 그대가 날 거들떠보지도 않아 엄청 서운하고 섭섭했지만 이렇게 돌고 돌아 천금 같은 천운으로 또다시 보게 되어 너무너무 기쁘고 행복합니다. 거기다가 사귀게 됐다는 게 더더욱 영광입니다. 지선 씨, 사랑합니다."

"그래요, 기람 오빠. 나도 오빠를 사랑합니다. 호호호."

그녀가 그에게 사랑한단 고백을 하는 순간에도 또다시 강태는 지선에게 핸드폰 버튼을 누른 후 애타게 목소리를 기다리고 있는 중이었다.

이번엔 그녀는 강태에게서 오는 번호를 아예 기람에게 보여 줬다.

"이거 봐요. 오빠, 진강태란 놈은 조금 멍청한 남자 같아! 이게 뭐냐고······. 내가 전화를 안 받으면 알아채고 그만 포기해야지 말이야! 에잇."

그만큼 자신은 오로지 기람 오빠를 생각하고 있다는 간접적 보여 주기식 발로였다.

이에 기람은 무척 뿌듯해하며 달콤하게도 느꼈다.

"후후, 저런 경쟁자들을 내가 해치웠으니 너무 짜릿한데! 푸하하하하."

13 _ 걷잡을 수 없는 자신의 행동

계속되는 전화 통화 시도에 대해 받지 않자 강태는 노심초사가 됐다. 한 사람은 웃고 다른 한 사람은 우는 게 사랑이 야기이기도 하고 인생 이야기이기도 했다. 무엇이든 자신이 어떤 것을 원한다고 다 되기가 힘든 건 끊임없는 마찰과 장애물이 존재하기 마련이었다.

힘겨움 속에 세월은 흐르고 흘러 종착역에 도달하기도 하며 인생의 종착역에 왔을 땐 끊임없는 마찰을 일으킨 게임은 끝이 났다.

이날 이 시간 이후로 엄청난 이변을 일으키며 강남구 신축 빌라 현장 소장인 장기람이 김지선과 명실상부한 애인으로 출발하는 시점이었다.

하루가 더 지나자 강태는 당황한 나머지 그녀의 친오빠에게 연락을 취해 봤다.

강태와 지선이 만나게 된 연결 고리는 중간에 찬희, 영일이 포함되어 있었지만 결정적인 역할을 수행한 이는 그녀의 친오빠인 지철이었다.

친오빠인 지철은 하루하루가 바빴다. 내곡동에서 카센터를 운영 중인데 늘 바빴다.

그러나 그의 연락이 오니 안 만날 수 없는 상황이었고 일단 궁금하기도 했다.

저녁 시간에 내곡동 카센터 주변에서 만남이 이뤄졌다.

강태는 초조한 눈빛을 보이며 "요즘 지선 씨가 전화를 받지 않는데 어떻게 연락 좀 취해서 만날 수 있게 도와주세요."라고 말했다.

지철은 "잘될 줄 알았는데 왜 그러는지 안타까워요."라고 대답하였다.

"그래요, 강태 씨. 제가 시간 내어 아버지가 계신 집에 들러 다 말씀드리고 어떻게든 동생에게 연락을 취해서 만날 수 있게 도와드리겠습니다."

"아, 예. 너무 고맙습니다."

이들은 굉장히 단합되는 모습을 보였다. 지철은 내친김에 오늘 이 시간 아버지가 계신 집 강남구 역삼동으로 갔다.

주목적은 동생 지선의 남자로 아주 좋은 적합한 인물이 있단 정보를 알리기 위함이었다. 그래서 연결을 해 주었는데 지선이 외면하는 부분과 이에 대처하는 데 있어 아버지의 다각적인 조언 도움이 필요하단 부분을 설명하려는 생각이었다.

그런 복안을 담아 아버지의 집 아파트에 초인종을 눌렀다.

"그래, 어서 와라! 지철아."

"네에. 아버지."

일단 들어왔다.

"그래, 밥은 먹고 왔니?"

"네에, 먹었지요."

어머니가 방 안에서 나와 거실 쪽으로 걸어왔다.

"그래, 너 왔니?"

"아버지, 어머니 일단 여기 소파에 앉아 보세요. 굉장히 중요한 일이 있어서요."

"그래, 뭐니?"

아들 지철은 동생 지선의 앞으로의 남자가 될 적합한 인물로 강태에 대한 얘길 꺼냈다.

"네에, 그런 남자인데 성격도 화끈하고 너무 좋아요."

이 말을 듣자 아버지는 얼굴빛이 창백해지며 몹시 답답해지기 시작하며 일단 침묵을 지켰다. 어머니도 일단 침묵을 지켰다. 어머니는 어젯밤 아버지로부터 그 말을 들었기에 함께 침묵을 지켰다.

부모가 계속 침묵을 지키자 아들 지철은 다소 이상하단 생각에 사로잡혔다.

"아니, 왜 아무 말씀도 안 하세요. 아버지?"

"……."

약 5분가량을 절대 침묵을 지킨 아버지는 결국은 입을 열기 시작하였다.

"야, 지철아. 그게 말이야 우리 지선이 남자 문제는 네가 신경 쓰지 마라! 지선인 결혼할 남자가 있다."

"예에? 뭐라고요? 지선이가 결혼할 남자가 있다고요? 내가 지난달 3일에 소개한 남자와 지금 한참 사귀고 있을 텐데요. 그게 그럴 리가 없을 거예요."

"뭐야! 그거야 뭐, 별것 아닌 것 같다. 갈라서 버리면 끝나는 거지 뭐!"

아들 지철은 매우 당황스런 표정으로 변하더니 결국 조금 무리한 얘길 꺼내기 시작했다.

"아버지, 그게 그렇게 쉽게 갈라서고 할 일이 아닙니다. 이미 지선이와 그 남잔 지난달 중순에 해운대로 뜨거운 밀월여행까지 갔다 온 사이입니다. 뭐니 뭐니 해도 제가 잘 생각하여 소개한 남자고 청담동 유소년 축구 교실 원장이면서 성격도 꽤 호탕하고 화끈하고 너무 좋아요. 제가 소개한 그 남자와 잘될 수 있게 아버지, 어머니도 지선이를 잘 설득해 주세요."

"야, 뭔 밀월여행은 밀월여행이야! 그딴 거 다 소용없어! 그런 것은 별것도 아니야, 더 좋은 사람 만나고 또 그 무엇 보다 강남구 최고 부자를 만나게 될 텐데 뭐가 걱정이냐? 야, 더 이상 이런 문제 가지고 왈가왈부하지 마라! 듣기 싫다."

아버지는 느닷없이 아주 크게 고함을 질러 버렸다.

"야, 그만 해라! 그만 해! 에잇."

고함을 치자 아들은 주춤거렸다.

"아아, 아니, 아버지. 난 내 동생에게 더 좋은 남잘 만나게 하려고 그러는 것인데 왜 소리를 지릅니까?"

아들도 약간 언성이 높아지기 시작하자 아버지는 격분이 포화되었다.

"야, 이게 어디다 대고 소릴 질러. 이 자식 봐라 잔말 말고 그만 꺼져 버려! 에잇. 시발 것."

"……."

아들 지철은 무척 당황스런 표정을 감추지 못하며 천천히 자리에서 일어나며 뒤끝이 작렬한 듯 "아버지, 결혼 배우자로 무조건 돈만 보고 판단하는 건 어리석은 행동입니다."라고 아주 크게 고함을 질렀다. 그러자 그의 부모는 매우 놀란 표정과 불쾌한 심정으로 아들을 쳐다봤다.

"어어, 이 새끼 봐라 저놈이 이젠 버럭버럭 덤비네! 으윽!"

그러다가 아들 지철은 느닷없이 뛰쳐나갔다. 여기서 지철이 자신의 직접적인 일도 아니면서 흥분, 격분한 이유는 여러 가지가 있을 수 있겠지만 우선 자신의 눈으로 봤을 때 강태를 꽤 좋게 봤다. 그리고 강태를 여동생에게 소개하는 과정에는 2명의 서초구 유소년 축구 교실 운영자들이 있었는데 그 사람들과 의리 문제 같은 것도 조금 신경이 쓰이는가 보다. 급기야, 가족 내에서 딸의 이성 문제를 가지고 서로 간의 이해관계가 얽히면서 오늘 최초로 격돌이 일어났다.

따져 보면 지선만이 이 사실을 숨기고 있었으나 숨긴다고 그게 어디

끝까지 감춰질 순 없었다.

결국 알게 될 수밖에 없 다.

지선의 친오빠인 지철은 역삼동 아버지의 집에서 뛰쳐나간 뒤 화가 치밀어 올라 곧장 동생에게 전화를 걸었다.

"야, 지선아, 너 그게 어떻게 된 거야? 지금 아버지 말에 의하면 네가 강남구 최고 부자와 결혼하게 됐다는데 그게 무슨 소리냐? 내가 소개한 남잘 만나야지. 이게 뭐야?"

"아아, 그거 사실이야, 어떻게 하다 보니까 그렇게 됐어! 그냥 그렇게 알아."

그녀는 이렇게 짧게 말하고 전화를 끊어 버리자 친오빠 지철은 더욱 더 당황했다. 자신은 강태를 밀어주어 여동생과 연결되길 바랐지만 남녀 간의 사랑 이야기는 가족의 훈수로 그리 쉽게 되는 게 아니란 걸 뼈저리게 느끼는 순간이었다.

그러면서 조용히 자신의 집 내곡동으로 갔다.

어차피 이렇게 된 마당에 물리적으론 역부족임을 직시하였고 '앞으론 강태 씨에게서 구원 요청 차원의 전화가 오더라도 받지 않는 방법을 선택하리라!'라고 마음먹었다. 까닭은 친동생에게 강압이나 강요로 될 수가 없는 고유의 선택 권한이기에 그렇다.

지철은 여동생 지선을 피곤하게 하고 싶진 않았다. 좋은 남잘 만나는 것도 다 자신의 팔자라고 생각하기 때문이다. 다 본인의 책임이고 그저 잘되길 바랄 뿐이었다.

그가 이런 생각으로 완전 굳혀갈 때 어디선가 전화가 오는데 바라보자 바로 강태 씨였다.

방금 전 생각했던 그대로 전화를 받지 않았다.

이게 최선이라 판단했다.
그러는 중 또다시 강태 씨에게서 문자가 왔다.

'지선 씨 친오빠이신 지철 씨, 제발 저를 꼭 도와주십시오. 제발 동생 지선 씨를 만날 수 있게 적극 협조 부탁드립니다. 소망합니다.' 이런 내용이었다.
이에 대해 지철은 아무런 답장을 하지 않았다. 아니, 할 수가 없었다. 그게 최선이었다. 좋은 남잘 만나는 것도 다 자신의 팔자라는 생각은 변함이 없었다.
다 본인의 책임이고 그저 잘되길 바랄 뿐이니까 말이다.
그저 그런 생각하면서 고요히 자신의 집 내곡동에 도착하였다. 친오빠인 그도 아직 결혼을 안했다. 그래서 외롭지만 정말 남녀 관계란 마음먹은 대로 안 된단 것을 다시금 실감했다. 이렇게 친오빠로선 모든 역할은 끝났다.
지금 이 시간도 지선은 기람과 뜨거운 데이트를 이어 나가는 시간으로 채웠다.
그녀는 자신이 운영하는 카페가 있는 곳 반포동 위치 반포역 주변 카라 카페로 오늘 저녁엔 그를 초대를 하였다.
정식으로 만난 지 3일 만에 카라 카페로 함께 간 것이다.
기람은 카페를 들어가면서 무척 새롭단 생각을 했다. 카페 이름이 카라 카페라서 그랬다. 7월 초중순 청담역 주변 카라 카페에 찾아가면서 다른 남자들 4명과 치열한 커피 전쟁 사랑 쟁탈전을 치렀었는데 지금 현재 이곳으로 이사한 지선 씨가 반포역 주변에 같은 이름으로 카라 카페를 차렸으니 말이다.

"지선 씨, 여기 카페 이름도 청담동에 계실 때 카페 이름과 똑같군요. 정말 새롭습니다. 하하하하. 세상에 그땐 절 문전박대하고 그랬는데 이젠 제가 애인이 되어 여기에 오니 너무 기분이 좋아 날아갈 것 같습니다."

"그래요. 기람 오빠!"

시간도 꽤 늦은 시간이었다. 10시가 카페 문을 잠그는 시간인데 지금은 9시 30분이다. 30분 남았는데 이젠 더 이상 들어오는 손님을 받지 않았다.

기람은 지선에게 야릇한 미소를 보내자 지선도 화답하듯 동일한 미소를 보냈다.

그는 천천히 일어나 그녀에게로 가까이 다가갔다. 지금 이 순간 시곗바늘은 밤 9시 45분을 가리켰다.

"지선 씨, 사랑합니다. 그대의 주인공이 제가 될 줄은 꿈에도 몰랐습니다. 오늘은 우리가 제대로 만나게 된 지 3일째입니다. 그냥 돌아가기엔 너무너무 아쉬운 시간들이겠지요. 오늘 밤만큼은 함께하고 싶습니다. 허락하여 주십시오. 사랑하는 지선 씨?"

"……."

그녀는 잠시 침묵을 지키다가 침묵을 깨고 말했다.

"그렇긴 한데……!"

"그렇긴 한데는 안 됩니다. 그렇다고 말해 주세요. 네에……?"

"아, 네. 그럼 알겠어요!"

그녀가 '알겠어요!'라고 말하자 그는 그녀에게 더 가까이 다가가 자신의 입술을 상대의 입술에 대고 꾹꾹꾹 누르는데도 그녀는 피하지 않았다. 그러는 시간이 잠시 흘러 카페 문을 잠그는 시간인 정각 10시가 되었다.

두 사람은 벽시계를 바라봤다.
"기람 오빠, 저기 저 시간은 문을 잠그는 시간이야! 이젠 그만……."
"그래요. 지선 씨."
그는 그녀에게 밀착시켰던 그 입술을 떼며 행복한 표정으로 지긋이 바라봤다. 이것저것 끝낼 준비를 하고 밖으로 나간 두 사람은 조금 떨어진 호프집으로 들어가 생맥주를 한 잔씩 하고 나와서 인근 모텔을 찾아 들어갔다.
두 사람은 인근 모텔에서 밤 12시부터 다음 날 아침 8시까지 그야말로 빨간색 장미꽃을 검정색 장미꽃으로 아주 검붉게 물들였다.
이들에겐 너무너무 황홀한 시간들이 아닐 수 없었다. 지난달 초에 그녀와 애인이 됐었고 6일부터 10일까지 해운대로 뜨거운 밀월여행이자 여름휴가를 떠났던 진강태는 최근 들어 지선과 연락 두절되어 망연자실 침통한 시간들인 것이었다.
강태는 그때 그 짜릿하고 달콤했던 그 사랑의 기억들을 도저히 잊질 못하고 심각한 우울 증세가 나타나고 있었는데 이 시점에서 강태는 어떤 자세를 취할 것인가이다. 그는 과거 용감하고 씩씩한 축구 선수답게 그녀를 향한 돌진 전진 압박을 시도할 것으로 보였다.
선규처럼 그렇게 허무하게 무너질 것 같진 않았다. 같은 경쟁자였던 선규는 한참 그녀를 좋아하다가 그녀가 별안간 연락 두절 전화를 받지 않자 그냥 맥없이 포기하고 말았다.
선규로선 그 상황에선 최선이었는지도 몰랐다.
하지만, 강태는 그와 성격이라든가 여러 가지 기질이 달랐다. 선규가 그저 그녀의 전화 같은 것으로 의존한 반면 강태는 쥐도 새도 모르게 지선이 현재 운영하는 반포역 주변 카라 카페 위치를 알아 놓은 상태이다. 혹시 모를 경우를 대비하기 위함이었다. 지선이 짧은 기간 강태와 교제하던 상황에서 그 가게를 알려 주진 않았는데 그가 훗날을 철저히 대비한 측면이다.

이젠 날씨도 점점 무더위는 조금씩 비껴가는 시기로 접어들었다. 물론 날씨 영향까진 없다 하더라도 진강태에게 조금이나마 사기 충전은 될 수도 있으리라 생각된다.

그는 오늘 밤이 너무 길게만 느껴졌다.

한 박자 쉬고 내일은 그녀가 운영하는 반포역 주변 카라 카페로 쳐들어가 뭔가를 보여 주리라! 다짐 또 다짐하며 잠을 이뤘다.

날이 밝자 그는 "파이팅!"이라고 아주 크게 소리를 지르며 벌떡 일어났다.

그야말로 이제부턴 예전 청담역 주변 카라 카페에 나타나 커피 전쟁을 치른 남자 경쟁자 5명 중 2명이 또다시 반포역 주변 카라 카페로 모여들며 맞부딪치는 형국이었다.

그는 더 볼 것도 없이 아침을 먹자마자 차를 몰고 그곳으로 달려가 강력한 애원, 애절한 절규를 강행하리라! 다짐했다.

그의 그 심정을 대변하듯 차는 금세 목적지에 도착하여 현관문을 바라보자 아직 문을 열진 않은 상태였다. 차 안에서 에어컨을 틀고 기다리기로 하고 차 안의 디지털 시계를 보자 시간은 오전 9시 반을 조금 지나고 있었다.

차 안에서 음악을 틀었다. 꽤 근사하고 우아한 노래였다. 오늘 이 시간에 카라 카페로 쳐들어가며 그는 사랑의 종지부를 찍겠다고 비장한 결심을 했다.

대략 오전 10시쯤이면 그녀가 문을 열 것으로 예상되었다. 우아한 노래에 심취된 채 우두커니 앉아 있는데 시곗바늘이 50분을 가리키자 그녀가 기람과 함께 다정하게 손을 잡고 가게 쪽으로 걸어오더니 비밀번호를 누른 뒤 문을 여는 것이었다.

이 장면을 본 강태는 정말 믿어지지 않는 심정이었다.

'아아! 어쩌다 저들이 저렇게 연결되었단 말인가! 으 으 으으으. 저런 늙은 놈과!'

강태 입장으론 너무 어이없고 충격이 이만저만이 아니었다.

'지난달, 자신과 지선이 학동 사거리 쪽에서 데이트하던 중, 기람과 잘 모르는 남자, 그 당시 그녀가 작은아버지라고 부른 사람 둘이 나타났을 때, 조금 이상하단 느낌은 들었지만 이렇게 번개같이 저놈과 연결되어 연인으로 발전하여 지금 이 시간에 저 카페에 함께 들어온단 말인가!'

정말 지선의 마음은 너무너무 알다가도 모를 여자였다.

'어쩐지 그래서 최근 며칠 사이에 전화를 안 받았구나!' 하며 짐작했다.

강태는 차 안에서 계속 카라 카페를 주시했는데 그들은 그곳으로 들어가 서로 마주보고는 야릇한 표정으로 웃으며 커피를 마시는 것이었다.

원수는 반포역 주변에서 만난다는 말도 있듯이 그는 더 이상 차 안에 머물 수가 없었다.

'어차피 이렇게 된 마당에 너 죽고 나 살고가 아닌가!' 속으로 결의를 다지며 그는 차 안에서 느닷없이 뛰쳐나왔다.

카라 카페로 아주 거칠게 달려 들어가 아주 크게 고함을 쳤다.

"지선 씨, 이게 뭡니까? 저와 예전에 후끈 달아오르는 여름휴가도 갔다 왔으면서 정말 이래도 되는 겁니까? 뭐 하자는 겁니까? 이게 뭐 하는 짓이냐고?"

마치 성난 표범이 울부짖는 그런 느낌 지울 수 없었다. 그러자 그들은 얼굴이 굳어지며 이마에서 식은땀이 흐르기 시작하였다.

강태는 또다시 아주 크게 고함을 쳤다.

"아니, 지선 씨, 대답해 보세요. 이게 도대체 뭡니까? 당신은 시도 때도 없이 남잘 만나고 다니고 수도 없이 남자들을 교체하고 다니는 그런 여자입니까? 좀 진정하세요. 당신은 내 것이잖아!"

"……."

강태가 일방적으로 퍼붓자 이번엔 기람이 나서기 시작하였다. "아아, 왜, 남의 가게에 들어와서 행패를 부려요? 아무튼 아저씨와 난 참 지긋지긋한 악연 중의 악연이네요. 7월 한 달 내내 우리는 청담역 카라 카페에 들어와 지선 씨를 차지하려고 엄청나게 부딪치며 경쟁했던 사인데 또다시 여기 반포역 카라 카페에서 이렇게 부딪쳐 경쟁하게 되다니……! 어쨌든 당신과 난, 이 세상에 둘도 없는 원수고 난적이요. 그런데 어쩌겠어요. 이미 지선 씨는 나와 결혼 약속까지 해 버린 것을…… 그리고 어젯밤 여기 반포역 주변 모텔로 들어가 나와 지선 씨는 몸을 하나로 만들었죠. 그리고 이미 그 전에 결혼 약속은 되어 있고 말이요."

강태는 이 말을 듣자 무척 어이없단 표정과 몹시 불쾌한 기분으로 변해 버렸다.

왜냐면 자신과 지선이 한참 뜨겁게 사귄 기간도 불과 얼마 전인데 눈 깜작할 사이에 이렇게 돼 버린 현실이 실로 개탄스럽기 짝이 없었다.

"아니, 지선 씨, 지금 이 인간이 한 말이 사실입니까? 대답해 봐요."

"네에, 사실이에요. 그렇게 됐어요. 그러니 강태 오빠, 이제 그만 물러가 주세요."

"아, 아아아아아악!"

그녀의 냉담한 한마디에 강태는 우레와 같은 고함을 질렀다. "안 돼, 안 된단 말이야! 이게 지금 뭐 하자는 거야? 장난이야, 뭐야? 이 쌍것들…!"

급기야, 강태는 우발적 격분이 포화되어 심한 욕설을 퍼붓기 시작하였다. 막가자는 것이었다. 곧장 기람과 한판 붙자는 식이었다. 기람도 가만히 있진 않았다.

"당신이 뭔데 우리 결혼 약속한 사람들에게 나타나 깽판을 치는 거야? 자꾸 이러면 경찰을 부를 거요. 그러기 전에 어서 나가라고……."

"뭐! 깽판, 뭐! 경찰 불러, 그래 불러라 불러 봐! 이 씨팔 것들…… 에잇."

강태는 격분이 포화될 대로 포화되어 더 이상 참지 못하고 그들에게 달려들어 기람을 확확 밀어 버리고 난 뒤 지선의 손목을 아주 세게 움켜쥐고 강제로 끌고 나갔다.

그 후 자신의 차에 밀어 넣어 버렸다.

기람은 재빨리 뛰쳐나와 그 차를 못 가게 막으려 하였으나 간발의 차로 늦었다.

이미 그 차는 액셀을 밟아 버린 후였다. 차 안에서 그녀는 "안 돼, 내려 줘."라고 소리를 쳤으나 아무런 소용없었다.

도리어 그는 화가 더 치밀어 올라 공포의 과속까지 하였다. 그는 차를 신촌 쪽으로 막 몰고 갔다. 신촌의 어느 한 변두리 공터에 차를 세웠다. 그 후, "지선아, 너 도대체 왜 그러는 거야? 나와 지난달 여름휴가 갔을 때 나와 결혼하겠다고 그랬잖아! 근데 지금 이게 뭐야? 넌 왜 이리 우왕좌왕하는 거냐?"라고 쏘아붙이며 잡아먹을 듯이 노려봤다.

그도 웬만하면 그녀에게 결혼하기 전엔 존칭을 써 주려 하였으나 상황이 너무 급박하고 첨예하게 대립되다 보니 말을 막 해 버렸다.

지금 현재 이들이 신촌의 어느 한 변두리 차 안에서 이러고 있을 때 아까 반포역 주변 카라 카페에 남아 있던 기람은 정말로 경찰에 신고해 버렸다.

경찰이 도착하자 그는 "어떤 괴한이 침입하여 여기 카페 여사장을 납치해 갔습니다."라고 말했고 경찰은 CCTV를 관찰 조사하겠단 뜻을 내비쳤다.

현행범으로 긴급 체포하려고 판단하고 있긴 하지만 문제는 또 다른 데 있었다.

어쩌면 납치라고 볼 수도 있긴 하지만 원래 강태, 지선은 한 달 정도를 애인으로 지냈던 사이였다. 강태는 신촌의 어느 한 변두리 공터 차 안에서 그녀를 강제로 빨간색 장미꽃을 검정색 장미꽃으로 아주 검붉게 물들여 버렸다. 문제라면 문제는 지선이 또 무슨 무엇에 홀렸는지 강태에게 묘한 매력을 느끼고 있다는 것이었다. 옛정이 발동하여 그러는 것인지 모를 일이었다.

차 안은 에어컨을 세게 틀어 놓았으나 두 사람은 식은땀을 줄줄줄 흘렸다.

"강태 오빠, 내가 너무 우왕좌왕 오락가락해서 너무너무 미안해! 으으으윽. 작은아버지, 아버지 때문에 그만……. 나도 지금 이 상황이 뭐가 뭔지 모르겠어."

"지선 씨, 너무 그럴 것 없어요. 이제라도 그렇게 오락가락하지 말고 마음을 한곳으로 모아요. 내게로, 나 진강태에게로……."

"그래야겠어요."

그녀는 또다시 이리저리 갈대처럼 흔들흔들거렸다. 장기람 나이 48세, 진강태 나이 35세, 자신의 나이는 32세 사실 뚜렷이 드러나는 나이만 놓고 보면, 장 씨보단, 진 씨가 훨씬 나았다. 그녀 자신과도 불과 3살밖에 차이 나지 않기 때문이었다.

작은아버지, 아버지가 장 씨가 강남구 최고 부자라고 하는 바람에 한 순간 엄청나게 흔들려 버렸던 게 사실이었다.

어젯밤 반포역 주변 모텔에서 장 씨와 하나로 된 장미꽃을 꺾어 버리게 된 건데 오늘 오전에 과거 축구 선수답게 파이팅 넘치는 박력, 패기를 보이며 갑자기 나타나 자신을 차에 싣고 신촌 어디론가 떠나 야심과 패기가 물씬 풍기는 하나가 되는 장미꽃을 꺾어 버린 진 씨에게 또 다른 강력한 매력을 느껴서 또다시 심하게 흔들려 버린 그녀였다.

그녀는 정말 알다가도 모를 여자였다. 정에 약하다기 보단 애정 문제에 있어서 뚜렷한 나침판이 없었다. 물론, 이렇듯 흔들거리는 것은 여자만이 갈대처럼 그러는 것은 아니었다. 정말 알다가도 모를 남자들도 무척 많았다.

갈대처럼 정신없이 흔들거리는 남자들의 비율과 그런 여자들의 비율은 동일했다.

여자 마음은 갈대와 같다는 말이 나온 것은 어쩌면 여성 비하에서 나온 것 같기도 하다. 실은 남자, 여자 다 갈대이다. 인간은 갈대이다. 본능 앞에만 서면 다들 갈대이다. 왜냐면 인간은 욕망 꾸러기이기 때문이다.

어쨌든 위의 내용은 여자인 지선이 갈대처럼 흔들거리고 있단 사랑이야기이다.

기람이 아까 그녀를 태운 차가 달아나기 전 차종과 넘버를 외웠는지 경찰에게 그대로 전하였다. 그래서인지 어떻게 포위망을 좁혀 오던 차에 경찰과 경찰은 네트워크가 되어 결국엔 강태, 지선이 지금 이 시각 함께 타고 있는 차 위치에 도달하였다. 경찰 6명이 에워싼 채 차 문을 두드렸다. 똑 똑똑똑 쿵 쿵쿵쿵.

"나오세요. 잠시 검문이 있겠습니다. 여성 납치 현행범으로 체포합니다."

차 안에 있던 강태, 지선은 깜짝 놀랐다.

"아아, 그놈이 경찰에 신고해 버렸구나! 아, 지선 씨, 지선 씨가 직접 나가서 충분히 설명을 하세요. 그게 가장 좋은 방법인 것 같아요."

"그래, 강태 오빠. 걱정하지 말아요. 내가 나가서 잘 설명하여 경찰들을 돌려보낼게요."

그녀가 문을 열자 경찰들은 재빨리 차 안에 든 남잘 잡으려고 하였으나 그녀가 "아니. 아니에요. 경찰관님, 제가 다 설명드리지요."라고 말하며 나와서 자초지종을 설명하기에 이르렀다. 그러자 경찰은 "남자는 나오시죠."라고 말했다.

더 구체적인 상황 설명을 듣기 위함이었다. 그도 나와 자세히 말하였다.

이에 경찰은 끄덕였다.

"아무튼 이런 신고가 들어와 그런 것이요. 앞으로 서로서로 오해 없기를 바랍니다."

"예, 죄송합니다."

경찰 6명은 경찰차를 타고 돌아서 갔다. 지금 이 시간 반포역 주변 카라 카페에 있는 기람은 강태란 놈이 경찰에 체포되어 끌려가고 지선을 구출하는 아주 좋은 상상의 나래를 펴고 있었다.

또다시 그들이 뜨거운 애인 사이가 된 줄도 모르고…….

기람은 그 카페를 대신 보고 있으면서 노심초사 불안불안했다.

'얼른 현행 납치범이 잡혀야만 할 텐데!' 이런 생각만 하고 있었다.

너무 불안한 나머지 다시 경찰에게 전화로 그 사건에 대한 경위를 질문했다. 이에 경찰은 '체포가 될 수 없음'을 그 상황을 자세히 설명하였다. 그러자, 그는 무엇인가 강하게 한 대 얻어맞은 그런 엄청난 충격이 막 몰려왔다.

지금 시간은 오후 12시, 그는 그녀에게 전화를 넣자 안 받았다.

이대로 기다려 보기로 했지만 돌아오지도 않는 중에 카라 카페에 손님들이 들어오자 그는 "사장이 없습니다."라고 말하며 다 돌려보냈다.

그로부터 몇 분이 지나자 지선의 핸드폰으로 벨소리가 울렸다.

아까 강태가 지선을 끌고 갈 때 그녀가 핸드폰을 가져갈 겨를이 없었다. 기람은 지선에게서 오는 줄 알고 얼른 받았다. 하지만 강태의 목소리였다.

"여보세요. 저, 진강태란 사람입니다. 우린 커피 전쟁을 치르는 사이이죠. 여기 지선 씨가 경찰에게 다 설명했어요. 우리의 사이는 뜨거운 애인 사이라고요. 그래서 경찰들은 돌아갔습니다. 뭐! 구차스런 긴 말은 다 필요 없고 우리 지선이가 잠시 잠깐 심경이 복잡하여 아버지, 작은아버지 때문에 혼란을 겪은 것 같은데 이젠 다시 제자리로 돌아왔죠. 일단 그렇게 알고 당신은 지금 그 가게에 있지 말고 그냥 문을 잠그고 돌아가시오. 그럼 됩니다."

"아니, 뭐야! 지선 씨가 당신과 금세 뜨거운 애인이 되어 버렸다고……. 이건 말도 안 돼! 이봐, 얼른 옆에 지선 씨가 있으면 바꿔 줘, 내가 할 말이 있으니까……."

"아니, 왜 자꾸 그러십니까? 장기람 아저씨, 나이도 많이 드셔가지고 말이야! 나잇값도 좀 해야지. 너무 그러지 말고 얼른 그 가게에서 나가라고요. 난 지금 내 아내 지선이와 한강 유람선 좀 타다가 오후에 들어갈 테니, 그냥 가게 문만 잠그고 가라고……. 우리 지선이가 알바생에게 지금 빨리 카라 카페로 가 보라고 했으니까……! 당신 지금 거기서 계속 우리 지선이를 기다리면 주거 침입이 될 수도 있어."

"……."

기람은 심한 충격을 받아 입이 부르르르 떨리며 아무런 말이 나오질 않고 정신이 혼미해질 뿐이었다. 머리가 띵한 상태가 잠시 지속되는 사이 어느 한 여대생으로 보이는 여자가 들어왔다.

"아아, 어떻게 왔습니까?"

"네에, 이 카라 카페에 알바생입니다."

알바생은 주방 쪽으로 걸어가 준비를 했다. 아까 진강태의 전화 내용이 맞는 순간이었다.

'그렇다면 그의 말도 다 맞는 게 되는 것인가!'

기람은 속이 타들어 갔다.

기람은 너무너무 어이없고 황당하기 짝이 없었다. 순식간의 벌어진 충격적인 사건 속에서 빠져나오지 못한 채 너무 큰 상처가 몰려와 만취해 비틀비틀 거리는 사람처럼 가까스로 한 발 한 발 발길을 돌려 현관문을 나와 다른 곳으로 가 버렸다.

그 뒤 지선은 알바생에게 "그 남자 갔니?"라고 전화로 물어보자 "예에, 갔어요."라고 대답하였다.

그랬지만 강태, 지선은 또다시 그가 카라 카페에 출몰할 수도 있음을 두려워하는 마음이 앞서기에 이에 대한 뭔가 대책을 마련을 해야 할 것으로 판단했다.

이들은 한강 유람선을 타고 여기저기 돌아다니며 여러 가지 구상을 하며 더욱더 뜨겁고 견고해지는 사이가 되어 가고 있었다.

기람은 지금 이 시간도 지선에게 계속 전화를 넣어 보지만 받을 리 없었다.

기람은 아까 강태와 통화 중 그가 그녀와 한강 유람선을 타고 다닌다는 말이 떠올라 지금 이 시간 빨리 서둘러 그곳에 가면 그녀를 볼 수도 있단 희망을 품고 그곳으로 발길을 재촉하여 어느새 그곳에 도착하였다.

한강 선착장을 이리저리 돌아다니기도 하고 앉아 있기도 하였으나 볼 순 없었다. 거기에 갔다고 그리 쉽게 볼 수 없는 현실이 몹시 개탄스러웠다.

너무 무모한 시도를 하는 장기람이었다. 그녀의 작은아버지, 아버지 두 사람의 전폭 지원을 받고 있으면서도 그리 쉽게 사랑의 꽃이 피어나질 못했다.

강력했던 두 사람, 우군의 지원을 받아 사귄 지 불과 4일 만에 외부 침입군에 의하여 자신의 러브 스토리는 종결되어 갔다.

그는 홀로 한강 고수부지 이곳저곳을 여기저기 돌아다니다 여의치 않자 그녀의 작은아버지, 아버지에게 구원 요청을 위해 연락을 취하기에 이르렀다.

그의 구원 요청을 받은 작은아버지, 아버지는 혹시 아들 지철의 강력한 개입이 작용하여 '딸 지선이 또다시 그 청담동 유소년 축구 교실 원장이란 놈, 강태에게로 흔들려 버린 것이 아닐까!' 강한 의심에 휩싸였다.

14_가족 간의 얽히고설키는 중매 역할

작은아버지 김영후, 아버지 김영석은 기람에게 "근본 대책 회의 차원에서 한번 만납시다."라고 말했다.
급기야, 영후, 영석, 기람은 일사천리로 바로 이날 역삼동 한 식당에서 만남을 가졌다. "이게 어떻게 된 것일까? 너무 혼란스럽고 좀처럼 뭐가 뭔지 모르겠어!"
"아니, 아무래도 우리 아들이 소개했다고 하는 무슨 청담동 유소년 축구 교실 원장인가 무엇인가 하는 진 아무개인가 무엇인가 하는 놈과 또 연결되어 틈이 벌어진 것 같은데……. 에잇, 쯧쯧쯧."
이 말에 기람은 깜짝 놀라며 눈을 휘둥그레 떴다.
"예에, 아드님이 소개했단 게 그, 그, 그 축구 교실 원장인 진 아무개라고요?"
기람은 완전 아연실색 기절할 지경이고 속으로 생각했다.
'아니, 세상에 이런 일도 이럴 수도 있단 말인가! 작은아버지, 아버지는 나를 지원하고 아들은 나의 커피 전쟁의 원수이자 숙적인 카라 카페에 나타나 끊임없이 맞부딪치며 다툰 진강태를 지원하고 있단 말인가! 너무너무 어처구니없는 일이 아닐 수 없다. 으으으윽윽.'
"결과적으로 그래서 제가 지금 이런 피해가 오는 것이로군요."
"……."
지선의 아버지 영석은 순간 자신이 아들을 거론하며 말실수한 게 너무 괴로워 가족 간의 불화로 비춰지는 대목이 짜증 나 아무 말도 못하고 침묵만을 유지했다.

원래는 작은아버지, 아버지도 아들과 서로 지원하는 대상이 따로 있단 것을 몰랐었다.

그러다가 그 후에 알게 됐고 그와 별개로 지원을 받는 대상들도 즉, 기람, 강태도 경쟁자라는 것만 알았을 뿐 그 뒤에서 가족들이 나뉘어 반대 진영을 밀어준단 사실은 정말 꿈에도 생각지 못한 일이었는데 이제야 그 진실이 서서히 드러나기 시작한 것이었다.

무척 당혹스럽단 생각밖에 다른 생각은 좀처럼 들어오지 않았다. 기람은 더 강력한 하소연, 토로와 불만을 늘어놓고 싶어도 앞에 있는 두 사람은 다른 이도 아닌 아버지, 작은아버지라서 적군 강태를 지원한 아들에 대해 뭐라고 비난을 가하기도 그렇고 난감하고 까다롭기 그지없었다.

그저, "그렇습니까? 아아, 아드님이시군요. 안타깝군요. 답답합니다." 그냥 이 정도 하소연만이 빙빙 빙 주위를 돌 뿐이었다. 그러니 속만 터지고 터질 뿐이었다. 정말 미칠 지경이었다.

"아, 네, 그렇다면 두 분께서 저를 위해 힘써 주십시오. 제발 간절한 부탁입니다. 꼭 그렇게 해 주세요. 네에?"

"알겠어요. 조금만 기다려 보세요."

지선의 아버지, 작은아버지도 그 무엇보다 장기람이란 강남구 신축 빌라 현장 소장이자 강남구 최고 부자를 사위로 맞이할 수도 있었던 절호의 기회가 무산되는 분위기에 대해 침통한 심정은 가눌 길이 없었다.

그렇지만 최선을 다해 딸에게 설득하여 다시 장 씨에게로 기울게 하리라고 다짐 또 다짐하기에 이르렀다.

이들 3명은 시원하게 생맥주를 한 잔씩 확확 들이켰다. 그런데 이들이 그렇게 최선을 다해 노력한다고 그 문제가 그리 쉽게 풀릴지 사뭇 의문이 들었다. 남녀 간의 사랑 이야기는 그 누가 끼어든다고 해결되는 게 절대 아니기 때문이었다. 결론은 본인들의 감정, 선택인 것이다. 그것을 도외시하면 절대 안 됐다.

너무 심하게 이리저리 이 남자 저 남자에게 눈길을 돌리며 안정, 정착되지 않는 김지선도 뭐라고 표현해야 할지 모르겠다.

하룻밤만 지나도 감정, 마음 변화가 일어나 또 다른 대상을 만나 진한 애정을 이뤄 버리니 말이다. 원초적 본능 아니면 자연의 본능 자연을 파괴하는 행동 그저 인간이란 원래 그런 존재일 수밖에 없는 남자든 여자든 말이다.

그녀는 오늘 오전, 오후 내내 강태와 정말 뜨거운 데이트를 즐기고 밤에도 그러려고 생각하고 있는 걸 보면 너무너무 좋은 나이였다.

한편, 오늘 저녁 역삼동 한 식당에서 만난 3명은 계속 술을 마시며 결국 얻어 낸 해법은 모두 힘을 모아 딸이 운영하는 반포역 주변 카라 카페로 찾아가 종지부를 찍는단 것에 최종적 판단을 했다.

아버지는 딸의 집까지 찾아가고 싶긴 했지만 지선이 집을 이사한 상황이라 위치를 잘 몰랐다.

집은 부모에게 알려 주지 않았기 때문에 가게만 알고 있었다.

내일 토요일에 3명이서 찾아가 결판내리라! 다짐하며 생맥주 한 잔 더 확확 들이켰다. 이들의 목표를 이루기 위한 날이 밝았다.

이들의 심경을 대변이라도 하듯 날씨도 하룻밤 사이에 조금 달라졌다. 카페라서 대략 오전 10시쯤 문을 열 것을 예상하며 그 시간에 맞춰 가 봤다.

반포역 주변 카라 카페에 도착하니 10시정각이 되었고 이들은 눈이 빠지도록 딸을 기다리고 있었는데 지선은 오지 않는다. 알바생으로 보이는 한 젊은 여자가 가게 문을 열고 들어가는 게 보였다.

그렇다면 일단 카페 안으로 들어가 기다려 보는 방법을 택하고 들어가 3명은 똑같이 차가운 아메리카노를 주문하고 일단 무작정 기다려 보는데 그래도 오지 않았다.

더 이상 안 되겠다 싶어 알바생에게 "여기 사장이 내 딸인데 언제 옵니까?"라고 묻자 "오늘은 사장님은 안 나오십니다."라고 대답했다.

기람은 직감했다.

'아아! 어제 그 일로 지선 씨가 아예 피해 버렸구나!'

작은아버지, 아버지도 어느 정도 그렇게 직감했다.

그래서 이번엔 직접 딸에게 전화를 걸었더니 받지 않았다. 문자를 보냈지만 답장은 없었다.

이들은 오전 내내 차가운 아메리카노에 이어, 뜨거운 아메리카노까지 이어서 마시며 딸을 기다려 보았만 오지 않았다. 점심때가 넘어서야 이들은 더 이상 기다리는 것을 포기하고 카페 문을 나섰다.

이달 2일 딸과 함께 기람, 영후, 영석이 만나 두 사람이 결혼을 전제한 교제에 합의했을 때만 하더라도 영후, 영석은 기분이 무척 좋았다. 그러나 불과 며칠 지나 깨져 버리자 망연자실 상태로 접어들었다.

앞으로 계속 딸에게 연락을 취하거나 반포역 주변 카페로 찾아가보리라! 생각했다. 이런 구상 그대로 그 후로도 계속 며칠간 그렇게 해 보았다. 그러나 딸은 전화도 받지 않고 그 가게에 전혀 보이지 않았다.

이렇듯 일주일이나 훌쩍 지나가 버렸다.

기람은 저절로 기가 꺾여 더 이상 그녀를 기다릴 기력도 마음의 여유조차 완전 상실된 채 낙담 상태로 빠져들어 포기하기에 이르렀다.

그러자 그녀의 작은아버지, 아버지도 위와 같이 낙담 상태로 빠져들어 버렸다.

이들이 그토록 딸을 찾기 위해 방황할 때 그녀는 강태와 하루도 빠짐없이 후끈 달아오르는 밀월을 즐겼다. 약 일주일간 그녀는 이들을 따돌리기 위한 전략 차원에서 카라 카페에 나타나지 않았는데 어느 정도 상황을 알바생에게 물어보자, "네에, 사장님 더 이상 오시지 않았는데요."라고 말하자 그녀는 이젠 안심이라 판단하여 9월 15일부터 다시 가게에 나가기 시작하였다.

이젠 김지선은 진강태와 단둘이 남게 되었다. 7월 초중순 엄청난 무더위가 한창일 때 그녀가 청담역 주변 카라 카페를 운영할 때 줄기차게 그곳에 나타났던 남자 5인방은 다 그렇게 흩어졌다. 안지덕 닥터는 전리라와 연결됐고, 조인호 판사는 김지선을 찾지 못해 방황 중이었다.

최선규는 여러 방면으로 연락을 취하였으나 여의치 않자 지난달 말에 자진포기하고 더 이상 미련을 버렸다.

최근에 김지선을 차지하기 위하여 그녀가 가게를 옮긴 반포역 주변 카라 카페에 장기람, 진강태 두 남자가 최종 결투를 하였다. 그녀의 최종 선택은 강남구 최고 부자인 장기람보단 매력적으로 생기고 씩씩한 진강태의 손을 번쩍 들어 주었다.

돈 보단 남성미 넘치는 매력남 쪽으로 기울었다.

김지선, 진강태 두 사람에겐 거칠 것이 아무 것도 없었다. 즉, 조만간에 결혼만 하면 끝났다. 두 사람은 하루하루 지날수록 더욱더 애틋하고 야릇한 사이로 발전해 나갔다. 9월 중순으로 치닫고 있었다. 조금씩 조금씩 선선해지는 날씨와 맞물려 위의 두 사람은 여기저기 에로틱한 밀월여행도 꿈꾸며 계획을 짜기도 했다.

강태는 잠시 잠깐 축구 교실을 문을 닫고 지선과 함께 무주 구천동에 있는 덕유산으로 놀러 갔다.

평일이었지만 덕유산은 워낙 경치 운치가 좋아 등산객이 많았다. 두 사람은 손을 잡고 한참 산 중턱을 오르고 있었다.

산 윗길에서 내려오는 일행들이 있었는데 그 일행 중 한 사람은 지선을 보고 깜작 놀라며 "야, 너 지선이 아니냐?"라고 말했다.

그녀는 너무 놀라 "어, 누구세요?"라고 말하며 쳐다보자 그는 다름 아닌 그녀의 외삼촌이었다.

그녀는 외삼촌이 등산 모자를 깊게 눌러쓰고 있어 처음에 제대로 알아보지 못했으나 자세히 바라보니 외삼촌이 맞았다.

"아아, 안녕하세요. 외삼촌이 어떻게 여기 덕유산에 다 오시고……?"

"야아, 넌 여기 어떻게 온 건데?"

"네에, 여기 제 남자랑 같이 왔죠. 호 호호호."

진강태는 그녀의 외삼촌에게 "안녕하세요. 지선 씨, 외삼촌 되세요? 뵙게 되어 너무 반갑습니다."라고 인사했다.

외삼촌은 "아예, 반갑습니다."라고 답례한 후 "둘 다 좋은 시간 보내."라고 말하고 아래로 내려갔다. 강태, 지선은 산 위로 올라갔다.

이 시간이 그녀의 외삼촌 강정일과 진강태의 잠깐 스치는 첫 대면이었다. 강태, 지선은 산 정상까지 손을 꼬옥 잡고 올라가 아주 크게 "야호!"라고 함성을 질렀다. 상쾌함과 통쾌함과 뿌듯함도 함께 밀려왔다.

외삼촌은 내려오자마자 시원한 석수 한 잔 마시고 서울로 돌아서 갔다. 외삼촌 강정일은 같이 온 6명의 일행들과 승합차를 타고 돌아서 가면서 조카 지선에 대한 이런저런 생각에 잠겼다.

그녀의 어머니의 오빠이다. 그는 최근까지만 해도 조카가 정식으로 교제하는 남자가 있단 말은 듣지 못했었다. 그래도 최근에 저렇게 생겼는가 보다 하고 생각했다.

그런 생각을 하면서 금세 서울에 도착하였다. 한편, 지금 이 시간도 무주 구천동에 남아 있는 두 사람은 해 질 녘, 식당가로 들어가 비빔밥을 먹고 나와 호프로 들어가 생맥주를 한 잔씩 하고 나와 인근 산장으로 들어갔다.

9월 중순이라 여름은 완전 벗어났지만 낮에는 아직 약간 남은 더위가 있고 가을 향기가 물씬 풍기며 특히 시원하고 청량한 물소리가 일품인 곳에 산장을 얻어 덕유산 여행의 낭만을 한껏 부풀어 오르게 하는 데 조금도 부족함이 없었다.

이들의 사이는 한때 뜨거웠다가 멀어졌다가 다시 더 뜨겁게 불이 활활 타오르는 형국이었다.

이들의 사이엔 이젠 앞으로 아무것도 거칠 것이 하나도 없었다.

무주 구천동의 물살만큼이나 더 시원시원한 사이가 분명했고 여행 온 오늘부터 앞으로 2박 3일간이나 산장에서 몸과 몸을 하나로 묶는 완성형 꽃을 활짝 피어오르게 할 것이며 그 꽃은 장미 색깔과 일치되었다.

완성된 사랑 이야기가 된단 이야기다. 그야말로 빨간색 장미꽃을 검정색 장미꽃으로 아주 검붉게 물들이는 데 서로는 모든 노력을 다할 것을 다짐하는 시간이기도 했다.

이들이 이런 황홀한 시간을 야릇하게 출발하는 시점이었다.

한편, 아까 산 중턱에서 매우 우연한 계기로 부딪친 외삼촌은 자신의 집 동작구 사당동으로 들어갔다.

저녁 시간이 되어 밥을 먹고 텔레비전 시청을 하며 휴식을 취했다.

그러다가 문득 아까 조카인 지선이 어떤 남자와 덕유산 산행을 하는 장면이 떠올랐다. 그냥 궁금한 마음이 앞서 여동생에게 그러니까 지선의 어머니에게 전화를 걸었다.

"아하! 오랜만이야! 잘 지냈지?"

"어어! 그래 오빠, 어떻게 조카들은 잘 지내고……?"

일단 아주 지극히 형식적인 얘기가 오고간 뒤 본론으로 들어갔다.

"지선이 얘긴데 내가 오늘 무주 구천동에서 산행하고 내려오는 중에 지선이 만났어! 근데 어떤 남자와 같이 산에 오르더라고. 어떻게 결혼할 남자인가 그냥 친구인가?"

이 말을 듣자 그녀의 모친은 깜작 놀랐다. 어느 정도 짐작은 되기 때문이다.

남편에게서 전해 들은 그 훼방꾼이 아닌가! 하고 추측했다. 그렇기에 모친은 기분이 안 좋았다.

"그래, 오빠 난 잘 모르겠는데……. 뭐! 청춘 남녀가 다 그렇지 뭐! 그래 알겠어."

모친은 알면서도 모른 채 얼른 전화를 끊어 버렸다.

나름 괴롭단 이야기였다.

지선의 부모는 강남구 최고 부자인 장기람을 생각하고 있다가 불의의 일격을 당해서다. 외삼촌 강정일은 전화를 끊고 나서 무엇인가 골똘히 생각에 잠겼다. 그 까닭은 이왕이면 조카에게 더 좋은 배필감을 만들어 주고 싶어서였다. 하지만 오늘 오후 덕유산 중턱에서 부딪친 그 남자 친구는 왠지 뭐라 말할 수 없을 만큼 외삼촌이 봤을 땐 마음에 들지 않았다.

즉, 인상이 조금 더러웠다는 것, 씩씩해 보인다는 것, 힘이 무척 세

보인다는 것 외엔 그다지 이렇다 할 게 없어 보였다.
  그래서 외삼촌의 신분으로 조카의 배필감 문제에 있어서 직간접적으로 관여하고 싶은 심한 충동에 사로잡히고 말았다. 그래서 스마트폰을 꺼내어 여기저기 눌러 봤다.
  자신이 아는 인물 정보를 뒤적였다. 그러다가 하나 눈에 띈 인물이 들어왔는데 그는 바로 서초동에서 대형 합동 변호사로 일하는 사람이었다.
  그의 이름은 정동배 변호사였다. 나이는 61세로 외삼촌 강정일보다 2살 아래다.
  외삼촌이 정동배 변호사가 한눈에 확 들어온 이유는 엘리트 법조인이란 점이고 그를 통하면 그곳의 다른 젊은 변호사들 중 아직 미혼인 남자들을 조카에게 연결할 수 있어서다.
  강정일이 정 변호사를 알게 된 것은 예전에 소유권 이전 등기 문제로 그 사무실에 간 적이 있었기 때문이다. 오늘은 너무 시간이 늦었고 내일 오전에 전화하여 괜찮은 총각 변호사를 알아보리라 생각했다.
  이윽고, 다음 날이 되자 강정일은 정 변호사에게 전화를 넣었다.
  "정동배 변호사님, 오늘 시간되시면 점심 식사라도 함께 하시지요?"
  "아, 네. 그러도록 하겠습니다."
  이들은 정 변호사의 대형 합동 법률 사무소 주변의 화란갈비에서 오후 12시에 만나기로 약속하였다. 예전에도 그곳에서 가끔 만난 적이 있었다.
  어느새 그 시간이 되자 이들은 그곳에서 그 시간에 만나게 됐다.
  "아이고, 너무 반갑습니다. 변호사님, 안녕하시지요?"
  "아 예, 덕분에 잘 지냈습니다. 선생님께서도 안녕하시지요?"
  이들은 아주 상투적인 인사말로 인사를 나누었다. 원래 그런 것이니까 말이다.

그 뒤, 핵심 본론으로 들어갔다.

"아, 네, 변호사님 다름이 아니라 우리 조카 지선이가 있는데 결혼 적령기가 조금 넘었습니다. 좋은 배필감을 만나야 할 텐데 이 세상에 뭐 믿을 수가 있어야죠. 그래서 가장 완벽하고 확실한 직업이자 가장 완벽하고 확실한 인격을 갖춘 변호사이기에 우리 조카에게 소개가 되면 얼마나 좋을까 해서 이렇게 찾아왔습니다."

이 말을 듣자 정동배 변호사는 무엇인가 골똘히 생각에 잠겼다. 대형 합동 법률 사무소에 누구 적합한 사람이 있나 해서였다. 그런데 모두 다 마땅치 않은 것 같았다. 일부는 결혼을 했고 미혼자들은 다들 결혼 약속된 상대들이 있어서다.

그러다가 문득 생각난 미혼인 판사가 한 명 떠올랐다.

"아니, 선생님 혹시 변호사가 아니라 판사라면 어떻겠습니까? 괜찮으시겠어요?"

"아아아, 아이! 그럼요. 판사라면 너무너무 가장 완벽하고 확실한 직업이자 가장 완벽하고 확실한 인격을 갖춘 분들이지요. 우하하하."

외삼촌 강정일은 더욱더 좋다는 표정과 매우 만족스런 기분이었다. 정 변호사는 "제가 그 판사에게 연락을 취한 뒤 맞선 여부를 알려 드리겠습니다."라고 말했다.

이에 외삼촌은 "너무너무 고맙고 감사드립니다."라고 답하였다.

그 후 두 사람은 헤어졌다.

정 변호사는 자신의 사무실로 간 뒤 방금 전 얘기한 그 판사에게 전화를 걸었다.

그런데 여기서 무척 기이하고 신기한 일이라면 그 판사는 다름 아닌 조인호 판사였다.

조인호란 인물은 7월 초중순 지선이 운영하던 청담역 주변 카라 카페에 나타난 남성 5인방 중 하나였다.

그녀가 그 후 피신 차원으로 도망친 뒤 친구인 리라를 대체 투입 시켰을 때 다른 남성 4명은 과거 지선을 언제 좋아했었냐는 식으로 갑자기 돌변하여 완전 전리라에게 함몰되어 진흙탕 싸움을 펼쳤지만 인호는 오로지 무조건 지선만을 기다리며 찾으려 끊임없이 노력하다가 지쳐서 그만 심각한 우울증 증세를 겪었던 정말 우직한 뚝심의 인물이었다.

그러한 엄청난 뚝심도 결국은 대상이 전혀 보이지 않자 하향의 길을 걷게 되었다.

그랬던 인호인데 또다시 너무너무 기이하고 신기한 운명의 장난으로 그녀를 만나게 될 수도 있는 실낱같은 확률이 점점 도래하고 있는 시간이었다.

과연, 얼마만큼이나 그 확률이 맞아떨어질지 좀 더 시간이 지나가 봐야 안다. 일단 오늘 정 변호사는 조인호 판사에게 전화를 걸었다. 정 변호사는 "조 판사님, 내가 아는 좋은 여자가 있는데 한번 만나 볼 겁니까?"라고 물었다.

이에 조 판사는 "글쎄요. 제 마음이 내키지 않는군요."라고 대답했다.

"조 판사님, 조금 더 시간을 갖고 생각해 보세요. 다음에 전화드리지요."

"예, 알겠습니다."

조인호는 전화를 끊고 나서 깊은 상념 속에 빠져들었다. 왜냐면 너무 막연하게 지선을 향하는 일편단심 마음이란 때론 너무 무모하기 때문이었다.

'그녀가 완전히 카라 카페를 내놓고 나가 버리지 않았던가!' 하며 속으로 그 당시 커피 전쟁을 회상해 봤다.

언제 다시 그 가게로 돌아올지 묘연하기만 했다.

'그렇다면 나도 이젠 그녀에 대한 깨알 같은 미련은 한강 물에 다 던지고 새로운 여잘 찾아서 떠나가리라!' 이런 생각이 조심스레 그의 머릿속에 자리 잡았다.

하지만 더 깊은 생각은 필수라 판단했다. 그래서 '오늘 밤은 그 부분에 대해 집중적인 숙고를 거듭하리라!' 다짐했다. 그렇게 밤을 지새우며 내린 결정은 어제 오후에 정동배 변호사에게서 걸려 온 전화 내용 그대로 그런 여잘 한번 만나 보리란 쪽으로 급선회하게 되었다.

끝내, 인호는 다음 날 정 변호사에게 전화를 했다.

"정 변호사님 어제 말씀하신 그 소개에 대해 한번 만나 볼 마음이 생겼습니다."

"아하! 그런가요. 조 판사님, 그럼 내가 아는 사람에게 다시 연락하여 그 여잘 만나는 문제를 타진한 뒤 전화드리지요. 일단 그렇게 아세요."

"네에, 그러도록 하겠습니다."

인호는 차라리 마음이 무척 홀가분하였다. 너무 막연하게 지선 씨를 찾는단 것은 한강에 빠진 반지를 찾는 격이었기 때문이었다. 정 변호사는 곧바로 지선의 외삼촌 강정일에게 연락을 취했다.

"맞선 문제를 구체화하기로 합시다. 언제가 시간이 좋을까요?"

"내일 금요일 저녁 정도가 좋지 않을까요? 불금이잖아요! 하하하."

"네에, 그런 것 같습니다. 조카의 전화번호를 알려 주세요."

"예에, 777-7777-7777입니다."

번호를 건네받은 정 변호사는 곧장 조인호 판사에게 그녀의 이름과 번호를 알려 줬다. 이름과 번호를 건네받은 인호는 순간 이상하단 생각이 들었다. 어디선가 많이 본 듯한 번호라서 그랬다.

게다가 이름이 김지선이라서 더더욱 그랬다. 그렇지만 이상하단 생각을 하지 않으려고 마음먹었다. 왜냐면 이 세상에 동명들은 너무 많아서다. 그래도 예전에 댄스 학원 전 원장이 소개할 당시 계속 진전이 불발되어 충격으로 그 번호를 지워 버린 상태라 잘 기억이 나지 않았다. 그러나 만약에 예전 그녀의 번호를 지금껏 저장하고 있었다면 너무 기뻐 펄쩍펄쩍 뛸 것으로 보였다.

그토록 찾고 싶었던 그녀였기에 그렇다. 수도 없이 돌고 돌아 만나게 된단 기쁨으로 말이다.

그러나 지금 이 순간은 자신이 오매불망 찾던 그녀라고 인식하질 않고 그저 다른 동명의 여성일 거라고 판단했기에 그냥 그저 그랬다.

그런데 여기서 그녀의 외삼촌 강정일은 결정적인 실수를 하고 말았다. 즉, 너무 무리한 행동을 한 것이었다.

본인, 즉, 지선의 동의도 얻지 않은 상태이고 더군다나 부모의 동의도 전혀 없었는데 외삼촌이 조카의 번호를 알고 있단 이유 하나만으로 무작정 일을 저질러 버렸다. 그가 이렇듯 무리한 행동을 취한 까닭은 자신이 조카에게 소개하는 것은 다름 아닌 일류 법조인 판사이기에 무조건 당연히 차후에 통보하더라도 무사통과가 될 거라고 미리 짐작해 버렸기 때문이었다.

그런데 한 가지 더 큰 문제는 조카는 지금 현재 사귀는 남자 진강태란 사람이 있기에 인호는 또 이런 사실을 전혀 모르기에 더 놀랍고 당황스런 일로 변할 수 있단 것이다.

조인호 판사는 그저 당연히 연락망이 된 줄 알고 맞선녀에게 전화를 할 것이기 때문이다.

그때 심각하고 복잡한 문제가 된단 것이다.

어쨌든, 외삼촌 강정일은 너무 희한한 행동을 일삼아 버렸다. 그래 놓고 점심때가 되어서야 이젠 지선의 모친, 그러니까 여동생에게 전화를 넣었다.

"야, 말이야, 내가 엊그제 네게 전화했던 지선이 얘긴 별것 아니다. 사실 내가 지선에게 좋은 남잘 소개하려고 그러는 건데! 그날 덕유산 중턱에서 내가 본 남잔 어째 좀 그래! 인상도 그렇고 말이야! 마음에 안 들어, 그래서 말인데 내가 아는 사람이 변호사인데 그 변호사가 아는 총각 판사가 있어, 그 판사를 지선에게 소개하려하는 거라고……."

"뭐야! 판사를 우리 지선에게 소개한다고? 와아 이건 완전 대박인데……. 그래, 오빠 잘해 봐, 이번 일이 잘되면 우리 남편에게 아주 크게 세 턱 쏘라고 할 테니까! 히히히."

"야, 이미 지선이 번호는 그 판사에게 알려 줬으니까 곧 지선에게 전화가 갈 수도 있어. 중매인과 얘기가 오고 간 것은 내일쯤 두 사람이 만나는 걸로 됐어! 그러니까 네가 할 일은 얼른 지선에게 이 사실을 알리라고……."

"그래, 알겠어."

지선의 모친 강미숙은 친오빠인 강정일로부터 위와 같은 통보를 받고 기분이 무척 좋았다. 얼마 전 딸을 강남구 최고 부자인 장기람에게 연결시키려고 하였으나 실패로 돌아갔을 때 적잖은 실망감 충격이 왔지만 이번엔 이것을 완전 만회할 수도 있는 절호의 기회라 판단되기 때문이다.

모친은 곧장 딸에게 "외삼촌이 소개하는 판사가 있는데 만날래? 넌 대한민국 최고의 직업 판사를 만날 절호의 기회가 왔다." 하며 이 사실을 그대로 알렸다. 그러자 딸은 불과 한 시간 전에 강태와 함께 무주 구천동 2박 3일 뜨거운 여행을 마치고 반포동 집으로 들어온 상태라 다소 얼떨떨하였으나 "난 지금 만나는 남자가 있긴 하지만 판사라면 마음이 움직일 수 있어! 엄마, 지금 현재 만나는 남잔 축구 교실 원장이지만 판사가 훨씬 낫지 않겠어?"라고 대답했다.

"히히히, 우리 딸이 이젠 뭘 확실히 깨달았구나! 그래 바로 그것이야. 너무 잘 생각했다. 만약에 판사한테서 그런 전화가 오거든 잘 받고 잘 만나 봐, 그럼 이만 끊는다. 와우 따봉을 잡아라 우리 딸. 봉을 확실히 잡아라. 봉봉봉."

"알겠어, 엄마. 오호 오호 오호."

모녀간의 긴급 전화가 오고 갔다. 모친은 딸과 전화가 끝나기가 무섭게 부친에게 이 사실을 알렸다.

그러자 부친은 "어 어어, 그래. 그런 복이 저절로 굴러 들어왔다. 참나 살다 살다 보니 이런 횡재를 다 할 때가 있다. 우하하하하."라고 말하며 좋아서 펄쩍펄쩍 뛰었다. 언제 장기람을 지원했나 할 정도로 한순간에 돌변하며 망치 3방 탕탕탕이라 하자 기쁨의 흥분의 도가니에 빠져 헐레벌떡거리며 기회주의의 극치를 달리며 오락가락 정신없었다.

지선은 지금 현재 강태와 엊그제 무주 구천동으로 2박 3일 산행을 마치고 들어온 지 불과 얼마 지나지도 않은 상황, 즉, 뜨거운 교제를 진행 중임에도 불구하고 하루아침에 외삼촌이 소개한다는 판사라는 신분에 한순간에 완전 함몰되어 버렸다.

지조도 없고 소신도 없고 물에 물 탄 듯 술에 술 탄 듯 이리저리 물결 타듯 검은색 법복을 입은 직업군이라 하자 눈이 뒤집혀 출렁출렁 왔다갔다 움직였다. 그녀의 부모도 똑같았다.

그녀는 이제부턴 눈이 빠지게 지금 얘기한 그 맞선 보게 될 판사의 전화를 기다리는 중이었다.

그렇게 됐으니 어쨌든 결과적으론 외삼촌이 실없이 동의도 없이 먼저 조카 지선의 번호를 중매인인 정 변호사에게 알려 줘 버린 게 그리 큰 실책이 아닌 횡재가 되는 걸로 변해 갔다.

이제부턴 내일 맞선을 보게 될 당사자들 간의 문제로 귀착되었다.

오후 2시가 조금 넘으니 그 판사일 거라고 생각되는 곳에서 전화가 걸려 왔다.

지선은 아주 우렁차고 반갑게 전화를 받았다.

"아, 네. 여보세요."

"저어, 정동배 변호사님으로부터 소개받고 전화드리는 조인호 판사라고 합니다. 말씀은 들으셨지요?"

"아, 네, 그렇습니다. 히히히."

"김지선 씨 언제 시간이 되시나요?"

"내일 됩니다."

"그렇다면 내일 강남역 10번 출구에서 제가 저녁 6시 반에 기다리도록 하겠습니다."

두 사람은 간단하게 내일 만날 장소와 시간에 대해 얘길 하고 끊었다.

전화를 끊은 그녀는 문득 조금 이상하단 생각이 들었다. '조인호'란 이름 때문이었다. 물론 이름이란 것은 동명들이 상당히 많기에 그럴 수도 있지만 지난 7월 초중순에 청담역 주변 카라 카페를 운영할 때 이름은 조인호라고 말하면서 직업은 판사라고 신분을 밝히면서 줄기차게 귀찮도록 구애를 시도했던 그 남자가 문득 떠올랐다.

너무 신기하고 기이하게도 그때 그 남자와 이름과 직업이 동일하단 게 너무너무 괴이하고 특이하단 생각만 들 뿐이었다.

'그저 그래도 그런 정처 없이 떠돌아다니는 그런 불한당 같은 놈은 아니겠지!'라고 판단했다.

그래도 외삼촌이 중간에 끼어 소개하는 것이니 충분히 믿을 만하다고 말이다.

그런 생각한 뒤 내일 저녁 그 시간에 대망의 판사를 만나러 가는 길이니만큼 헤어라든가 미용에 만반의 대비를 충분히 갖추기에 이르렀다.

그녀는 들뜬 눈으로 밤을 지새웠다.

드디어 그녀 입장으론 판사와 맞선 보는 대망의 운명적인 날이 찾아왔다. 아침밥을 재빨리 먹고 몸을 이리저리 움직였다. 기뻐서 그런 것이었다.

오전 10시에 반포역 카라 카페로 일하러 갔다.

일이 제대로 될 리가 없었다. 판사와의 맞선의 시간이 점점 다가오기 때문이었다. 그런 기분을 한껏 끌어올리려고 아주 부드럽고 감미로운 발라드 음악을 튼 후 뜨거운 아메리카노 한 잔을 천천히 마셨다.

'얼굴이 어떻게 생겼을까, 모습은 과연 어떨까!' 그녀는 오늘 강남역 10번 출구에서 만나게 될 그 조인호란 판사가 사뭇 궁금'해졌다. '시곗바늘아, 1분, 1초라도 빨리 지나가다오! 얼른 얼른 얼른 말이야!'라고 속으로 외쳤다.

그러다 보니 시곗바늘은 훌쩍 지나 점심때가 됐다. 점심을 먹고 다시 시곗바늘을 주시하는 가련한 김지선이란 여성이다.

오로지 오늘 저녁에 그곳에서 만날 판사만을 생각하며 몰입된 시간이 지속될 쯤 어디선가 그녀에게로 전화가 걸려 왔다. '아! 혹시 또 오늘 저녁 맞선남 판사가 아닌가!' 하고 얼른 핸드폰을 바라봤다.

엊그제 2박 3일로 덕유산 여행을 함께 갔다 온 강태 오빠였다.

"어어, 그래 강태 오빠, 무슨 일로……?"

"야, 너와 나 사이에 전화하는 게 당연하지! 어째 좀 말이 이상하다. 무슨 일로 라니……!"

"호 호호호, 아아! 별거 아니야! 무슨 일이냐고 물어보는 이유는 그만큼 내가 오빠를 사랑하단 이야기지 뭘. 그래 안 그래? 히히히."

"우리 이따가 저녁때 잠실 야구장으로 야구 보러 갈까?"

"아니, 아니야, 오늘은 안 되고 내일 토요일이니 내일 가자고 오빠. 호호호"

"알겠어."

15 _ 완전히 이성을 잃어버린 강태

그는 전화를 끊고 나서 조금 이상하단 생각이 들었다. 뭐! 그럴 수도 있지만 지금 현재 지선의 마음으로 봤을 때 우리 사이는 매우 뜨거운 사이인데 '아니, 아니야, 오늘은 안 되고 내일 토요일이니 내일 가자고 오빠. 호호호.' 바로 이 대목에 대해 강태는 은근히 불만과 짜증과 의구심마저 느끼기 시작하였다. '오늘은 금요일이라 불금이니 불타는 날이고 더군다나 화요일부터 목요일까지 덕유산 광폭 여행을 함께한 지선이가 아닌가! 그 광폭 애정 여행을 오늘까지 쭉 이어 가야 할 텐데 지금 이 시간 브레이크가 걸린단 것은 뭔가 모르게 우리 둘만의 애틋한 사랑 이야기가 굴곡을 맞는 기분'이라고 느꼈다.

과거 축구 선수 출신이라 때론 시원시원하고 화끈하기도 하지만 또 때론 아주 끈적거리고 의심도 많고 구질구질했다.

이런 문제는 강태뿐만이 아니라 대부분의 남자들이 그러고 있는 중이었다. 그것도 늘 사랑이라는 단어를 붙여 가면서 말이다. 다른 대목에서도 늘 강조해 왔으므로 이 장에서는 생략하기로 하겠다.

급기야 축구 선수 출신 강태는 자신의 사랑 지선이 운영하는 반포역 주변 카라 카페에 쳐들어가기로 마음먹었다. 강태가 탄 차는 거침없이 달려갔다.

지금 시간은 오후 3시가 됐다. 3시가 조금 넘어 그곳에 도착하였는데 카라 카페엔 지선이 없었고 어린 여자 알바생이 와 있었다. 지선은 어제에 이어 오늘도 또다시 헤어와 얼굴을 우아하게 보이려고 맞선을 불과 3시간여 앞두고 외모에 만반을 준비를 위하여 미용실로 달려간 상태였다.

강태는 카라 카페에 들어와 지선에게 전화를 걸었지만 당연히 그녀는 받을 리 없었다.

3시간 후 맞선 볼 판사를 생각하며 몰두 중인데 축구 교실 원장인 강태의 전화번호가 번호로 보일 수가 없었다.

강태는 계속되는 통화 불발로 그저 뜨거운 아메리카노나 한 잔 식혀가며 다 먹고 매우 시무룩한 표정과 마음으로 자리에서 일어나 조용히 자신의 일터 청담동 유소년 축구 교실로 갔다.

지선은 미모에 만전을 기한 뒤 오늘 불금 대망의 판사와의 맞선 장소인 강남역 10번 출구로 달려갔다.

어느새 시곗바늘은 꺾이고 꺾여 저녁 6시가 왔다. 이젠 불과 30분밖에 남지 않았다. 카운트다운 20분 남았다. 카운트다운 10분 남았다.

카운트다운 5분이다. 이젠 숨을 죽였다.

6시 25분이 26분으로 변하려는 순간 조인호 판사는 그곳에 도착하여 서 있었다.

김지선도 26분이 27분으로 바뀌는 순간 그곳에 도착하여 서성이기 시작했다.

그녀가 동서남북을 여기저기 훑어보는 순간 조인호가 눈에 들어왔다. 순간 지선은 얼굴빛이 완전 창백하게 변했고 얼굴은 콘크리트처럼 완전 굳었으며 온몸도 그대로 경직되어 벌벌 떨었다. 인호는 지선을 보는 순간 얼떨떨하여 눈이 번쩍 뜨이며 눈을 휘둥그레 떴다.

그의 몸에선 전율이 느껴졌다.

"아! 내가 그토록 찾고 찾던 여자가 아닌가! 아아, 바로 지선 씨가 아닙니까? 으으, 으으으. 지선 씨, 지선 씨 맞죠? 아아아 와와."

"어, 어어……"

그녀는 뭐라고 제대로 말을 하지 못한 채 그저 멍하니 그를 바라볼 뿐이었다.

어떻게 뭐라고 말을 꺼내야 할지 모를 지경이었다. 그러다가 어렵게 떨리는 목소리로 한마디 건넸다.

"정말 오늘 이곳에서 저와 맞선 보게 되는 조인호 판사님이 맞아요?"

"아니, 지선 씨. 제가 지난달 초중순에 청담역 카라 카페에 갔을 때 제가 조인호 판사라고 도대체 몇 번이나 반복 또 반복했는지 혹시 기억하십니까? 으으으, 으흑흑흑. 으으으으, 윽윽. 어억억억."

결국 조인호는 그간의 그녀에 대한 한없는 그리움과 기다림의 시간 속에 젖은 비통 원통 절통했던 나날을 떠올리며 통한의 눈물을 흘리고 말았다.

"으으으악악. 하하하학학. 흑, 흑흑."

그가 눈물을 하염없이 줄줄줄 흘리자 그녀는 무척 미안한 표정을 지으며 괴로워했다. 그러다가 그에게로 다가가 살며시 손을 잡았다.

"조인호 판사님, 전 정말 그땐 그대가 판사인 줄 몰랐습니다. 무슨 불한당 여자만 밝히는 스토커인 줄 알았지요. 사실 누군지 몰랐잖아요. 진즉에 몰라봐서 송구합니다. 판사님. 그대가 대한민국 최고 직업 판사라는 걸 몰라봐서 죄송합니다. 네에?"

"아니, 지선 씨, 너무 그렇게 판사님, 판사님, 그러지 마세요. 저의 그런 신분 때문에 그러신다면 솔직히 괴롭습니다. 저를 그저 인간으로 남자로 봐 주세요. 으으으으, 윽윽."

"네에, 알겠어요. 조인호 씨."

이들은 너무 당황스런 심정으로 그 주변의 레스토랑으로 직행했다. 참 웃긴 건 인호는 예전 청담역 카라 카페로 대시하러 갔을 땐 판사라는 말을 입에 달고 살았다. 그런데 지금은 판사라는 게 구체화되자 '그런 호칭보단 남자로 봐 주세요.'라고 말하며 돌변했다. 상황 변화가 일어났기 때문이었다. 어쩌면 자연스러운 현상인지도 모르겠다.

그녀는 그를 만나는 순간 6시 27분부터 식사하러 가는 골목에서도 계속 그의 손을 꽉 잡고 걸어갔다. 쇼일 수도 있지만 그만큼 그에게 회한의 감정이 일어나기 때문이기도 했다.

7월 초중순까지 그는 그녀가 운영했던 청담역 주변 카라 카페에 찾아가 내 직업이 판사라고 줄기차게 반복하며 밝히며 이름은 조인호라고 수도 없이 반복하였으나 불한당 취급만 받았을 뿐이었다. 그런 푸대접을 당했는데도 그 당시 인호는 그에 아랑곳하지 않고 우직하게 오로지 지선만을 향한 일편단심 해바라기였다.

그 당시 김지선을 향한 경쟁자 5인방 중 인호를 제외한 4명은 그녀가 그 카페를 관두고 친구인 전리라가 대체 투입되자 이게 웬 떡이냐고 리라에게 홀려 버리기도 하였다.

그 뒤 전리라를 향한 커피 전쟁 사랑 쟁탈전으로 치닫기도 하였다. 하지만 인호는 그 대열에 끼어들지 않고 자나 깨나 앉으나 서나 오매불망 눈에 보이지 않는 지선만을 죽도록 기다리고 찾고 애를 태우며 지내 왔다.

그의 그런 지극정성을 그녀가 알리는 만무했다.

앞으로 차차 대화하다 보면 저절로 그의 그런 지극정성이 드러날 것으로 보였다.

한 아늑한 레스토랑 안으로 들어간 두 사람 이들은 돈가스를 시켰다.

"조인호 판사님, 그땐 너무 미안했어요. 누군지 몰랐으니까요! 판사님?"

"아아아, 지선 씨, 이젠 제발 그놈의 판사 판사 판사님이란 말은 쓰지 말아 주세요. 우리가 이렇게 새롭게 만난 것은 어떤 공적인 일이 아니잖아요. 저를 그저 남자로 사내로 남자로 봐 주시길 바랍니다. 그대와 만나야 할 남자로요. 제발 그래 주세요."

"……."

그녀는 아무런 말을 하지 못했다. 사실 인호가 그 당시 카라 카페에 나타나 그 직업을 강조한 까닭은 일단 자신을 그녀에게 알리려고 그랬던 것이었다.

다른 이유는 없었다. 하지만 지금 이 시간은 그녀가 말하는 누군지 모르는 그런 사이가 아니고 그런 굴레를 벗어난 그러니까 이젠 제3자에 의하여 즉 외삼촌에 의하여 중매가 된 부분이라 아는 사이가 된 것이다.

그러니 당연히 인호 입장에선 '그놈의 판사님이란 말은 쓰지 말아 주세요.'라고 할 만도 한 것 같다. 그러나 그녀가 잠시 아무런 말을 하지 못하며 당황스러운 눈빛을 띠자 그는 이젠 자신이 회한의 감정이 싹트는지 "아, 네네, 지선 씨, 제가 너무 말을 막 해서 정말 미안하게 생각합니다."라며 한발 뒤로 후퇴하는 듯한 모드를 취하자 그 틈새를 노려 그녀는 "아, 네, 아니, 아닙니다. 인호 씨." 하며 싱긋 웃었다.

이들이 이러는 사이 돈가스가 나오자 먹기 시작했다. 그러면서 서로는 이런저런 얘길 하던 중 서로의 나이를 알게 되었다. 그러자, 그녀는 느닷없이 "인호 오빠, 자 입 벌려 봐! 내가 먹여 줄게."라고 말하며 완전히 하늘을 찌르는 애교까지 떨었다.

인호는 너무 좋아서 황홀감의 얼굴로 확확 퍼졌다. 김지선이란 여자는 무척 특이한 케이스인 것 같았다. 7월 초중순에 청담역 주변 카라 카페를 운영할 당시에 그곳에 줄기차게 나타나며 자신에게 구애 요청을 시도하였던 남자 5인방들을 불한당으로 취급, 간주하여 공포에 떨며 도망치듯 그 가게를 관두고 나가 버렸는데 그 뒤 너무너무 기이하고 신기한 연결 고리로 말미암아 그중, 선규, 강태, 기람, 3명과 한시적이긴 하지만 애인으로 사귀기도 하였다.

그러다가 그들은 심한 접전, 충돌이 벌어지기도 하였다.

극심한 3파전의 최종 승자는 강태로 돌아가는 듯하였으나 또다시 덕유산 산행의 묘한 전환점을 맞이하면서 그녀의 외삼촌이 적극 개입함으로써 지금 이 순간, 9월 19일 금요일 저녁 7시에 강남역 10번 출구 주변 한 아늑한 레스토랑 안에서 7월 자신에게 쇄도하였던 5인방 중 인호와 맞선을 보고 있으니 말이다.

결과적으론 총 5인방 중 4명과 짧은 기간마다 교제하게 되는 숙명을 맞이했다.

처음에 그 카라 카페에 지겹도록 나타났을 땐 결사적으로 피하다가 한 명, 한 명씩 만나게 되는 전환점이 모두 다 그녀의 가족들로부터 기인하게 된단 게 신기하면서 기이하고 이상하기도 한데 그녀는 그것을 또 너무나 자연스레 받아들인다는 것도 자연의 이치인지 자연을 거스르는 것인지 모르겠다.

작은아버지를 통해 선규, 기람을 만나게 됐고, 친오빠를 통해 강태를 만났고 이번에도 또 외삼촌을 통하여 인호를 만나게 됐으니 말이다.

어차피 짧은 기간마다 교제하게 된 숙명이고 동일한 인물들이었어도 자신이 운영하던 카페에 나타났을 땐 불한당이란 판단으로 피하고 도망쳐 버렸었다.

하지만 그 동일한 인물들이 돌고 돌아 회전하여 묘한 인연으로 위와 같이 작은아버지, 친오빠, 외삼촌과 지인 관계가 형성되니 그것은 절대 믿음으로 작용하여 그들을 만나게 되고 교제하게도 되었다. 다 좋은 방향으로 연결되어 사랑의 아름다운 꽃을 피운 것은 아니지만…….

백지 반 장 차이도 나지 않는 수준 밖에 아닌 것 같았다.

사람과 사람이 서로 안다는 것은 정말 백지 한 장도 아닌 반 장의 반의 차이도 아닌 것 같다.

같은 사람인데도 이 경우엔 되고 저 경우엔 안 되니 말이다. 조금만 가슴을 열고 생각의 폭을 넓히면 다 같이 통할 수도 있는데도 말이다.

간판에 속고 그저 간판만을 믿고 따르는 것과 상통되었다.

어쩌면 인간의 취약점이자 한계인지도 모르겠다. 어떤 판단이 그 당시엔 절대적이었으나 시간지나 생각해 보면 그게 아니었구나! 하는 판단이 들기 때문이다.

끊임없는 약점과 허점 속에 하나하나 보완해 나가야 하는 영원한 숙제를 인간들에게 주어졌다고도 볼 수 있었다.

그저 막연한 선입견이나 고정 관념이 완전 하늘을 찔러 버렸다. 당시 현명함이 훗날 어리석은 행동이었던 걸로 변하는 건 비일비재했다.

지금 이 시간, 지금 이 순간이 중요한 것이다. 끊임없이 역회전을 거듭하여 만나게 된 김지선과 조인호 판사는 지금 이 시간, 한 아늑한 레스토랑에서 돈가스를 다 먹고 이젠 후식을 먹어 가며 웃음꽃이 만발하며 피어났다.

아까 이 레스토랑에 들어왔을 땐, '인호 씨'란 표현을 썼던 지선은 돈가스 먹은 후 먹은 후식을 끝으로 느닷없이 '인호 오빠'라는 표현으로 변했다.

더 볼 것도 없이 악착같이 착착 달라붙겠단 포석이라 볼 수 있었다.

이에 조인호 판사는 너무 기쁘고 좋아서 "오빠란 말을 들으니 하늘을 나는 듯 짜릿합니다."라고 말하며 "우하하하하. 쨍하고 해 뜰 날 돌아 왔단다." 하며 막 웃었다.

더욱더 애틋해진 분위기를 서로가 실감하는 순간을 맞이했다. 그토록 두려움에 도망 다녔으면서도 외삼촌의 연결 고리가 파괴력이 엄청 크긴 큰 것 같았다.

금세 한 시간이 훌쩍 지나 저녁 8시가 되었다. 그만큼 화기애애한 사랑스런 분위기였단 것을 나타냈다.

이들은 밖으로 나갔다. 그녀는 강남의 거리와 골목이 황홀함이 극에 달해 몽롱하게 보였다. 판사를 만났기 때문이다. 그 몽롱함에 취해 자신도 모르게 또다시 그의 손을 꽉 잡았다.

그러면서 이들은 큰 대로로 나가 걸었다. "인호 오빠, 내일 주말에 우리 에로틱한 영화를 보러 갈까?"

"그래요. 나의 사랑스런 지선 씨."

이들은 한껏 애틋함이 고무되어 갔다.

신논현역 쪽으로 한참을 걸어갔을 즈음 어디선가 낯익은 한 사람이 그 역 출구에서 빠져나오고 있었다.

바로 강남구 삼성동 주변 획획 댄스 학원 전 원장이었다. 특히, 지선은 한때 그 학원을 다녔던 적이 있었기에 알고 있고 그 무엇보다 내연 관계를 유지한 적도 있었기에 당황스러웠다.

그뿐만이 아니라 지난달 초중순 전 원장은 카라 카페에 나타났던 5인방을 차례차례 지선에게 소개한 일도 있어서 더더욱 그녀는 당혹스러웠다. 그 당시 그녀는 그 5인방을 다 불한당으로 간주하여 전 원장마저도 의심하고 경계하게 됐었다.

하지만 그 후 돌고 도는 희한한 구조로 말미암아 그 5인방들이 자신의 작은아버지, 친오빠, 외삼촌을 통해서 소개되어 만나게 되니 이젠 그런 불한당이란 의심, 경계는 사라졌다.

그렇지만 그때 그 당시, 전 원장이 자신을 눈이 빠지게 찾고 찾았고 수도 없이 전화, 문자를 보냈는데도 전혀 답장을 하지 않았었다.

이런 부분에 있어 그녀는 다소 껄끄럽기 그지없다. 이렇게 부딪치게 되면 기분이 좋진 않았다. 지금 이 순간, 전 원장과 지선이 눈이 마주칠 뻔한 순간에 그녀는 재빨리 얼굴을 다른 곳으로 돌려 버렸다.

전 원장을 인호도 알고 있단 게 또 다른 문제가 되었다. 인호는 위와 같은 그들의 내연 관계까진 알진 못했다. 그냥 전 원장이 그 당시 좋은 뜻으로 자신을 지선에게 소개했었단 것으로 알고 있을 뿐이었다. 그때 인호는 지선의 거처를 알고자 했으나 찾지 못해 괴로운 나머지 7월 중순쯤, 전 원장에게 계속 전화, 문자를 넣었다. 이에 전 원장도 짜증이 포화되어 받지 않았었다.

그런 상황이었다.

데이트하는 두 사람에겐 행운이었을까! 신논현역 계단에 다 올라온 전 원장은 두 사람 중 한 명도 못 보고 지나치쳤다. 인호도 그를 못 봤다. 이것을 느낀 그녀는 안도의 한숨을 푹 쉬었다. 찰나의 희비가 교차하는 순간이었다.

두 사람은 여기저기 돌아다녔다. 9월도 중순이 조금 지나 길거리 데이트하기에 나름대로 괜찮은 날씨였다. 그녀에게 어디선가 전화가 오는데 잠시 확인하자 진강태의 번호라 당연히 안 받았다.

어제까지 무주 구천동 2박 3일 여행을 함께한 남자의 전화를 안 받을 정도로 지금 이 시간 바로 옆을 걷는 이는 강력한 조인호 판사라 그런 것이다.

이번엔 강태로부터 문자가 오는데 당연히 그 문자에도 답장을 보낼 가능성 전무했다.

강태는 속이 터졌다.

아까 오후부터 지금 늦은 저녁 시간까지 지선과 연락 두절이 되어버려서 강태는 발만 동동동 구르며 안절부절 못했다.

인생의 냉혹함, 사랑의 냉혹함 그 자체였다.

강태는 지금 이 시간 9시가 다 되는 시간인데 반포역 주변 카라 카페로 쳐들어가 볼까 생각하다가 '그냥 내일쯤이면 지선이 전화를 받겠지!'라고 생각하며 꾹 참고 가지 않았다.

이젠 점점 새롭게 그녀와 애인이 된 조인호 판사와 진강태 유소년 축구 교실 원장 간의 그야말로 피 튀기는 불꽃 커피 전쟁이 벌어질 것으로 예상됐다.

밤 10시가 되자 조인호는 김지선을 데리고 강남의 한 호프로 들어가 시원하게 한잔했다.

그 뒤 맞선 본 당일인데도 불구하고 인호는 그녀의 허리를 꽉 잡고 인근 모텔로 데리고 들어가 아주 거친 번개를 닮은 빨간색 장미꽃을 검정색 장미꽃으로 아주 검붉게 물들였다. 맞선 당일이긴 하지만 실제는 청담역 카라 카페에서 수도 없는 커피 전쟁에 참전했던 그였기에 그리 낯설다고도 볼 수 없었다.

그녀는 조금도 거부하지 않았고 무척 반기며 환호성을 터뜨렸는데 마친 뒤 밖에 나와 한잔 더 하고 다시 들어가 서로는 아주 세게 꽉꽉 끌어안고 깊은 꿈나라로 들어갔다. 두 사람은 이것으로도 만족하지 못하고 다음 날 한강 고수부지로 가서 한강 유람선에 몸을 실었다.

유람선은 이리저리 떠다니는데 인호는 속으로 생각했다.

'아아! 내가 이런 환희와 행복을 누리게 될 줄이야! 인생은 9회말 투 아웃 투 스트라이크 쓰리볼부터다.'

그렇다. 그는 지난달 초중순 그녀에게 모진 시련과 상처를 받았다. 다른 경쟁자 4명은 상처를 받은 뒤 전리라라는 여자 대체 요원이 투입되자 리라에게 완전 쏠려 버렸지만 인호만은 꿋꿋이 김지선을 그리워하며 기다리는 우직함을 보인 사나이였다.

그런 과거들이 그의 머릿속에 주마등처럼 한강의 물길따라 스쳐 지나갔다.

'그런 우직함과 꿋꿋함을 앞으로 서서히 데이트하는 중에 말하여 드러내리라!' 구상했다.

강태만 완전 속 터지고 가슴이 멍들어 죽어 갔다. 이날도 강태는 지선에게 끊임없이 전화를 걸고 있으나 그녀는 지금 현재 인호와 유람선 위에서 황홀경을 맛보는데 그런 번호가 뜨더라도 그게 번호로 보일 리가 만무했다.

지금 이 순간 판사의 얼굴과 모습이 반 미터 앞에 서 있는데 그녀가 꿈쩍도 하지 않을 일이다.

이제야 강태는 점점 뭔가가 잡히기 시작하였다. 지선이 또다시 또 다른 누군가를 만나고 있을 거란 공포, 의심, 두려움이 물밀 듯이 밀려오고 있었다.

그렇지 않고는 이럴 리가 없다고 판단하기에 이르렀다.

강태는 결심했다.

'오늘은 지선이 운영하는 반포역 주변 카라 카페에 가서 밤에 문 잠그는 10시까지 진을 치리라!' 다지했다. 지선이 나타나기만 한다면 완전히 뿌리를 뽑겠다. 여기서 뿌리를 뽑는단 뜻은 그녀에게 강력한 다짐, 서약을 받아 내겠단 것을 뜻한다. 좀 더 구체적으로 그녀에게 '난, 오로지 강태 오빠만을 섬기며 따르고 사랑하겠습니다.'라는 서약서를 강제로 받아 내겠단 것과 그곳을 완전 정리하고 강태의 집에다가 가둬 놓는다는 지독한 무리수를 구상했다.

무척 집요하고 집착이 강한 진강태였다.

강태는 예전에 축구 선수 시절에도 자신이 상대방에게 공을 한번 뺏기면 죽기 살기로 뒤를 쫓아가 어떻게든 뺏든가, 아니면 반칙 태클, 거친 백 태클을 걸어서라도 빼앗고야 말았던 파이팅 넘치는 선수로서 정평이 나 있었다. 퇴장도 가장 많이 당한 선수로 유명하기도 했다. 축구계에선 위험천만한 선수이니 영구제명시켜야 한단 말도 나올 정도였다.

그런 성질, 기질은 운동 차원을 넘어 남녀 간의 커피 전쟁 사랑 쟁탈전에서도 그대로 드러나고 있었다.

금세 해 질 녘이 됐어도 인호는 못내 아쉬워하며 계속 지선과 붙어 있고 싶어 했다.

그러나 시간은 그의 사랑의 순간의 꽃들을 모두 다 허락할 순 없는 것이어서 끝내 두 사람은 헤어져야 할 시간이 다가왔다.

"인호 오빠, 나 가게에 잠시 들렀다 가야 할 것 같은데……. 어제 오후부터 알바에게 맡겼으니 말이야!"

"그래, 그럼 내가 그곳까지 바래다주고 내 집으로 갈게."

"그래, 오빠."

이들은 몸을 섞더니 무척 친밀해져 말도 이젠 스스럼없이 놓았다.

그녀는 문득 생각했다.

'혹시 이틀간 내가 전화, 문자를 안 받았으니 강태 오빠가 카라 카페에 와 있지 않을까?' 하는 약간의 두려움이 느껴졌다. 그러나 설마 그럴 리는 없을 거라고 판단했다.

'아니, 만약에 그렇다 하더라도 이젠 나도 과감하게 그에게 단절을 선언하리라!' 하고 결심했다.

인호의 승용차를 함께 타고 그녀는 카라 카페로 달려갔다. 지금 이시간은 점점 밤으로 치닫는 저녁 8시였다.

두 사람이 카라 카페에 가는 건 좋은 일이지만 지금 그곳에 가면 마의 고개가 하나 버티고 있었다. 그 고개는 바로 터프하고 다혈질인 진강태였다.

강태 입장으론 인호가 마의 고개가 되고, 인호 입장으론 강태가 마의 고개가 될 것이다. 이렇게 어렵고 어려운 게 인생이고 사랑이다. 결국 어느 남자의 차지가 될 것인지 모를 일이다.

지금으로선 이 세상 사람 아무도 몰랐다. 그러나 점점 알게 되는 시간으로 기울어 드디어 그 시간으로 몰렸다. 그녀를 옆에 태운 승용차는 카라 카페에 도착하자 8시 20분이 조금 넘어가고 있었다.

차를 세우고 문을 여는 모습을 강태는 카페 안에서 날카롭게 주시하고 있었다.

대형 회오리가 불어닥칠 것으로 예상되었다. 두 사람이 카페 문을 열려고 천천히 걸어 들어오는 순간 가게 안에서 마치 성난 표범같이 아주 크게 고함을 지르며 뛰쳐나왔다.

"빠챠아아아아! 샤사사아아아아…!"

정말 하늘을 세 쪽 낼 것만 같은 진강태의 고함 소리였다.

현관문 바로 앞에서 결국 진강태와 조인호, 김지선은 마주하게 되는데 아까 그녀가 이곳으로 오는 중 승용차 안에서 의연히 대처하리라

마음먹었던 그대로 조금도 흔들림 없이 그를 거세게 노려봤다.

"왜, 여기에 왔습니까? 돌아가세요. 어서요. 빨리 꺼져 버리란 말이야!"

"야, 지선아 너 정말 왜 그러는 거야? 우린 엊그제 무주 구천동으로 2박 3일 뜨거운 여행까지 갔다 왔잖아! 근데 지금은 이게 뭐냐고……?"

그녀는 다소 당황하는 표정을 지었다. 인호도 당황하는 표정은 일치되긴 했지만 인호도 어느 정도는 그 상황을 인식하기에 그리 놀라진 않았다.

그러나 상대방의 급습은 용납할 수 없단 결연함을 보이는 굳은 표정은 거셌다.

그런 차원과 이젠 인호 자신이 그녀를 완전 차지한 것을 강하게 표방하는 차원이 교차하며 강태에게 일침을 가했다.

"예, 그쪽이 엊그제 우리 지선 씨와 밀월여행을 떠났습니까? 그래요. 그럴 수도 있었겠죠. 그러나 이젠 그런 일은 없을 겁니다. 아무튼 그쪽과 난 정말 지긋지긋한 커피 전쟁 사랑 게임의 경쟁자임엔 틀림없습니다. 7월부터 줄곧 이렇게 이쪽 카페, 저쪽 카페에서 끈질긴 악연을 이어 가는 것을 보면 말입니다. 하하하하. 그러나 어제부로 김지선 씨는 완전 100% 나의 차지가 되어 버린 것입니다. 키키키킥. 내가 이쯤 설명했으면 다 설명됐으니 이젠 앞은 보지 말고 뒤만 보고 돌아가시오. 하나 더 덧붙이면 난, 조인호 판사입니다. 판사가 어떤 사람이란 것은 잘 아시죠? 어서 눈을 돌리고 뒤만 보고 돌아가시오. 난 신성한 직업의 판사란 말이오!"

"……"

진강태는 진짜로 말을 잃어버렸다.

"신성한 직업 좋아하네! 이렇게 신성한 카페에 와서 지저분한 판사가 신성하다고…….”

'불과 며칠 전, 2박 3일로 덕유산 여행을 갔을 때만 하더라도 산장 안에서 철옹성 굳은 애정 표현을 이어 갔건만 지금 이 순간엔 이게 뭐란 말인가!'

하루아침 사이에 정말 눈 깜짝할 사이에 이렇게 돌변해 버린 지선을 바라보니 눈앞이 캄캄해져 버린 강태였다.

그러면서도 슬슬 격분이 포화되어 버리기도 하였다. 그는 늘 강조했지만 뭐든지 승부 근성이 유난히 강한 타입이었다. 과거 축구 선수 시절에도 경기 중 한번 공을 놓치면 어떻게든 뒤쫓아 가 무자비한 반칙성 백 태클을 감행해서라도 도로 뺏는 기질이 강하였다.

그랬던 그였기에 지금 현재 이런 상황에서 그저 호락호락 넘어갈 것 같지 않았다.

지금부터 그 옛날 축구 선수 시절의 승부 근성이 지금 이 순간 커피 전쟁 사랑 게임, 즉 사랑 이야기에 대입되는 무자비한 전율 시점으로 들어갔다. 눈을 부릅떴다.

“야, 이봐, 그래 판사니까 뭐 어쩌라는 거야? 여기 반포역 카라 카페가 법정이냐?

헌법, 민법, 형법 조금 안다고 아예 이 세상 모든 일이 다 그런 걸로 다 되는 줄 아냐? 이 얼빠진 새끼야, 이렇게 신성한 카페에 들어와서 말이야! 난 때론 우발적이기도 하고 때론 엄청 더럽기도 하지! 나한테 백 태클 당하고 얻어터지고 후회하기 전에 얼른 얼른 꺼져라! 이 판사 아저씨야? 이 조 판사야?”

진강태는 조인호에게 반말과 중간 욕설을 퍼부었다.

이에 인호는 순간 심한 충격을 받았다.

"어어, 당신, 지금 그런 막말과 욕설은 모욕죄가 된단 걸 아시오. 내가 그걸로 고소하면 즉각 연행되는 거야!"라고 맞받았으나 신고까진 일단 보류한 채 인내하려고 이를 악물었다. 그래도 자신은 이 세상에 최고의 엘리트 법조인이라고 생각해서다.

그러니 자존심에 엄청난 상처가 생기는 것이기도 하지만 그는 참아야만 한다는 쪽으로 급선회하기 시작했다. 사실 이 순간 그가 참지 않고 맞부딪쳤다 하더라도 현행법으론 몰라도 완력으론 강태와 상대가 안 됐다. 그런 기의 기울기가 느껴져 움찔했다.

인호는 더 이상 아무런 말도 하지 못하고 얼굴이 굳어진 채 충격을 받은 모습이 역력했다.

옆에서 이를 지켜보며 침묵을 유지하던 지선이 나서기 시작하였다.

"아니, 안 되겠어! 인호 오빠, 우리 얼른 다른 데로 가 버리자고……어서 가자고……."

"그래, 얼른 다른 데로 가 버리자고……"

둘이 달아나려고 하자 강태는 더더욱 화가 치밀어 올라 소리를 질렀다.

"야, 조 판사! 가긴 어딜 가. 가지 마라, 가지 마라, 가지 말아라. 넌 내 손에 걸렸는데 가긴 어딜 갑니까? 너 왜 직장에서 근무는 안하고 여기 신성한 카페에 들어와 난리야, 너 이 신성한 카페에서 카페 모독죄로 퇴장시켜 버릴 거야! 조 판사 널 이 신성한 카라 카페의 카페 모독죄로 엄벌에 처하겠다. 너 집행 유예 없이 징역 30년에 처함."

진강태는 또다시 중간 욕설을 퍼부었다.

그다음 차례는 더 강한 폭언과 폭행이 이어질 것으로 예상되었다. 그 예상 그대로였다. 예전의 축구 선수 시절 강력한 반칙성 백 태클의 명수답게 그대로 사랑 전투도 마찬가지였다.

"야, 지선아, 그리고 조 판사 내가 분명히 가지 말라고 반복했지? 근데 왜 내 말을 안 들어? 이 개자식들아! 내 말이 말 같지 않냐? 어휴, 진짜 이 자식들을 확 확확…! 도망치면 가중 처벌로 더 엄중한 징벌을 받게 됐다."

드디어 강태는 아주 크게 고함을 치며 매우 심한 높은 욕설로 전환해 나갔다.

두 사람은 이에 너무 놀라 도망치려고 있는 힘을 다 쏟았다.

"자아, 지선 씨 힘내어 최대한 빠르게 도망치자고요. 자아, 빨리빨리 뛰어요. 뛰어! 어서 뛰어!"

"그래요. 인호 오빠."

두 사람은 앞이 보이는 게 아무것도 없었다. 최대한 과거 축구 선수 출신 진강태의 백 태클 늪에서 빨리 빠져나가야겠다는 것뿐이었다. 그런다고 그 늪이 그리 쉽게 무녀질지 모르겠다.

결국 강태는 거칠고 강력하게 그들을 가로막으며 그녀를 향해 오른손으로 아주 세게 귀싸대기를 휘갈겼다.

그 뒤 조인호 판사를 향해 몇 대 세게 귀싸대기를 휘갈겼다.

이내 그런 강타를 얻어맞은 이들은 그 자리에 퍽하고 쓰러졌다. 그야말로 벼락같은 귀싸대기였다. 이들은 쓰러진 채 너무 아파 어쩔 줄을 몰라 했다.

"아아아, 으으으윽."

"야, 지선아. 너 정말 이럴 거야? 너 진짜 이러면 나한테 죽는 수가 있다. 에잇."

쓰러진 인호는 자신의 모든 자존심의 깊은 상처가 드리워졌다.

왜냐면 자신은 이 세상에 절대 직업의 종사자 즉 판사라고 생각하기에 그랬다. 자신의 직업 이외의 직업들은 아예 인간으로 여기지 않는 관념 또한 그득하였기에 더더욱 그런 것이었다.

급기야 그런 차원의 흥분과 격분이 동시에 포화되어 아주 크게 고함을 지르기 시작했다.

"이 씨팔, 야, 너 이젠 죽었어. 이 땅에 최고 직업을 지닌 나를 때렸단 것은 넌 이젠 법정 최고형으로 다스릴 거야! 즉, 사형감이란 것이지! 나 같은 신성한 직업의 판사에게 이런 하찮은 카페에서 말이야! 으으으윽."

"하하하하, 이런 멍청한 자식 봐라, 그렇게 계속 신성하다고 들먹거리지 여기 신성한 카페에 들어와 신성하지 못한 놈이 웬 신성한 척해? 그래 판사란 놈이 어떻게 법을 나보다도 모르네! 이 나라 법정 최고형이 언제부터 사형이냐? 집행이나 제대로 하냐? 무기 징역이 최고형이지, 그것도 돈만 듬뿍 갖다 바치면 얼렁뚱땅 슬금슬금 잘도 빠져나오던데 그리고 내가 너 같은 놈 귀싸대기 몇 대 때린 게 법정 최고형감이냐? 이런 무식한 놈아! 푸하하하하."

강태는 너무 호탕하고 강력한 웃음을 터뜨렸다.

인호는 속이 더더욱 부글부글 끓어올랐다.

"넌 지금은 막 웃지만 조금만 지나면 완전 개박살 날 거다. 이런 추접한 자식. 어디 한번 두고 보자!"

인호는 폭행을 당했단 것을 경찰에 신고하려고 얼른 핸드폰을 꺼내어 들었다.

강태는 그 핸드폰을 든 손을 아주 세게 걷어차 버렸다.

핸드폰은 공중을 날아 바닥으로 뚝 떨어졌다.

인호는 그 핸드폰을 빨리 주우려고 엉금엉금 기어가며 애를 썼다.

그러는 사이 강태는 지선의 손목을 아주 세게 잡고 쏜살같이 밖으로 끌고나가 자신의 차에 태우고 재빨리 액셀을 밟았다.

"아아아, 이게 뭐야. 어어어, 이거 뭐 하는 짓이야?"

그녀를 강제로 태운 뒤 어디론가 닥치는 대로 내달렸다. 그녀는 차에 몸과 마음이 꽁꽁 묶여 버린 상태였다.

그들이 너무 허탈할 정도로 빠져나가 버린 뒤 인호는 침통함, 비통함이 물밀 듯이 밀려왔다. 이젠 핸드폰을 집어 들고 곧장 경찰에 신고했다.

"아예, 제가 폭행을 당했습니다. 얼른 오세요."

불과 몇 분 후 경찰은 도착하였으나 인호는 순간, 마음이 뒤바뀌었다. 왜냐면 자신의 신분을 엄청나게 의식해서였다.

그래서인지 그냥 돌려보냈다.

자신을 포함하여 남녀 간의 커피 전쟁 애정 삼각관계가 수면 위로 떠오르는 것에 대해 무척 민감해 지는 명예 추락을 그저 피하고 싶단 발로인 것 같다.

빼앗긴 지선을 도로 찾아와야 하는 어려움을 겪게 되었다. 어쩔 수가 없다. 사랑하는 그녀이기 때문이다.

강제로 그녀를 태운 승용차는 쉴 새 없이 달리고 달려 아주 멀리 달아난 후였다.

이내 인호는 심한 고통 속으로 빠져들면서 허겁지겁 일어나 다시 마음의 전열을 가다듬긴 했지만 구체적으로 어떤 식으로 대응할 것이지 분명하진 않았다.

쉴 새 없이 달리고 달려 아주 멀리 달아난 그들은 어느새 신도림까지 달아나 버린 상태에서 시곗바늘은 이젠 상당히 기울어 더욱더 어두운 시간 속으로 빨려들었다.

인호는 계속 정신없이 지선에게 전화를 넣었지만 받지 않았다.

초조함 당혹감이 동시에 몰려왔다.

신도림 변두리 공터에 차를 세운 강태는 지선에게 "사랑한다. 난 너밖에 없어. 으으으으윽흑."라고 끊임없는 구애의 끈을 놓지 않으며 흐느꼈다.

그녀는 또다시 무슨 원인인지 모르게 지금 이 순간, 바로 옆 자리에 앉아 애처로운 표정으로 핸들을 잡고 있는 강태에게 마음이 쏠리기 시작했다.

그런데 더욱 한심한 현상은 그러면서도 내심의 마음은 인호의 직업을 배필감으로 마냥 부러워하는 마음을 내포하고 있단 게 문제 중의 더 큰 문제가 되었다.

그렇다고 지금 옆자리에 앉아 있는 강태에게 분명한 거부의 의사 표시도 하지도 못한다는 것은 또 다른 무엇인지 알 수 없는 이상한 성격의 여성이었다.

관심도가 인호에게 70%, 강태에게 30%쯤 머릿속에서 빙빙 돌며 자리했다. 그럼 확고히 전자에게 가야 하는데 또 그러지도 못한단 말이었다. 그저 이것도 저것도 아닌 묘한 블랙홀에 빠진 상황이라 할 수 있었다.

"야, 지선아, 이젠 더 이상, 오락가락하지 말고 나에게 완전 기울어라. 알겠니? 난 널 엄청나게 사랑하고 있잖아! 이 남자 저 남자에게 홀려 오락가락하면 네 인생만 완전 망가지는 거야."

"……."

그녀는 아무런 말은 없었지만 무언으로 그의 질문에 대해 긍정의 뜻을 나타내고 있었다. 강태는 어떤 강압적인 육체관계가 지선의 마음을 도로 찾는 유일한 길이 아님을 직시하기에 그런 무리한 행동은 자제하기에 이르렀다. 육체보단 정신을 사겠다는 것이었다. 시행착오도 많이 거쳤다.

그보단 '온건한 태도를 보여 주리라!' 다짐했다.

"그래, 지선아, 난 네 집까지 바래다주고 갈게. 허허허."

그는 핸들 돌려 그녀의 집 반포동까지 바래다주고 돌아서 갔다. 급할수록 조금씩 조금씩 허물어뜨린단 전략이었다. 그녀는 집에 들어가 잠시 휴식을 취하는 중 이번엔 인호에게서 전화가 걸려 오는데 이번엔 그의 전화를 받지 않았다.

갈대처럼 이리저리 흔들흔들 거렸다. 밤늦은 시간 전화 통화가 불발된 인호는 하는 수 없이 그냥 자신의 집 서초동으로 들어갔다. 이젠 마지막 최대 삼각관계의 종착점은 어느 방향일지 무척 궁금했다.

그런 시간 속에서 이번 주말의 토요일은 방향 감각을 잃은 채 유유히 흘러가고 있었다.

날이 밝아 일요일이 되자 그녀는 이미 마음이 강태 쪽으로 조심스레 기울고 있어서 이미 어젯밤 집에 도착한 뒤 인호에게서 걸려 온 전화를 받지 않았다.

그녀는 아침에 일어나 강태의 모습을 떠올리며 바람을 쐬러 밖으로 나갔다.

왠지 오늘은 예전의 알고 지내던 누군지는 몰라도 그 누군가를 우연히라도 부딪칠 것만 같은 그런 느낌이 너무 강하게 드는 기운이 감돌았다.

그 예감이 적중하는 순간을 맞이하는 시간 속으로 빠져드는 지선은 답답하여 한강 고수부지로 나가 여기저기 돌아다녔다.

아주 먼발치 앞에 보이는 어떤 연인이 걸어오고 있었는데 친구 리라로 보였다.

한 지점에서 리라가 한 남자와 손을 잡고 걸어오고 있었는데 먼발치에서 볼 땐 청담역 카라 카페를 운영하던 당시 집요하게 들어왔던 자기 신분이 의사라고 밝혔던 남자인 것 같기도 하고 아닌 것 같기도 한 남자와 손을 잡고 걸어오고 있었다.

절친 간인 지선, 리라가 마주하게 되는 것은 꽤 오랜만이었다. 그들과 거리가 점점 가까워지자 순간 지선은 깜짝 놀랐다. 왜냐면 리라의 옆을 걷는 이는 그 당시 집요하게 나타났던 5인조 중 의사라고 밝혔던 남자가 맞았다.

그때 그 시절에 지선이 지덕을 좋아하진 않았지만 가게에 대체 투입됐던 친구인 리라와 연결되어 다정하게 걷는 모습은 무척 의아하단 생각마저 들었다.

그들도 지선을 보자 몹시 당혹스러워하는 얼굴빛이 역력한 상태였다. 지선이 먼저 말했다.

"야, 리라야, 이게 어떻게 된 일이야? 너무 오랜만에 보잖아. 어떻게 여기에서 보게 되다니……. 내가 연락해도 연락도 잘 안되고 말이야?"

"어, 어어. 정말 그러네! 반가워. 음 너무 바빠서 그렇지 뭐!"

리라는 피하지 않고 담담하게 반응을 보였다. 사실 자신이 친구 지선에게 뭐 특별히 잘못한 건 없으니 말이다.

"근데 리라야, 네 옆에 있는 사람은 예전에 카라 카페에 수도 없이 나타난 사람인데……. 어떻게 된 거야?"

"아아, 그냥 어떻게 하다가 이렇게 사귀게 된 거지 뭐! 이 오빠는 청담동 청솔 신경외과 의사야, 난 이 오빠와 결혼을 전제로 사귀는 중이야! 올 가을에 올리려고 해."

"……."

이 말을 들은 지선은 순간, 엄청난 충격을 받았다. 왜냐면 한때는 앞에 서 있는 지덕도 자신을 따라다녔기 때문이었다.

지선은 그가 직업이 닥터라고 밝혔지만 절대 믿지 못해 외면해 버린 것이었다. 근데 자신의 친구인 리라가 어부지리로 그 닥터를 만나게 되어 교제하는 장면을 보게 되니 시샘하는 마음을 금할 길이 없었다. 강태, 인호보단 덜 마음에 들었지만 그래도 아예 싫진 않았다. 하지만 의사라는 직업이 구체적으로 드러난 사실은 꽤나 부럽고 괴롭기 그지없었다. 하지만 하는 수가 없고 이미 그 의사는 리라에게로 넘어가 버린 것을 말이다.

리라도 한때 지덕 오빠가 지선을 좋아했던 사실을 익히 잘 알기에 어느 정도 신경 쓰이는 건 사실이지만 지금 이 시점에 이런 견고한 연인 사이가 됐고 곧 결혼 계획을 갖고 있기에 별다른 동요가 일어나진 않았다.

이게 인생 사랑 이야기의 현실이었다.

리라는 다소 겸연쩍은 표정으로 "다음에 보자."라고 말하며 길을 지나갔다.

지선은 뭔가 큰 열매를 놓친 아주 기분 나쁜 심정이 강하게 드리워지면서 무척 씁쓸한 기분으로 다시 집으로 돌아갔다. 안절부절 못하는 영혼의 검은 그림자 같은 그녀는 책상에 얼굴을 파묻고 닥터라는 대어를 놓친 것에 대해 비통한 눈물을 펑펑펑 흘렸다.

"으으으 닥터를 리라에게 놓치다니 저것도 내 거였는데!"

그러다가 발만 동동 구르다가 또다시 나와 한강 고수부지에서 물결을 바라보며 여기저기 배회하다 보니 어느새 정오가 됐다. 그때 강태에게서 전화가 왔다.

판사 인호를 향하는 마음이 70%이면서도 30%밖에 안 되는 강태의 전화를 다정한 목소리로 받았다. 그리고 그의 "만나자."라는 말에 "알겠어."라는 말로 대답했다.

강태의 카리스마 중압감에 눌려서인지 또 다른 그 무엇인지 몰랐다.

지선은 자신의 감정이 시키는 대로 하지 못하고 그저 그렇게 흔들흔들 오락가락 갈팡질팡 그에게로 점점점 기울어져만 갔다.

그러면서 속으로 '인호가 판사니까 얼마나 좋을까!' 하는 매력을 느끼면서도 말이다.

이것도 저것도 아닌 정말 알 수 없는 기이한 감정을 지니며 강단과 주관 없는 그녀는 그저 그런 흐지부지 뒤틀리는 감정으로 자신의 내면의 감정이 시키는 대로 움직이지 못한 채 형식적으로 몸만 이리저리 움직였다. 그저 그렇게 강태에게 눌려 옴짝달싹 못하게 되는 이상한 시간으로 들어갔다.

그 후로 인호에게서 끊임없는 전화가 걸려 와도 끝내 그녀는 받지 않았다.

덧붙이는 글

핵심은 '등잔 밑이 어둡다'이다.
카페란 휴식 공간이다.
최근 이런 카페들이 꽤 많이 늘어났다.
많은 사람들은 그곳에 들어가 커피나 음료를 마시며 휴식을 취하고 대화를 나눈다.
이 글은 여러 명의 남자들이 그곳에 나타나 가게 운영자 사장에게 접근을 하였으나 실체가 드러나지 않음으로써 받아들이지 않았던 사연이었다.
그렇지만 뒤늦게 자신의 주변, 친척, 가족들이 그 남자들과 지인이란 게 밝혀지면서 스스럼없이 만나게 된다는 삶의 이야기이자 러브 스토리이다.

그랬지만 그 속에서도 불신과 오해가 거듭되면서 주인공, 지선은 심하게 우왕좌왕하며 결국엔 다 놓치게 되는 것이었다.
그만큼 인생 이야기, 사랑 이야기에 있어서 선택이란 몹시 어렵고 난해한 성질이 그득하다.
대부분의 사람들은 선입견, 고정 관념을 지니고 있기 때문이다.
하나 더 추가하자면 기존에 정신적으로 학습된 즉, 세뇌된 잣대로만 인생과 사랑을 저울질하려는 잠재된 본능이 있어서다.
이변은 잘 모르고 예외에 대해선 날카롭게 대처하는 능력이 상실된 굳은 그림자가 가슴속 깊이 내재해 있다. 대처 방안은 마땅치 않아 보인다. 남자도 여자를 고를 때 이면을 따질 일이고, 여자도 남자를 고를 때 이면을 따질 일이다. 그런 것으로 사료된다.

2023년 2월 17일 금요일
박종삼